돌아온 여기사

돌아온 여기사 1

초판 1쇄 인쇄 2019년 8월 8일
초판 1쇄 발행 2019년 8월 30일

지은이 이하린
발행인 오영배
편집 편집부
디자인 디자인그룹 헌드레드
본문 디자인 오정인
제작 조하늬

펴낸 곳 (주)삼양출판사 · 피오렛
주소 서울시 강북구 도봉로 173
대표 전화 02-980-2112 / **팩스** 02-983-0660
편집부 전화 02-987-9393 / **팩스** 02-980-2115
블로그 blog.naver.com/dan_gul
출판등록 1999년 3월 11일 제9-00046호

ISBN 979-11-283-9696-0 (04810) / 979-11-283-9695-3 (세트)

+ 이 도서의 국립중앙도서관 출판시도서목록(CIP)은 서지정보유통지원시스템홈페이지(http://seoji.nl.go.kr)와
+ 국가자료공동목록시스템(http://www.nl.go.kr/kolisnet)에서 이용하실 수 있습니다. (CIP제어번호: CIP2019030432)

돌아온 여기사

이하린 장편소설

1

fiore
ret

목차

1

내가 죽을 수 없는 이유

"하, 하아…… 하아."

점점 숨이 차오른다. 굳이 누군가가 알려 주지 않아도 자신의 삶이 얼마 남지 않았다는 걸 느낄 수 있었다.

하지만 이대로 포기할 수는 없었다.

이렇게 끝낼 수는 없다.

힘이 풀려 무릎으로 바닥을 짚고 있었으나 어떻게든 검을 세워 몸을 일으켰다.

제발, 조금만 더…….

지금 눈앞에는 하나뿐인 아버지와 오라버니를 처참하게 죽이고, 그 시체를 성벽에 걸어 모두의 구경거리로 만든 장본인이 서 있었다.

그뿐인가.

저자 때문에 작은 새처럼 사랑스러웠던 여동생은 다른 남자들에게 더럽혀져 비참한 죽음을 맞이했다.

지금껏 혼자서 살아남아야 했던 생지옥과 같은 시간들을 오직 이 순간을 위해 견뎠다.

바로 내 손으로 직접 원수의 목을 치기 위해서!

그런데…… 그 목적을 바로 눈앞에 둔 지금, 검을 든 손에 힘이 들어가지 않는다.

제발, 제발, 제발! 죽음 따위 무섭지 않으니, 저놈과 함께 지옥에 갈 수 있기를.

온 힘을 다해 검을 들어 올리려고 발버둥 치는 그때 자신을 향해 천천히 다가오는 발소리가 들려왔다. 그리고 동시에 들리는 서늘한 목소리.

"……계집 주제에 잘도 여기까지 왔구나."

발자국 소리는 자신의 바로 앞까지 다가와서야 멈춰졌다. 어느새 자신의 낮은 시야에도 우뚝 서 있는 건장한 두 발이 들어왔다.

힘겹게 고개를 들어 올리자, 흐릿해진 눈동자 안에 다가온 자의 모습이 비쳐졌다.

커다란 키에 한눈에 봐도 우락부락한 근육질의 몸매가 위압적일 정도로 건장한 중년 남자였다.

덥수룩한 수염이 인상적인 그는 가만히 서 있었을 뿐인데도 엄청난 카리스마를 풍기고 있었다. 하지만 이 강인해 보이는 남성의 왼쪽 팔은 이미 반듯하게 잘려 나간 상태였다.

그 상처 부위에서 끊임없이 피가 쏟아져 내렸으나 우습게도 자신의 상태에 비해선 아주 양호한 편이었다.

그의 팔 하나를 자르는 대신 자신이 치러야 했던 대가는 너무나도 컸으니까.

여자의 몸으로 십수 년에 걸쳐 대륙에서 손꼽히는 검사가 되었다. 그럼에도 불구하고 천재적이라 칭송받는 이자를 넘어설 수 없었던 걸까.

이미 그녀의 전신은 난도질당하다시피 다쳐 바닥에는 온통 그녀가 흘린 피로 흥건했다. 하지만 두 눈동자만은 상처 따위 개의치 않는다는 듯 살기등등하게 그를 노려보고 있었다.

"기필코 내, 손으로 당신을…… 쿨럭, 죽이……."

"어림없는 소리. 네까짓 게 다시 태어난다고 해도 지금과 달라지는 게 있을 것 같나?"

으드득, 이가 갈렸다.

자신이 가지고 있던 모든 것을 빼앗아 간 자.

결코 용서할 수 없다.

"으아아아!"

그녀가 순식간에 바닥에서 검을 들고 그를 향해 돌진했다.

서걱!

섬뜩한 소리와 함께 날 서린 칼날이 정확히 그녀의 목을 갈랐다.

뎅구르르르—

생애 마지막 순간은 아주 느릿하게 흘러갔다.

흔들리는 시야 너머로 그토록 그리던 아버지와 오라버니, 그리고 여동생 미라벨이 희미하게 보이는 듯했다.

'……미……안해.'

루퍼드 제국력 387년.

여성으로서는 가장 높은 경지까지 올랐던 여검사 이레나.

피 맺힌 원한을 갚지 못한 채, 휘올레나 전투에서 사망하다.

* * *

번쩍!

이레나는 감고 있던 두 눈을 떴다. 그런데 무언가가 많이 이상했다.

지금 자신의 몸을 감싸고 있는 부드러운 시트의 감촉이나 창밖으로 들어오는 따스한 햇살이 그녀가 기억하는 순간과는 너무나도 다르기 때문이다.

'나…… 분명히 죽었는데…….'

끝끝내 가족들의 원한을 갚지 못한 채 눈을 감아야 했던 분노가 아직까지 가슴에 남아 있었다.

이제는 끝이구나, 하고 느꼈던 감정이 바로 조금 전의 일처럼 또렷한데 다시 정신을 차려 보니 전혀 생뚱맞은 장소에 누워 있는 게 아닌가.

더구나 여기가 지옥이라고 느끼기에는 지금까지 살아왔던 현실보다 편안했다.

여태껏 가족들이 전부 몰살당하고 난 뒤로 이렇게 푹신한 잠자리에 누워 본 적은 없었다. 매일 밤 악몽을 꾸었기 때문에 단 하루도 깊이 잠들지 못했으니까.

마치 가문이 망하기 전 블레이즈 백작가의 영애 시절로 돌아간 기분이었다.

'그래, 마치 과거로 돌아간 것 같이…… 뭐?'

이레나는 다급하게 침대에서 몸을 일으켰다. 그러자 그녀가 움직이는 대로 침대가 출렁거리면서 엄청난 쿠션력을 자랑했다.

여검사 이레나를 아는 자라면 믿을 수 없겠지만, 그녀는 어렸을 적 피부에 닿는 감촉에 민감해서 최고급 매트리스만을 엄선해서 사용했었다.

그런데 지금의 감촉이 그때와 소름 끼치게도 똑같았다.

"……말도 안 돼."

방 안의 풍경을 확인한 이레나는 그녀답지 않게 바보처럼 입을 벌리고 말았다.

이곳은 과거에 자신이 백작가의 영애 시절에 사용하던 방과 판박이처럼 똑같았다. 누군가 억지로 꾸미려고 해도 따라 할 수 없을 정도로 완벽한 수준이었다.

한쪽 벽면에는 여동생 미라벨의 키를 재기 위해 그었던 선까지 눈에 들어왔다. 7살, 10살, 15살. 선 옆에 적힌 저 작은 글자들은 모두 자신이 쓴 것이었다.

도무지 이게 어떻게 된 영문인지, 머릿속에 혼란이 찾아오기 시작했다.

잠시 멍하니 앉아 있던 이레나는 무언가에 홀린 사람처럼 자리에서 일어났다. 그리곤 천천히 창가로 다가가 바깥을 내려다보았다.

아담한 정원에는 탐스럽게 피어 있는 형형색색의 꽃들이 눈부시게 아침 햇살을 받고 있는 모습이 보였다. 자신이 직접 가꾼 곳이기에 잊을 리 없다. 이조차도 과거와 조금도 변함없는 풍경이었다.

'내가 이 시절을 너무나도 그리워했기에…… 죽기 직전에 이런 환상을 보여 주는 걸까?'

이레나 블레이즈.

당당히 자신의 성을 붙일 수 있었던 삶을, 단 한 순간도 그리워하지 않은 적 없었다.

입이 떡 벌어질 정도로 엄청나게 풍족한 환경에서 자란 것은 아니지만, 수도권에서 조금 떨어진 남부에 위치한 블레이즈가(家)는 대대로 황실의 제 4 기사단장을 맡아 온 유서 깊은 백작가였다.

그런 가문의 장녀로 태어난 자신은 대부분의 시간을 돌아가신 어머니를 대신해 홀로 계신 아버지를 모시면서, 주변의 기대를 한 몸에 받고 있는 오라버니가 더욱 뛰어난 기사가 될 수 있도록 도와야 했다.

몸이 약한 여동생을 혼자 돌보는 일이나, 거대한 백작가의 살림을 책임지고 관리해야 한다는 게 가끔 고되고 힘들게 느껴질 때도 있었지만, 그렇다고 무언가에 크게 불만을 가진 적은 없는 평온한 인생이었다.

나중에 모든 것을 잃고 난 다음에야 그 평범하다고 여겼던 일상들이 얼마나 행복한 것이었는지 절실히 깨달았지만 말이다.

불현듯 모든 불행이 한꺼번에 찾아왔던 그 날의 기억이 떠올랐다.

자신이 마지막으로 내려다봤던 정원은 지금처럼 아름다운 꽃들이 흐드러지게 피어 있는 모습이 아니라, 수십 개의 붉은 횃불들이 일사불란하게 성 안으로 들어오는 모습이었다.

그게 마치 조금씩 포위망을 좁혀 오는 것 같이 느껴져서 아무것도 모르던 당시에도 불안한 마음을 떨쳐 버릴 수가 없었다.

끔찍했던 기억이 조금씩 되살아나자 이레나는 고개를 좌우로 흔들며 창밖으로 향했던 시선을 방 안으로 돌렸다.

그러자 벽면에 걸려 있는 화려한 장식의 거울이 눈에 들어왔다.

"아……."

거기에는 순금을 녹여 만든 것처럼 매끄러운 금발 머리에 눈처럼 새하얀 피부를 가진 귀족 아가씨가 고급스러운 실크 잠옷을 입고 서 있었다.

짙은 붉은빛을 머금은 눈동자는 흡사 최고급 루비를 박아 넣은 듯했고, 일자로 곧게 뻗어진 단정한 콧날과 꽃잎 같은 입술이 마치 살아 있는 인형 같다고 느껴질 정도로 아름다웠다.

그건 바로 자신이었다.

스스로가 기억하고 있는 마지막 모습과 거울 속에 비친 본인의 모습은 너무나도 달랐다.

가만히 거울을 들여다보고 있던 이레나의 진홍빛 눈동자가 조금씩 놀라움으로 일렁거리기 시작했다. 막연히 환상이라고 치부하기엔 지나치게 완벽했다.

타고난 미모의 빛이 바랜 건 아니었지만, 여검사 이레나로 살아가는 동안에는 지금처럼 고운 자태로 있었던 적이 단 한 순간도 없었다.

가족의 복수를 결심하고 검을 들기 시작하면서부터 치렁치렁하게 길었던 머리카락은 싹둑 잘라 버렸고, 고된 연습에 단 하루도 손에 물집이 안 잡히는 날이 없었다.

그러다 보니 시간이 지날수록 영롱한 보석처럼 빛나던 진홍빛 눈동자에는 자연스럽게 독기가 어렸고, 어린아이처럼 뽀얀 피부도 점점 혈색을 잃고 창백하게 변했다.

끝내는 지독히도 차가워 보이는 인상을 지닌 여인만이 남았을 뿐이다.

그런데 자기 자신조차 기억이 가물가물할 정도로 오래된 옛 모습을 이토록 완벽하게 재현해 낼 수는 없었다. 그게 설령 환상이라 할지라도.

"……대체 뭐가 어떻게 돌아가는 거야."

복잡한 시선으로 그녀가 자신의 얼굴을 조심스럽게 매만지고 있을 때였다.

갑자기 벌컥, 방문이 열렸다.

다른 사람의 방을 이렇듯 노크도 없이 들어오는 건 아주 무례한 행동이었다. 그것도 여자가 머무는 방이라면 더욱더.

이레나가 슬쩍 미간을 찡그린 채 고개를 돌렸다.

하지만 아무런 예고도 없이 들이닥친 소녀를 본 순간, 지금까지와 비교할 수 없을 정도로 딱딱하게 얼어붙고 말았다.

이레나의 놀란 심정을 대변이라도 하듯이 그녀의 진홍빛 눈동자가 더없이 크게 뜨여졌다. 조금씩 떨려 오는 입술이 차마 목소리를 내기도 전이었다.

"이레나 언니이이이!"

방문을 열고 나타난 여동생 미라벨은 아침 햇살보다 더 따사로운 웃음을 지으며 자신에게로 성큼성큼 다가왔다.

그 모습이 마치 꿈 같아서 이레나는 숨소리조차 죽인 채 지켜보고 있을 수밖에 없었다.

자신과 똑같은 황금빛 머리카락에 아버지를 쏙 빼닮은 진한 녹색 눈동자. 몸이 약한 탓에 또래보다도 더 작고 가녀린 자신의 여동생.

미라벨은 평소와 조금 다른 그녀의 표정에 잠시 고개를 갸웃했지만, 곧이어 자신보다 키가 큰 이레나를 올려다보며 즐겁게 입을 열었다.

"갑자기 들어왔다고 혼내는 거 아니지? 예의범절을 운운할 거라면 나중에 해 줘. 지금은 진짜 급한 일이 있어서 그래. 아마 언니도 알면 깜짝 놀라고 말걸?"

바로 눈앞에서 작은 새처럼 지저귀는 미라벨을 보며,

이레나의 눈동자에는 점점 물기가 차오르기 시작했다.

꿈인가? 꿈일 거야.

그게 아니라면 미라벨이 이렇게 다시 자신의 앞에 나타날 리가 없었다.

이것이 꿈이라면…… 여기서 절대로 깨어나지 않았으면 좋겠다.

이레나의 볼을 타고 눈물이 떨어져 내리기 시작했다. 갑작스럽게 우는 그녀를 보고 미라벨은 깜짝 놀랄 수밖에 없었다.

"어, 언니? 무슨 일 있어? 응?"

걱정스럽게 자신을 쳐다보는 미라벨을 보며 이레나는 아무런 대답을 할 수가 없었다. 목 끝까지 차오르는 흐느낌을 참기 위해 입술을 꽉 깨물고 있었기 때문이다.

이레나는 그저 아무런 말 없이 자신보다 작은 미라벨을 덥석 끌어안았다.

여기서 조금이라도 큰 소리를 내며 울었다가는 지금 이 순간이 영영 사라져 버릴까 봐 겁이 나서 목 놓아 울 수조차 없었다.

이레나는 미라벨과 마지막으로 헤어졌던 순간을 똑똑히 기억하고 있었다.

칠흑같이 어두웠던 밤, 시커먼 사내들에게 둘러싸여 있던 자신의 작은 여동생은 지금과 전혀 다른 목소리로 울부짖고 있었다.

—언니! 이레나 언니이이! 도와줘! 살려 줘어!

미라벨의 잠옷이 찢기는 섬뜩한 소리. 그리고 자신을 부르던 피에 젖은 절규를 단 한 순간도 잊은 적이 없었다.

세상에서 가장 안락해야 할 블레이즈 성 안에서 단 하룻밤 사이에 벌어진 참사였다.

당장이라도 미라벨에게 뛰어가려는 이레나를 붙잡은 건, 바로 오라버니 데릭이었다.

그때 그는 침통하지만 확고한 목소리로 그녀의 귓가에 이렇게 속삭였다. 이미 늦었다고…….

데릭 오라버니가 억지로 입을 막고 끌고 가지만 않았다면 거기서 미라벨과 함께 죽을 수 있었을 텐데. 그랬다면 얼마나 좋았을까, 아주 오랫동안 스스로를 원망하고 또 후회했다.

나의 사랑스러운 여동생.

언니가 구해 주지 못해서 미안해.

이레나는 두 번 다시 놓치지 않겠다는 듯, 미라벨을 끌어안은 채 소리 없는 눈물만 흘렸다.

지금 이게 어떻게 된 일인지, 꿈인지 현실인지 아무것도 중요하지 않았다.

그저 다시 한 번 이렇게 미라벨을 볼 수 있다는 것만으로 세상이 어떻게 돌아가든 아무런 상관이 없어졌다.

미라벨은 갑자기 자신을 안고 서러운 눈물을 흘리는 그녀를 곤란한 표정으로 쳐다보다가, 이내 손을 들어 올려 등을 토닥거려 주었다.

"울지 마, 언니."

"으흑."

더 이상 참아 내지 못한 흐느낌이 이레나의 입술 바깥으로 튀어나왔다.

만약 다시 한 번 기회가 찾아온다면, 절대로 이 작은 손을 놓치지 않으리라.

그동안 냉혈한 여검사로 살아오면서 참아 왔던 눈물을 전부 쏟아낼 때까지 미라벨은 묵묵하게 그녀의 등을 토닥이며 기다려 주었다.

그 작은 손에서 느껴지는 온기가, 또 거기서 전해지는 위로가 너무 따뜻해서 이레나는 한 번 터진 울음을 쉽게 그치지 못했다.

하지만 그 시간이 점점 길어질수록 이레나의 이성은 점차 돌아오기 시작했다.

당장이라도 눈앞에서 사라져 버릴 것 같던 미라벨은 여전히 자신의 품 안에 있었고, 그녀의 작은 몸에서 전해지는 체온은 너무나도 생생했다.

이레나는 도무지 믿겨지지 않는다는 표정으로 혼잣말을 중얼거렸다.

"……꿈이 아니야?"

조금씩 의구심이 들자 이레나는 서둘러 미라벨을 끌어안고 있던 팔을 풀고, 그 작은 어깨를 붙잡은 채 샅샅이 살펴보았다.

그런 이레나를 미라벨은 안쓰러운 표정으로 바라보며 입을 열었다.

"그동안 언니 혼자 백작가의 살림을 도맡느라 많이 힘들었던 거지? 나는 그런 것도 모르고…… 자꾸 철없는 투정만 부려서 미안해."

"……뭐?"

이레나는 자신의 앞에서 정말로 살아 숨 쉬는 것처럼 말을 하는 미라벨을 보고 다시 한 번 입을 벌릴 수밖에 없었다.

이건 환상이 아니다.

더군다나 꿈도 아니었다.

그렇게 치부해 버리기엔 눈앞의 미라벨은 너무나도 생동감 넘쳤다.

미라벨은 이레나의 얼빠진 표정이 그동안 자신의 철없는 행동을 꾸짖는 것 같아서 더욱 의기소침해진 얼굴로 말을 이었다.

"나는 그냥, 언제나 전장만 돌아다니던 황태자 전하가 처음으로 무도회에 모습을 드러내신다니까. 언니랑 같이 꼭 가 보고 싶어서……."

"황태자? 누구?"

"에이, 오늘따라 왜 그래. 루퍼드 제국에서 황태자 전하가 누구겠어."

이레나의 머리가 빠른 속도로 회전하기 시작했다. 하지만 도통 미라벨이 말하는 황태자가 누구인지 감조차 잡을 수 없었다.

루퍼드 제국은 대륙에서도 손꼽히는 강대국이었다.

모든 부분에서 주변의 약소국들과 차원이 달랐으나, 그중에서도 군사력이 다른 어느 나라와도 비교할 수 없을 정도로 뛰어났다.

대대로 루퍼드 제국의 황제들은 전쟁을 좋아했고, 그만큼 성격이 호전적이었다. 오죽하면 제국의 건국 신화로 황제가 드래곤의 핏줄이라는 내용이 담겨 있을 정도다.

유일하게 루퍼드 제국의 12대 황제 설리반만이 유순한 성격을 지녔는데, 그 덕분에 전쟁보다는 국정에 신경을 많이 써서 척박했던 제국을 많이 발전시켰다.

오로지 전쟁에만 미쳐 있던 제국에 드디어 번영이 찾아온 것이다.

이를 위해 일부러 전대 황제가 지금까지와 다른 부드러운 성격의 설리반을 후계자로 삼았다는 말이 나돌았다. 만약 그게 사실이라면 그 선택은 아주 탁월했다고 볼 수 있다.

하지만 문제는 설리반의 친형인 파벨루크에게 있었다.

처음엔 누구나 파벨루크가 황제가 될 거라 여겼지만, 결국 그는 동생 설리반에게 황위를 빼앗기고 작은 루넨 공국을 다스리는 대공작이 되었다.

누가 봐도 제왕의 성격을 타고난 파벨루크였기에 초반에는 그에 대한 염려의 목소리가 높았지만, 정작 파벨루크는 자신이 다스리는 루넨 공국에서 몸을 웅크린 채 동생인 설리반에게 순종했다.

자그마치 십여 년이라는 시간 동안 발톱을 드러내지 않을 정도로 아주 오랫동안 말이다.

그렇게 기회를 엿보던 파벨루크는 끝내 반란을 일으켰고, 또한 성공시켰다.

그 정권이 교체되는 과정에서 황실의 제 4 기사단장을 맡고 있던 블레이즈가 역시 반왕 파벨루크에게 숙청을 당하고 만 것이다.

이레나가 평생토록 죽이고 싶었던 자.

그자는 바로 루퍼드 제국의 13대 황제, 반왕 파벨루크였다.

'……빌어먹을.'

불쾌한 기억을 떠올리는 이레나의 눈빛은 서릿발처럼 차가웠다.

파벨루크가 자신의 목을 베어 넘겼던 감촉이 되살아나자 이레나는 자신도 모르게 목덜미를 매만졌다.

그가 반역에 성공하기까지 수많은 사건이 있었지만, 끝내 반왕이라는 불명예 때문에 대내외적으로 황태자를 책봉하지 못했었다.

이레나가 기억하는 한, 정식으로 황태자 책봉을 받은 것은 단 한 명뿐이었다.

이십 년 전에 암살당했던 비운의 황태자.

전장에서 혁혁한 공을 세웠지만, 단 한 번도 사교계에 모습을 드러내지 못하고 사라졌기 때문에 얼굴도 채 알려지지 않은 존재.

그저 소문으로만 그가 역대 황제들 중에 가장 잔인한 성격을 지녔다고 들었다. 만약 그가 살아 있었다면 파벨루크의 반란이 실패했을지도 모른다고 말이다.

정식으로 황실에 데뷔도 하기 전에 숨을 거뒀으니 진실은 알 수 없었다.

지금까지는 크게 관심을 두지 않았던 인물이라 딱히 더 이상 떠오르는 것도 없었다. 그런데 미라벨의 입에서 갑자기 황태사란 호칭이 나오니 이레나로서는 도무지 짐작조차 가지 않았다.

"황태자라니……. 결국 반왕이 무력을 사용해서 그 자리에 누굴 앉혔다는 말이야?"

그건 언젠가는 벌어질 일이었다.

루퍼드 제국은 황권이 아주 강력한 나라다.

반왕이라고는 하나 결국 황제인 그가 힘으로 해결하고자 한다면 안 될 일은 아니었다. 다만 그가 시간을 두고 명분을 만들고 싶었던 거겠지.

"언니, 지금 무슨 소리를 하는 거야? 반왕이라니! 그런 불경스러운 단어를 입에 담은 걸 아버지가 아셨다간 아무리 언니라고 해도 경을 치실 거야."

미라벨은 혹시 누군가가 자신들의 이야기를 엿듣지는 않았는지 서둘러 주변을 살폈다.

그 조심스러운 모습을 보면서도 이레나는 의문만 가득 쌓일 뿐이었다. 이게 도대체 어떻게 된 상황인지 알 도리가 없었다.

"언니 오늘따라 좀 이상해. 당연히 루퍼드 제국 황태자는 칼라일 전하, 한 분밖에 없으시잖아."

칼라일? 칼라리일?

그 이름을 듣자마자 이레나의 머릿속에 번뜩하고 떠오른 것이 있었다.

칼라일 반 데미트리 루퍼드.

아마 그 마지막 황태자의 이름이 이러했을 것이다.

지금 미라벨이 말하는 건 분명 이십 년 전에 암살당한 황태자가 맞았다. 그리고 우습게도 그 사실을 깨닫자 지금까지 뒤죽박죽 엉켜있던 실타래가 단번에 풀리는 기분이 들었다.

"미라벨, 지금이 몇 년도지?"

"제국력 367년이잖아. 설마 그것도 잊어버린 거야?"

그 순간 마치 번개라도 맞은 것처럼 굳어 버린 이레나는 아무런 말도 할 수가 없었다.

정확히 자신이 죽은 시간으로부터 이십 년 전이었다. 그리고 가문이 멸망하기까지 딱 일 년 정도가 남은 기간이다.

이레나는 똑똑히 기억하고 있었다.

과거에 황태자가 처음으로 사교계에 모습을 드러낸다고 하여 미라벨과 같이 무도회에 참석한 적이 있었다. 그런데 끝끝내 그의 모습은 보지 못한 채로 집으로 돌아가야 했다.

나중에 시간이 지나고 난 다음에야 황태자가 암살을 당해 참석하지 못했다는 사실이 알려졌고, 그 후로부터 반년이 지난 뒤 황제의 병환이 세상에 발표되면서 황가는 몰락의 길을 걷기 시작했다.

그래, 생생히 떠올랐다.

미라벨은 어느 날 황태자가 처음으로 무도회에 참석한다는 사실을 알고 자신의 방에 이렇게 불쑥 찾아온 적이 있었다.

오늘이 바로……

그 날이란 말이야?

이레나의 머릿속에 지금까지 벌어졌던 일들이 파노라마처럼 스쳐 지나갔다.

'내가 정말 과거로 돌아왔다고?'

쉽게 믿을 수가 없었다.

도대체 어떻게? 왜?

풀리지 않는 의문들이 잔뜩 생겨났다. 하지만 그걸 누군가에게 물어볼 수도, 또 해답을 구할 수도 없었다.

그저 환상이라고만 생각했던 이 순간이 현실이라는 걸 깨닫기 시작하면서 이레나는 마치 숨을 쉬는 법조차 잊어버린 사람처럼 창백하게 변해 갔다.

"언니, 괜찮아?"

미라벨은 여전히 걱정이 가득 담긴 시선으로 그녀를 바라보며 조심스럽게 손을 붙잡아 주었다.

이레나는 이런 별거 아닌 동작에도 다시 눈물이 왈칵 쏟아질 것만 같았다.

그래, 중요한 건 어떻게 과거로 돌아왔느냐가 아니었다.

그토록 지키고 싶었던 가족을 이제는 정말 지킬 수 있는 기회가 찾아왔다.

절대로 그런 미래가 다시 찾아오도록 내버려 두지 않으리라.

이레나는 자신의 손 위에 얹혀진 미라벨의 작은 손을 세게 맞잡으며 맹세하듯이 나지막한 목소리로 말했다.

“이번에는, 언니가 꼭 지켜 줄게. 무슨 일이 있어도 반드시…….”

너무나도 강한 의지가 담긴 말에 미라벨은 저도 모르게 고개를 작게 끄덕이고 말았다. 하지만 그녀도 오늘따라 언니가 어딘가 이상하다는 사실을 뼈저리게 느끼고 있었다.

처음에는 백작가의 안살림을 도맡으며 많이 힘들었나 보다 생각했지만, 전혀 생각지도 못한 말들을 쏟아 내는 이레나는 수상한 점이 한두 군데가 아니었다.

“언니, 정말 괜찮은 거지?”

“당연하지, 네가 이렇게 내 앞에 있는데 안 괜찮을 리가 있어? 지금 이 순간이 나한테는…… 얼마나 감사한지 몰라. 살아 있어 줘서 고마워, 미라벨.”

어딘지 낯부끄러운 말에 미라벨의 얼굴이 붉어졌다.

갑자기 이런 말을 하는 언니가 이해되진 않았지만, 그래도 그만큼 자신을 열렬히 사랑한다는 뜻이기에 미라벨은 수줍게 웃으며 고개를 끄덕거렸다.

미라벨 역시도 세상에서 이레나 언니가 가장 좋다는 사실은 변함없었으니까.

이레나는 다시 한 번 몸을 수그려 미라벨을 꽉 끌어안곤, 금방이라도 깨질 듯한 물건을 다루듯이 소중하게 그녀를 쳐다보았다.

마치 쳐다보기조차 아깝다는 절절한 눈빛이라서 아무것도 모르는 미라벨도 가슴이 아릿할 정도였다.

이레나가 갑자기 생각났다는 듯 말했다.

"아버지는 지금 어디에 계셔?"

"언니가 어제 아버지는 오늘 급한 용무가 있으셔서 저녁에나 들어오실 거라고 했잖아."

"아, 내가 그랬나……."

이레나는 어색하게 웃으면서 곰곰이 생각에 잠겼다.

똑같은 참사를 겪지 않으려면 당장이라도 무슨 수를 써야 했다. 다가올 미래를 바꾸기 위해선 이렇게 지체하고 있을 시간이 별로 없었다.

지금이라도 아버지한테 달려가서 자신이 겪었던 미래에 대해 말씀드릴까?

이레나는 이내 고개를 저었다.

과연 자신조차 납득하기 어려운 이 허무맹랑한 이야기를 믿어 주실지 의문이다.

그리고 만약에 자신이 하는 말을 믿는다 해도 블레이즈가는 절대적인 황제파 가문이었다. 분명 아버지는 도망치기보단 죽더라도 끝까지 맞서 싸울 분이셨다.

그랬기에 전생에서도 반왕 파벨루크에게 숙청을 당하고 만 것이다.

그럼 도대체 어떻게 파벨루크가 황제가 되는 걸 막을 수 있을까.

지금은 아무도 예상하지 못하고 있겠지만, 12대 황제인 설리반 폐하는 심각한 병환에 시달리고 있다. 나중에야 밝혀진 사실이지만 그는 오래전부터 지독한 병마와 싸우고 있었다고 한다.

현 황제는 얼마 못 가 숨을 거둘 게 분명했다.

'……그 전에 파벨루크를 암살해 버릴까?'

다시 과거로 돌아왔다고 해도 이레나가 전생에 익혔던 검술이 완전히 사라진 건 아니었다.

물론 신체를 다시 단련해야 예전처럼 완벽히 사용할 수 있겠지만, 그렇더라도 지금의 그녀가 과거처럼 일개 백작의 영애가 되어 버린 것은 아니다.

오랫동안 여기사로 살았던 경험이, 그리고 검술에 대한 지식들이 머릿속에 온전히 남아 있었으니까.

숱한 전장을 누비고 다니면서 깨우친 실전 경험은 쉽사리 사라지는 게 아니었다.

결국 실패로 돌아가긴 했지만, 그 유명한 반왕 파벨루크의 목에 검을 겨누고 한쪽 팔까지 가져간 여검사가 바로 그녀였다.

하지만 설령 암살에 성공한다고 해도…….

미래를 알지 못하는 황실은 파벨루크를 죽인 그녀를 역적으로 몰고 갈 것이다. 블레이즈가 역시 책임을 피하지 못하겠지.

그리고 만에 하나 실패라도 하게 된다면…….

이레나는 생각조차 하기 싫다는 듯, 두 눈을 질끈 감고 말았다.

인정하고 싶지는 않았지만, 평생 파벨루크를 죽이기 위해 노력했다. 그가 얼마나 강한지는 그 누구보다 이레나가 가장 잘 알고 있었다.

최상의 상태라고 판단해서 싸운 전투에서도 이미 한 번 그에게 지고 말았다. 그런데 이제 와서 다시 붙는다고 과연 이길 수 있을까?

그 결과조차 예측할 수 없는 승부에서, 무조건 파벨루크를 죽이고 자신의 정체 또한 감출 수 있을 거라고 장담하는 건 너무나도 위험했다.

그렇게 희박한 확률에 가족들의 목숨을 담보로 걸 수는 없었다.

'……절대로 실패하지 않을 방법이어야 해.'

가능하면 최악의 순간이 찾아온다 하더라도 블레이즈가는 살아남을 수 있어야 한다. 하지만 그런 좋은 방법이 머릿속에 떠오르질 않았다.

전생에서 죽을 만큼 노력을 했음에도 불구하고 결국 원수를 갚지 못했기 때문에 더욱 막막했다.

이미 혼자서 할 수 있는 모든 노력은 다 해 봤다.

지금은 자신에게 힘을 보태 줄 수 있는 조력자가 필요했다.

'누구라도 좋으니 나를 도와줄 사람이 단 한 명이라도 있다면…….'

거기까지 생각한 이레나의 머릿속에 불현듯이 단 한 사람이 떠올랐다.

'……칼라일 황태자?'

자신이 아는 바에 의하면 그는 며칠 후에 사망해야 한다.

그런데…… 만약 그가 죽지 않는다면?

황태자이자, 현 황제의 아들인 그는 파벨루크에게 가장 귀찮을 상대가 될 수밖에 없었다.

전장에서 그가 세운 공훈에 반만큼만이라도. 아니, 그에 대한 소문 중에 일부만 진실이어도 크게 도움이 될지도 모르는 일이었다.

더욱이 그를 황제로만 만들 수 있다면 파벨루크의 앞길을 보란 듯이 막을 수 있었다.

하지만 죽었어야 할 사람을 살리는 일이었다. 그것도 다름 아닌 황태자를.

황가의 운명을, 더 나아가서는 대륙 전체를 뒤흔들지도 모르는 결정이었다.

아주 잠깐 망설이는 마음이 들었지만, 이레나는 곧 스스로에게 차가운 조소를 날렸다.

'온 세상이 피로 물든다 해도 상관없어. 내 가족들을 구할 수만 있다면…….'

그 길이 피에 젖은 것이라고 해도 웃으면서 걸어가리라.

이레나는 자신을 또랑또랑한 눈으로 올려다보고 있는 미라벨을 쳐다보며 다시 한 번 깊게 다짐했다.

기필코, 무슨 수를 써서든.

이번엔 내가 구해 줄게.

마음을 확실히 정하고 나니 불현듯 초조해지기 시작했다. 칼라일 황태자가 암살을 당했다고 알려진 시기와 지금이 너무나도 겹치기 때문이다.

황가의 치부이니만큼 그가 언제 죽었는지 정확하게 알려지진 않았지만, 다행히도 이레나는 그가 살해당한 장소를 기억하고 있었다.

칼라일 황태자가 암살당한 사건은, 반왕 파벨루크가 반란을 일으키기 전까지 사람들의 입에서 가장 많이 오르내리던 사건이었으니까.

다만 장소만 알고 있을 뿐, 정확한 시간을 알지 못하기에 이렇게 꾸물거릴 여유가 없었다.

만에 하나라도 제시간을 맞추지 못해서 그를 살릴 수 있는 기회를 놓쳐 버린다면 큰일이었다.

블레이즈 성은 수도권에서 떨어진 남부 지방에 위치해 있었다. 여기서 출발해서 그곳까지 도착하려면 며칠이란 시간이 걸렸다.

칼라일 황태자를 살리기로 결정한 이상, 최대한 빨리 그를 구해 내야 했다.

“데릭 오라버니는 지금 연무장에 계시지?”

“응. 항상 똑같지 뭐, 오라버니는 하루라도 검을 안 들면 몸에 두드러기라도 나나 봐.”

미라벨이 장난스럽게 혀를 날름 내밀면서 말하는 모습을 이레나가 사랑스럽게 쳐다보았다.

그토록 보고 싶었던 동생이다. 조금이라도 더 눈에 담아 두고 싶은 마음이 굴뚝같았지만 지금은 한시가 급한 상황이었다.

이레나는 못내 아쉬운 마음에 미라벨의 부드러운 머리카락을 쓸어 주며 나지막이 말했다.

“미라벨, 나는 잠깐 어디를 다녀와야 할 것 같아.”

“응? 어디 외출이라도 하게?”

"한 며칠 정도 걸릴 것 같은데……."

"그렇게나 오래? 나도 같이 가!"

조금이라도 떨어지기 싫다는 듯 미라벨이 이레나의 잠옷 끝자락을 붙잡았다.

일찍 돌아가신 엄마에 대한 기억이 없어서일까.

미라벨은 어렸을 때부터 이레나와 떨어지는 것을 싫어했다. 그리고 이레나도 자신을 마치 엄마처럼 따르고 좋아하는 여동생이 싫지 않았다.

그래서 둘은 가문이 망하기 전까지 떨어져서 지낸 기억이 거의 없었다.

어쩌면 그랬기에 더욱 미라벨 없이 살아야 했던 십여 년의 세월이 사무치게 외로웠는지도 모르겠다.

그렇게 오랜 시간을 그리워했던 만큼 미라벨이 하는 말이라면 무엇이든 다 들어주고 싶었지만, 지금만큼은 그럴 수 없었다.

"거긴 내가 혼자 가야만 하는 곳이야……."

말을 하면서 이레나의 머리가 빠르게 돌아갔다.

칼라일 황태자를 구하러 가려면 최소한 며칠 동안은 집을 비워야 하는데 아무런 이유도 없이 사라질 순 없다.

지금은 그녀가 무엇을 하든 아무도 간섭하지 않던 여검사 시절이 아니었다. 일거수일투족을 가족들에게 알려야 하는 귀하디귀한 백작가의 영애였으니까.

마침 이레나의 머리에 번뜩 떠오르는 기억이 하나 있었다.

"음, 글렌한테 다녀와야 하는데 그렇게 먼 거리를 너와 함께 갈 수는 없잖아."

"글렌?"

"그래. 얼마 전부터 편지로 소식을 들었는데, 아무래도 내가 직접 한 번 가 봐야 할 것 같아."

글렌은 시골의 한 영지에서 살고 있는 남작가의 영애로, 이레나와는 먼 친척 관계였다.

왕래가 잦은 편은 아니었지만, 그녀는 이레나와 미라벨을 모두 좋아해서 남부 지방 근처에 나올 일이 있으면 꼭 블레이즈가를 방문하곤 했다.

이레나의 기억으로는 현재 글렌은 결혼식을 준비하느라 상당히 예민한 상태였다.

전생에서는 이런저런 사정으로 결혼식 당일에만 참석해서 축하해 주었지만, 지금은 어떤 핑계를 대서라도 블레이즈가를 나가야만 했다.

거기에 어릴 때부터 친분을 유지해 온 글렌은 아주 좋은 핑곗거리였다.

이레나는 혹시라도 자신의 기억이 잘못되었을까, 불안한 마음에 슬쩍 미라벨의 눈치를 살폈다.

하지만 다행히도 미라벨은 글렌에 대한 이야기를 이미

알고 있었던 듯 한껏 누그러진 표정으로 말했다.

"그래도 언니가 직접 갈 필요까지 있어? 걱정이 되면 다른 사람을 보내면 될 일이고…… 그렇게 멀리까지 왔다 갔다 하다가 혹시라도 무슨 일이 생기면 어떻게 해. 더구나 우리 집은 언니가 없으면 아예 돌아가지 않는다구."

"결혼식은 어떻게 보면 여자의 일생에 가장 중요한 일이라고 할 수 있는데, 내가 직접 방문하는 게 맞아."

"하지만……."

"글렌은 머리숱이 많아서 그걸 관리하는 게 매일 걱정이었잖니. 내가 가서 직접 도와주면 심적으로도 많이 위로가 될 거야."

"……치이."

미라벨이 마음에 들지 않다는 듯 입술을 삐죽거렸다.

사실 웬만해서는 자신도 미라벨을 혼자 집에 두고 나가는 걸 좋아하지 않았다. 실제로 지금도 글렌의 결혼식 때문에 자리를 비우고자 하는 것이 아니었다.

칼라일 황태자를 구해 내야 하는 중요한 일이 아니었다면, 결코 오랜만에 본 동생의 곁을 비우지 않았을 것이다.

하지만 그런 속마음과 달리, 겉으로는 여전히 완고한 표정을 짓고 있는 이레나였기에 미라벨은 하는 수 없다는 듯 중얼거렸다.

"언니는 너무 착해서 탈이야."

그 말을 들은 이레나는 그저 희미하게 웃을 뿐이었다.

가족을 위해서라면 세상이 피로 물든다 해도 상관하지 않겠다고 결심했다.

그런 자신에게 착하다는 말은 어쩌면 가장 어울리지 않는 단어였다.

지금만 해도 칼라일 황태자를 구하는데 얼마나 많은 피를 손에 묻혀야 할지 가늠조차 되지 않았다. 하지만 이레나는 아무것도 모르는 척 그저 웃었다.

"돌아올 때 선물 사 올게."

"정말? 나 그럼, 엄청 기대하고 있을 거야."

"그래. 네 마음에 쏙 드는 거로 골라올 테니 조금만 기다리고 있어."

"응, 꼭이야!"

조금 전까지 이레나의 외출을 반대했던 것을 까맣게 잊은 듯, 미라벨은 금방이라도 만개할 꽃처럼 환한 미소를 지었다.

이레나는 저도 모르게 주먹을 꽉 쥐었다가 피고는 다시 한 번 미라벨의 머리를 쓰다듬었다.

그래, 자신은 이 미소를 지키기 위해서라면 지옥의 악귀가 된다 해도 마다하지 않을 것이다.

이 손에 얼마만큼의 피가 묻는다 해도 상관없었다.

그렇기에 이레나는 환한 미라벨의 얼굴을 마주하며 웃을 수 있었다.

“그럼 집에서 얌전히 기다리고 있어야 해. 아버지가 돌아오시면 내가 글렌의 결혼식을 도우러 갔다고 전해 드리고.”

“응. 가능한 빨리 돌아와야 해, 언니.”

“약속할게. 데릭 오라버니한테만 인사드리고 바로 출발해야지.”

“벌써?”

“빨리 돌아오려면 그만큼 서둘러야지.”

당장이라도 떠나려고 하는 이레나를 보며 미라벨은 조금 시무룩해졌지만, 금세 무슨 생각이 떠오른 듯 밝은 표정으로 다시 입을 열었다.

“그러면 언니가 가면서 먹을 수 있도록 내가 주방장한테 말해서 도시락을 준비해 놓을게.”

“그럴 필요는…….”

“그동안 언니는, 데릭 오라버니랑 대화하고 있어!”

미라벨은 자신의 말만 남긴 채 부리나케 바깥으로 나갔다. 그 종종걸음을 바라보며 이레나는 못 말리겠다는 듯이 작게 웃음 지었다.

선천적으로 몸이 약한 미라벨은 제대로 달리기조차 한

번 해 본 적 없는 아이였다. 열일곱 살이 된 지금도 외형적으론 열네다섯으로밖에 보이지 않을 정도로 작고 가냘팠다.

그런 동생이 자신을 위한답시고, 저렇게 잰걸음으로 달려가는 모습을 보니 걱정스러운 반면에 한편으론 감동스럽기까지 했다.

이렇게나 자신을 위해 주는 사람이 있는 걸 보니, 새삼 정말로 과거로 돌아왔구나 하고 깨달을 수밖에 없었다.

잠시 감상에 젖어 있던 이레나는 서둘러 정신을 차리고 책상 앞에 앉았다.

글렌의 결혼식을 도와주겠다는 핑계로 집을 나설 생각이지만, 그렇다고 정말 그녀가 사는 곳까지 방문할 수 있을지 장담할 수 없었다.

만약을 대비해 글렌에게는 미용 솜씨가 뛰어난 사람을 보내 줄 생각이다. 그리고 미리 이러한 내용을 그녀에게도 알려 놔야 나중에라도 곤란한 상황을 피할 수 있었다.

이레나는 일단 글렌에게 결혼식을 도우러 가겠다는 내용의 편지와 수도에서 가장 유명한 미용숍에 보내는 편지를 작성했다.

두 개의 편지는 각각 블레이즈 백작가의 인장이 찍힌 채 곧바로 발송이 되었다.

*　*　*

"하압!"

진한 땀 냄새와 거친 숨소리가 들려오는 이곳은 바로 블레이즈 백작가 안에 위치한 연무장이었다.

그중에서도 기사들이 단체로 사용하는 커다란 장소와 달리, 한적하고 아늑한 이곳은 백작가의 차기 후계자 데릭을 위한 공간이었다.

데릭은 이레나가 가까이 다가온 것도 모른 채 검술훈련에 열중하고 있었다.

땀으로 온몸을 흠뻑 적신 그를 이레나는 잠시 아무런 말 없이 쳐다보았다.

'……오라버니.'

혼자서 살아남아야 했던 기나긴 시간 동안 마음 한구석에는 데릭을 원망하는 마음이 남아 있었다.

미라벨을 구하려던 자신을 억지로 막았을 뿐만 아니라…….

그는 자신을 구하기 위해 죽어 버렸으니까.

전생에서 위험에 빠진 미라벨을 그대로 방치해 둔 채, 성 바깥으로 끌려 나온 이레나는 이게 꿈인지 현실인지조차 가늠되지 않을 정도로 정신이 없었다.

사방에서는 고용인들의 비명 소리가 울려 퍼졌고, 코

끝에는 진한 피비린내가 가시지 않았다.

기사들의 일사불란한 발소리, 그리고 자신과 오라버니를 찾으라는 고함 소리까지.

그때까지 평범한 백작가의 영애였던 이레나는 아무것도 할 수 없었고, 그 상황에 자신이 무엇을 해야 하는지조차 알 수 없었다.

정신을 차리지 못하는 그녀에게 데릭은 결국 손을 들어 올렸다.

찰싹, 커다란 마찰음 소리와 함께 이레나의 고개가 반대편으로 꺾였다.

한 번도 맞아 본 적 없던 뺨은 금세 붉게 물들었지만, 초점을 잃은 이레나의 눈동자는 반사적으로 또렷해졌다.

데릭이 양손으로 이레나의 얼굴을 똑바로 잡고 자신과 눈을 맞추며 진지하게 말했다.

—이레나, 네가 도망갈 시간을 벌어 주마. 뒤돌아보지 말고 아르덴까지 가거라. 거기에 가면 우리 가문의 안가가 있으니 일단은 그곳에 몸을 숨기고 상황을 살펴야 한다.

데릭이 하는 말을 완전히 이해하지 못했지만, 금방이라도 호통을 칠 것만 같은 그의 무시무시한 눈빛에 자신은 그저 고개를 끄덕거렸다.

곧이어 다른 사람들의 인기척 소리가 가까워지자 데릭은 허리춤에 차고 있던 검을 뽑았다. 그리고 이레나를 돌아보며 다시 입을 열었다.

—가라. 가서 살아남거라, 동생아.

그게 마지막이었다.

점점 멀어지는 오라버니의 뒷모습을 보다가 이레나는 천천히 반대 방향으로 달리기 시작했다.

살기 위해서 한 행동이 아니었다. 그저 이 상황이 너무도 믿기지 않고 무서워서, 오라버니가 시키는 대로 따랐던 것이다.

드레스가 찢기고 맨발이 피투성이가 될 때까지 달리고 또 달리고 난 다음에야 알았다. 데릭 오라버니가 자신을 대신해 희생했다는 것을.

눈물이 앞을 가려 아무것도 보이지 않는 와중에도 자신은 칠흑 같은 숲 속을 계속해서 달렸다.

그 껌껌했던 밤이, 이레나가 기억하는 한 세상에서 가장 끔찍했던 밤이었다.

그렇게 살아남은 자신이 나중에 확인할 수 있었던 것은, 성벽에 구경거리처럼 걸려 있던 아버지와 오라버니의 처참한 시체였다.

그것을 본 순간 온몸의 털이 곤두서고, 피가 거꾸로 솟는 것만 같았다.

입에서는 비명조차 터져 나오지 않았다.

그저 하늘이 무너지고 땅이 꺼지는 것 같았다.

당장이라도 가족들의 뒤를 따라가고 싶었지만, 너무나도 분하고 억울해서 이대로 목숨을 끊을 수조차 없었다.

머릿속에는 계속해서 살아남으라던 데릭 오라버니의 말이 반복해서 떠올랐다.

악착같이 살아남아야 한다는 게 힘들었다. 가족들의 목숨을 짊어지고 살아가야 한다는 게 너무나도 무겁고 숨이 막혀 왔다.

나중엔 그냥 오라버니가 살아남지, 왜 자신을 살렸나 원망스럽기도 했다.

사실 그때까지 자신에게 데릭 오라버니는 무섭고, 또 어려운 존재였다.

백작가의 후계자로 자라 온 그는 어렸을 때부터 아버지를 꼭 닮아 무뚝뚝하기 그지없었다.

고맙다는 말도, 미안하다는 말도 잘 표현하지 않는 그런 남자였기에 어린 마음에 기사란 다 이런 건가, 하는 의문이 들 정도였다.

그리고 끝까지 그는 그런 성격답게 별다른 생색도 없이 자신을 대신해 희생했다.

이레나는 그에 대한 아무런 원망의 말도, 감사의 인사도 전할 수 없었다.

그래서일까. 기나긴 시간 동안 데릭 오라버니에게 하고 싶었던 말들이 가슴속에 산처럼 쌓여 있었다.

우습게도 그가 죽고 나서야 자신을 얼마나 아끼고 사랑했는지 느낄 수 있었으니까.

자신을 혼자만 남겨 둔 그를 원망했고……

원망했던 만큼 사무치게 그리워했다.

"언제부터 거기 있었지?"

데릭은 뒤늦게 자신을 지켜보고 있는 이레나의 존재를 눈치채고 높낮이 없는 목소리로 말을 건넸다.

괜히 코끝이 시큰해서 이레나는 목소리를 가다듬고 나서야 대답했다.

"방금 전에, 왔어요."

"무슨 일이야?"

본론만 얘기하라는 듯이 딱딱한 데릭의 화법에도, 이레나는 그를 어려워했던 과거와 달리 왠지 마음이 푸근해지는 걸 느꼈다.

"글렌의 결혼식을 도와주러 며칠 다녀오려고 해요. 오라버니한테 인사드리고 가려고 잠깐 들렀어요."

"그래, 조심히 다녀오너라."

전혀 관심 없다는 듯 검을 손질하는 데릭을 바라보다

가 이레나는 몸을 돌렸다. 그리곤 몇 걸음을 걷다가 저도 모르게 발길을 멈추고 다시 그를 쳐다봤다.

이레나의 눈에는 현실의 데릭과 자신이 기억하고 있는 마지막 모습의 그가 겹쳐 보였다.

"오라버니."

"……?"

평상시라면 이미 끊겼을 대화가 다시 이어지자, 데릭이 의외라는 눈빛으로 그녀를 쳐다봤다.

그러자 밝은 햇빛 아래에서 물결처럼 굽이치는 금발 머리와 보석 같은 진홍색의 눈동자가 가늘게 휘어지는 이레나의 모습이 그림처럼 눈에 들어왔다.

"……고맙다고, 그 말은 꼭 전하고 싶었어요."

"뭐?"

데릭이 영문을 모르겠다는 표정으로 반문했지만, 이레나는 의미를 알 수 없는 표정을 지으며 다시 제 갈 길을 갈 뿐이었다.

어딘가 어제와 달라진 분위기의 이레나를 바라보며 데릭은 고개를 갸웃거렸다.

눈에 넣어도 아프지 않을 사랑스러운 여동생이지만 지금까지 두 사람은 그리 살가운 사이가 아니었으니까.

그는 점점 멀어지는 이레나의 뒷모습을 바라보며, 걱정이 담긴 목소리로 나지막이 중얼거렸다.

"그나저나, 호위는 제대로 데리고 나가는 건지 모르겠군."

*　　*　　*

이레나가 데릭에게 인사를 마치고 곧바로 향한 곳은, 블레이즈가 안에 있는 물품보관실이었다.

그곳에는 가문의 기사들이 사용하지 않는 철 갑옷과 검, 활과 화살 등, 여러 가지 무기들과 방어구가 전부 보관이 되는 장소였다.

일반인들은 출입조차 통제받는 구역이었지만, 다행히도 블레이즈 백작가 안에서 이레나가 가지 못하는 장소는 없었다.

그래도 혹시 모를 상황을 대비해 사람들의 눈까지 피해 들어온 이레나는 가지런히 진열이 된 무기와 방어구들을 지나쳐 가장 안쪽으로 향했다.

어둡고 좁은 모퉁이를 지나 사람들의 손길이 닿지 않는 구석에 도착하니, 온통 흑색으로 된 철 갑옷 하나가 고고한 자태를 뽐내며 서 있었다.

이레나는 이 갑옷이 지닌 특별함에 대해 잘 알고 있었다.

이건 바로 자신이 어렸을 때 돌아가신 어머니가 사용

했던 것이니까.

사실 갑옷을 만드는 철 자체만으로도 가격이 상당했기 때문에 정식 기사가 아니라면 입기조차 힘든 게 현실이었다.

그런데 이 흑색의 갑옷은 그 값비싼 철 중에서도 가장 순도 높은 철로 만들어진 것이었다. 오죽하면 사람들은 이것을 만년 묵은 한철이라고 했다.

무거운 보통의 철 갑옷과 달리 가벼운 경량으로 제작된 이 철 갑옷은 아무리 많은 금은보화를 준다고 해도 구하기 힘든 것이었기에 희귀성이 엄청났는데, 이레나도 전생에서는 이 갑옷의 가치에 대해 제대로 알지 못하였다.

나중에 검술을 배우고 난 다음에야 이게 얼마나 좋은 것인지 깨달았지만, 그때는 이미 한 번도 입어 보지 못한 채로 다른 사람에게 빼앗기고 난 뒤였다.

스윽, 감회에 젖은 눈빛으로 이레나는 갑옷을 한 번 만져 보았다.

손바닥에서 느껴지는 차갑고 단단한 감촉이 왠지 기분 좋았다.

어렸을 때는 이 갑옷이 당연히 자신의 것이라고 생각했다. 하지만 어머니가 돌아가시고 난 뒤에 아버지는 여자가 검을 배우는 것에 반대하셨다.

그렇기에 기사 가문에서 태어났지만 이레나는 기초 체력만 다졌을 뿐, 정식으로 검술을 배우지 않고 평범하게 자랐던 것이다.

어쩌면 운명인지도 모르겠다.

결국은 돌고 돌아 자신의 손안에 들어왔으니까.

잠시 과거를 회상하던 이레나는 곧 커다란 포대 자루 속에 흑색의 갑옷을 차곡차곡 넣기 시작했다.

'아버지가 어머니를 그리워하며 이 귀한 걸 사용하지도 않으신 걸 알지만, 그래도 이렇게 아껴 두기만 하다가 결국 남 좋은 일만 시킬 뿐이라고.'

이미 전생에서 한 번 겪은 일이기에 이레나는 더욱 자신 있게 말할 수 있었다. 그래서 이번 생에서는 자신이 아낌없이 사용해 주리라.

더군다나 단련했던 과거의 몸에 비해 지금은 체력이 많이 부족한 상태였다. 이런 상황에서 좋은 갑옷을 착용할 수 있다는 건 아주 큰 도움이 될 것이다.

이레나는 마지막으로 검은 투구를 포대 안으로 넣은 후, 가문에서 사용하지 않는 검 중에 그나마 가장 손질이 잘 된 것을 하나 골라 집었다.

과거로 돌아온 후에 처음으로 손에 잡아 본 검이었다. 하지만 마치 어제도 잡았던 것처럼 익숙했다.

굳은살이 박이지 않은 손은 딱딱한 검의 손잡이를 어

색해했지만, 머리로는 완벽하게 검을 이해하고 있는 묘한 기분이었다.

차앙, 검집에서 검을 뽑아내자 이레나의 얼굴이 날카로운 칼날에 비쳤다.

과거의 차가웠던 여검사 얼굴과는 많이 달라졌지만, 가슴 속에 남아 있는 간절함은 그때보다 지금이 더욱 컸다.

이레나는 허공에 몇 번 검을 그어 보고는 나지막이 중얼거렸다.

"……그래도 절반 정도의 실력은 낼 수 있겠어."

다행히 저번 생에서 잠을 잘 때조차 검을 놓지 않았던 노력들이 헛되지는 않은 것 같았다.

이전보다 검을 휘두르는 속도나 힘은 부족할 수밖에 없었지만, 그럼에도 크게 위화감은 없었다.

이미 수천, 수만 번을 휘둘렀던 검이다.

아무리 전보다 약해지고, 느려졌다 해도 자신은 검을 어디로 뻗어야 하는지를 정확하게 알고 있었다.

전쟁이라는 게 최상의 상태였을 때보다 그렇지 못한 순간에 싸워야 할 때가 더 많았다.

어떤 전투에선 보급 부대가 전멸돼 삼 일 밤낮을 굶은 채로 싸웠고, 또 어떨 때는 심하게 다리를 다쳐서 움직이지 못한 상대로도 싸웠다.

그렇게 목숨을 걸고 싸운 전투만 해도 셀 수도 없을 지경이었다.

그리고, 그 모든 순간을 살아남았다.

자그마치 십수 년을 그렇게 악착같이 견뎌 왔는데, 설령 완벽하게 단련되지 않은 몸이라고 해도 자신이 지닌 검술 실력이 어딘가로 사라지는 것은 아니었다.

현재 자신의 상태를 냉정하게 판단해 봤을 때, 체력과 힘이 현저하게 떨어지는 건 사실이었지만 전생에서의 경험으로 어느 정도 극복이 가능했다.

당연히 과거와 똑같지는 못하겠지만, 그래도 절반 성도의 실력 발휘는 할 수 있었다.

이레나는 최종적으로 손에 쥐고 있던 검까지 포대 안에 챙기고, 누군가 쉽게 열어 볼 수 없도록 밧줄로 꽁꽁 입구를 묶었다.

사람들의 눈을 피해 그것을 들고 바깥으로 나온 이레나는 문득 이 커다란 포대 자루를 자신이 직접 들고 다니는 상황이 사람들의 시선을 더욱 끌 수도 있겠다는 생각이 들었다.

모든 걸 제 손으로 해결해야 했던 여검사 시절의 습관을 버리기가 쉽지 않았지만, 현재 자신은 블레이즈 백작가의 영애라는 사실을 결코 잊어서는 안 되었다.

이레나는 물품보관실에서 최대한 거리를 벌리고 난 후

에, 자연스러운 표정으로 근처를 지나가고 있던 시종을 불렀다.

그녀를 발견한 시종이 서둘러 다가오자 커다란 포대 자루를 가리키며 말했다.

"이걸 내가 타고 갈 마차에 옮겨다오."

"아가씨, 이 커다란 짐들은 다 뭐래요?"

"도착하면 글렌에게 줄 선물들이란다."

"이렇게나 많이요? 허어, 나중에 글렌 아가씨께서 보시면 좋아하시겠네요."

귀족 아가씨들이 주고받는 선물이라고 하기엔 포대 자루의 크기나 무게가 조금 이상했으나, 시종은 깊게 생각하지 않고 이레나가 시키는 대로 따랐다.

그 이외에 귀족의 영애가 여행을 떠나면서 마땅히 챙겨야 하는, 드레스 등의 다른 짐들은 이미 하녀들에게 알아서 넣어 달라고 시켜 놓은 상태였다.

모든 짐들이 마차 안에 실린 걸 확인한 이레나가 마지막으로 탑승하려 할 때였다.

"헉, 허억. 언니이 잠깐만—"

미라벨이 팔락거리는 드레스 자락을 한 손으로 움켜쥔 채 빠른 걸음으로 마차를 향해 다가왔다. 그리고 그녀의 다른 손에는 야외 피크닉을 갈 때 사용하던 커다란 바구니가 들려 있었다.

이레나는 헐레벌떡 뛰어오는 미라벨이 걱정돼 마차에 오르려던 동작을 멈추고, 서둘러 그녀가 다가오는 방향으로 몸을 틀었다.

"미라벨, 조심해. 그러다 다칠라."

하지만 미라벨은 이레나의 바로 앞에 올 때까지 속도를 늦추지 않았다.

얼마나 급하게 온 건지 거친 숨을 씩씩 내쉬면서도 환하게 웃는 얼굴로 이렇게 말했다.

"제때 식사도 안 하고 가는 건데 도시락은 꼭 챙겨 가야지."

미라벨이 들고 있던 바구니를 얼떨결에 건네받은 이레나는 조금 당황하고 말았다. 생각보다 무게가 너무 묵직했기 때문이다.

"짧은 시간 동안 뭘 이렇게 많이 준비했어. 식사는 가면서 해도 되는데."

"나한테 매일 잘 먹어야 건강해진다고 말하던 사람이 누군지 잊었어?"

그 말에 이레나는 순간 할 말을 잃고 말았다.

음식 투정을 부리는 미라벨에게 자신이 늘 하던 소리였기 때문이다.

미라벨은 출발하려던 상황을 자신이 막아선 걸 알았기에, 재빨리 이레나의 등을 밀면서 밝은 목소리로 다시 입을 열어 말했다.

"얼른 출발해서 빨리 돌아와. 돌아올 때 내 선물 사 오는 거 잊지 말고."

미라벨의 손에 밀려 마차 안으로 탑승한 이레나는 왠지 마음이 찡해서 무슨 말을 해야 할지 알 수 없었다.

마차의 창문을 통해 보이는 미라벨을 바라보며 이레나가 작아진 목소리로 말했다.

"……다녀올게."

"응. 조심해서 다녀와, 언니."

그렇게 블레이즈가의 문양이 커다랗게 박힌 마차가 출발하기 시작하자, 미라벨이 크게 손을 흔들면서 인사하는 모습이 점점 멀어져 갔다.

이레나는 고개를 내밀고 창밖에서 미라벨의 모습이 보이지 않을 때까지 쳐다보았다.

스스로가 내뱉은 '다녀올게.'라는 말에 뒤늦게 가슴이 먹먹해졌다. 돌아올 곳이 생겼다는 게 이토록 든든하게 느껴질 줄이야.

문득 무릎 위에 올려놓았던 바구니가 눈에 들어왔다.

바구니를 옆자리로 옮겨 두고 안에 담긴 음식들을 하나씩 꺼내 보았다.

싱싱한 양상추와 큼지막한 닭 가슴살이 올라간 푸짐한 샐러드, 간편하게 먹을 수 있도록 햄과 삶은 계란을 넣어

만든 샌드위치. 거기다 먹기조차 아까울 정도로 아기자기하게 꾸며진 주먹밥과 정갈하게 깎인 과일들까지.

미라벨이 싸 준 바구니 안에서 끊임없이 음식들이 쏟아져 나왔다.

그리고 모두가 하나같이 이레나가 좋아하는 음식들이었다.

"……."

이레나는 마차 안에 음식들을 가지런히 펼쳐 놓을 뿐, 막상 손을 댈 엄두조차 내지 못했다.

그렇게 꼼짝도 없이 가만히 앉아 있는 그녀를, 마부 옆에 앉아 있던 하녀 소피가 마차 내부와 연결되어 있는 창문으로 보곤 걱정스럽게 물었다.

"아가씨, 괜찮으세요?"

양손으로 얼굴을 감싸 쥔 이레나가 마치 우는 것처럼 보였기 때문이다.

"……괜찮아. 나는 그냥, 내가 생각했던 것보다, 더 행복한 사람인 것 같아서……."

전생에서 늘 가족들이 살아 있던 이 순간을 그리워했다.

아버지, 오라버니. 그리고 미라벨. 그들이 살아 있다면 얼마나 좋을까, 수백 번 혹은 수천 번 생각했다.

그런데 그렇게 꿈꿔 왔던 자신의 상상보다 우습게도 지금이 더 행복했다.

어떻게 이럴 수 있지?

보통은 상상이 더 좋아야 하는 거 아닌가.

어떻게 이렇게 꿈에 그리던 것처럼. 아니, 그보다 더 행복할 수 있는 건지 믿겨지지가 않았다.

"……이거 다, 아까워서 어떻게 먹으라고."

중얼거리는 이레나의 목소리에 소피가 영문을 모르겠다는 듯 대꾸했다.

"그렇게 좋으시면, 나중에도 또 작은 아가씨께 도시락을 싸 달라고 말씀하시면 되지 않을까요?"

이레나가 축축해진 눈가를 손바닥으로 문지르며 고개를 끄덕였다.

"그래…… 그러면 되겠구나."

지금 자신의 가족들은 모두 살아 있었다.

그들이 살아 있다면 이 행복은 언제까지나 지속될 것이다. 그리고 이레나는 손안에 들어온 이 행복을 다시는 놓치지 않기 위해 가고 있었다.

기필코 미래를 바꾸고야 말리라.

2
괴물이라 해도 상관없어

블레이즈 성을 나설 때, 이레나는 일부러 최소한의 인원만 데리고 여행을 떠났다. 분명 마차가 멈춰서기 전까진 그렇게 믿고 있었다.

그런데 막상 마차를 세우고 나니, 저 멀리에서 여섯 명이나 되는 가문의 기사들이 추가로 말을 타고 따라오는 모습이 보였다.

기존에 마차를 지키던 두 명을 포함하면, 그녀를 호위하기 위해 가문을 나선 기사가 총 여덟 명이 되는 셈이었다.

이레나가 전혀 생각지도 못한 인원에 깜짝 놀란 듯하자, 가장 선두에 서 있던 기사가 설명하듯이 이렇게 말했다.

"데릭 도련님이 보내셔서 왔습니다. 아가씨 안전을 지키는 호위 기사 수가 너무 적으신 것 같다고 하여……."

"아, 데릭 오라버니가…… 그렇군요."

이레나는 어쩔 수 없이 대답은 했지만 머릿속은 바쁘게 돌아갔다.

이들을 다 데리고 칼라일 황태자를 구하러 갈 수는 없었다.

차라리 그가 암살당한 시간과 장소를 정확히 알고 있다면, 우연을 가장해서라도 가문의 기사들을 이용할 수 있었을지 모른다.

그런데 자신이 아는 건, 황태자가 죽은 장소뿐이었다.

그 장소에서 며칠을 잠복하고 있어야 할지도 모르는데, 거기에 이 인원들을 다 데리고 갈 수는 없다.

애초에 글렌의 결혼식을 도와주겠다는 핑계로 나왔는데, 대체 무슨 핑계로 한 장소에 그렇게 오래 머물 수 있단 말인가.

그뿐만이 아니었다.

설령 이레나가 억지를 부려 이들을 다 데리고 간다면 몇몇 기사들의 도움은 받을 수 있겠지만, 문제는 이들 앞에서 제 실력을 발휘할 수가 없다는 것이다.

사실 그게 가장 크게 발목을 잡는 이유였다.

지금까지 평범한 백작가의 영애로 살아왔던 그녀가 하

루아침에 뛰어난 검술 실력을 보인다?

그건 누가 봐도 수상한 일이었다.

가족들에게든, 다른 사람들에게든 이것에 대해 설명을 해야 했는데 이레나는 그러고 싶지 않았다.

검술 실력이 생겼다는 자체가 나쁜 일은 아니었으나, 이 능력을 반왕 파벨루크의 앞날을 막기 위해 사용할 거라는 게 문제였다.

안 좋은 일에 검을 들어야 할 일이 많을 것이다.

어쩌면 앞으로 수십, 수백 명을 베어야 할지도 모른다.

그렇기에 자신의 실력을 아는 자는 적으면 적을수록 좋았다. 그리고 그게 가족들의 안전을 지키기 위해 더 나을 거란 판단이 들었다.

또한, 가능하다면 가족들은 아무것도 모르는 채로 이 삶을 누렸으면 한다.

그러면 자신도 그들의 옆에서 아무것도 모르는 척 웃을 수 있을 테니…….

그렇게 마음을 정했기에, 처음 이 길을 나설 때부터 혼자 움직일 생각이었다.

그런데 이렇게 호위하는 기사들의 숫자가 많아지면 그만큼 따돌리기가 어려웠다.

'……이걸 어떻게 한다?'

호위 기사 여덟 명과 하녀 한 명, 그리고 마부까지.

총 열 명의 인원이었다.

애초에 백작가의 영애인 자신이 혼자 여행을 떠날 수 있을 거라고 생각했던 건 아니지만, 이건 예상을 많이 벗어난 숫자였다.

아무에게도 걸리지 않은 채 쥐도 새도 모르게 사라질 순 있었지만, 그러면 곧장 가문에 소식이 전해져서 발칵 뒤집힐 것이다.

그렇다면 이들 모두를 속이고, 자신 또한 연기처럼 사라질 수 있는 그런 방법이 없을까?

이레나는 복잡한 표정으로 오늘 묵고 갈 최고급 여관 안으로 들어섰다. 그러자 뒤따르던 하녀 소피가 뒤에서 문을 닫아 주며 나긋나긋한 목소리로 말했다.

"그럼 푹 쉬세요, 아가씨."

황태자가 암살당한 장소까지 가는데 걸리는 시간은 삼 일.

그 안에 어떻게든 방법을 생각해 내야 했다.

여관은 최고급이라는 이름에 걸맞게 모든 물건들이 최상품으로 이루어져 있어서 하룻밤을 묵고 가기에 손색이 없었다.

블레이즈 성 안에 있는 이레나의 방과 견주어도 크게 뒤처지지 않는다면 말 다 한 셈이었다.

하지만 그녀의 기분은 무척이나 저조했다. 어쩌면 당연한 일이다. 지금은 얼마나 편안히 하룻밤을 보냈느냐가 조금도 중요하지 않았으니까.

'왜 이 생각을 못 했지…….'

처음엔 모두를 어떻게 따돌릴 수 있을지에 대해 고민했다. 하지만 시간이 지날수록 지금 자신이 뭐 하는 건지 뒤늦게 후회가 밀려들었다.

백작가의 영애가 하는 여행이라 최대한 그에 맞게 행동해야겠다는 생각만 하다 보니, 너무나도 자연스럽게 이곳으로 들어오고 말았다.

돌이켜 보니 이렇게 하룻밤이 낭비되었다는 사실에 시간이 아까워 죽을 것만 같았다.

아직 어떻게 황태자를 구하러 갈 것인지 뾰족한 방법을 생각해 내지 못했지만, 더 이상은 이렇게 무의미하게 시간을 보낼 수 없었다.

생각은 가면서 하면 된다.

아직 시간이 조금 남아 있으니 방법은, 일단 움직이면서 찾아봐도 충분했다.

차라리 이렇게 시간을 허비할 줄 알았다면, 미라벨의 얼굴을 일 초라도 더 보고 올 것을.

아쉬운 마음이 들었지만 이미 어쩔 수 없는 일이다. 이왕 벌어진 일, 이레나는 최대한 이 시간을 효율적으로 쓰기 위해 노력했다.

침대에서 일어나자마자 그녀는 전생에서 아침마다 했던 몸풀기 운동을 마치고, 당장이라도 떠날 수 있도록 포대 자루 안에 있는 철 갑옷과 검을 손질했다.

그리고 마지막으로 혼자서 샤워를 한 이레나가 외출 준비까지 모두 끝마쳤을 때였다.

문밖에서 그녀가 깨어나기만을 기다리고 있던 하녀 소피는, 방 안에서 들리는 기척 소리에 혹시나 하는 마음으로 방문을 두드렸다.

그러자 기다렸다는 듯이 이레나의 목소리가 들려왔다.

"들어와."

방에 들어온 소피는 이미 모든 준비를 마쳐 놓은 이레나를 눈으로 확인하고 저도 모르게 입을 벌렸다.

아무리 평상시에 이레나가 부지런하다고 해도 이 정도는 아니었다.

"아, 아가씨. 일어나셨으면 저를 부르시지. 대체 언제부터 깨어 있으셨던 거예요?"

"여행하는 동안 내 모든 시중을 너 혼자 들긴 힘들 거야. 번잡한 게 싫다고 너 하나만 데리고 온 게 나인데, 앞으로도 웬만한 건 내가 직접 할 테니 너무 신경 쓸 필요 없어."

그 말에 소피는 새삼 감격스러운 눈빛으로 이레나를 쳐다보았다.

사실 이 여행을 처음 떠났을 때 솔직히 속으로 많이 구시렁거렸다. 자신 혼자서만 이레나의 시중을 들려면 평소보다 몇 배는 더 힘들 거라 여겼기 때문이다.

원래부터 이레나가 까칠한 성격의 아가씨는 아니었지만, 이상하게 오늘따라 자신을 더 배려해 주는 느낌이었다.

소피는 저도 모르게 더욱 다정해진 목소리로 말했다.

“아가씨, 잠시만 기다리세요. 제가 서둘러 아침을 가지고 올라올게요. 이 여관의 음식이 고급 레스토랑에 버금간다고 아주 유명해요.”

“식사는 됐어. 그보다 지금 곧바로 출발하자꾸나.”

“네? 지금이요?”

생각지도 못한 말에 소피는 눈을 동그랗게 뜰 수밖에 없었다.

시간이 일러도 너무 일렀다. 지금쯤이면 모두 깨어나긴 했겠지만, 출발 준비를 끝마쳤을지는 장담할 수 없는 시간이었다.

하지만 놀란 소피에게 이레나는 더욱 충격적인 말을 내뱉었다.

“앞으로는 여관에 들르지 말고, 계속 마차를 몰고 가자고 전해 줘.”

“네에? 그럼 잠은 어떻게 주무시려고요?”

“마차 안에서 자면 돼.”

소피는 아가씨가 그렇게 불편한 데서 어떻게 주무시겠냐고 말하려다가 입을 다물었다.

대체 무슨 생각인지 알 수 없었지만, 설령 그게 뭐든 간에 그걸 자신에게 설명해 줄 이유는 없었다.

하녀인 소피는 그저 명령에 따르기만 하면 될 뿐이다.

도무지 남의 결혼식을 왜 이렇게 서둘러 도와주러 가야 하는지 이해가 되진 않았지만 말이다.

'뭐…… 힘들면 중간에 말씀하시겠지.'

소피는 편하게 생각하기로 했다. 어차피 고생이라곤 한 번 안 해 본 아가씨가 그렇게 힘든 여정을 견딜 수 있을 거라고 생각되지 않았다.

"알겠어요, 아가씨. 그럼 내려가서 사람들에게 말하고 올게요."

소피는 종종걸음으로 서둘러 기사들이 머물고 있는 방을 향해 걸어갔다.

* * *

여행을 떠난 지 삼 일째가 되는 날, 소피는 자신의 생각이 완전히 틀렸음을 뼈저리게 깨달았다.

자신은 쉼 없이 달리는 마차 안에서의 생활이 너무 힘들어서 입에서 단내가 날 지경이었는데, 이레나는 조금도 끄떡없어 보였다.

오죽하면 마부석에 앉아야 할 소피를 이레나가 마차 내부에 탈 수 있도록 옆자리를 허락해 줄 지경이었다.

그건 정말 고마운 일이었지만, 그렇다고 힘들지 않은 것은 아니었다.

'아가씨는 대체 이렇게 힘든 여정을 어떻게 견디시는 걸까?'

제일 먼저 뻗은 것은 소피였지만, 조금도 쉬지 않고 마차를 달린다는 건 쉽지 않은 일이었다.

다들 내색을 하지 않을 뿐 많이 지친 상태였다.

그런데 이렇게나 힘든 여정을 이레나는 묵묵하게 견디고 있었다.

분명 고생 한 번 안 해 본 아가씨라서 버티지 못할 거라고 생각했는데 신기한 일이었다.

달그락, 달그락.

소피는 달리는 마차 안에서 멀미로 하얗게 변한 입술 사이로 마른고기를 쑤셔 넣었다.

잠을 잘 때를 제외하곤 한 번도 마차를 멈추지 않았으니, 음식조차 이렇게 형편없는 것들뿐이었다.

"아가씨, 음식 때문에라도 잠시 마을에 들러야 하지 않을까요? 이러다가 혹시 상한 음식을 먹게 되면 배앓이를 할 수도……."

묵묵히 소피의 말을 듣고 있던 이레나의 행동이 거짓말처럼 딱 멈춰졌다.

지금 그 말을 듣고 떠오른 것이 있기 때문이다.

최대한 속도를 높여서 가고 있었지만, 이레나의 머릿속에는 목적지에 점점 가까워질수록 대체 이들을 어떻게 떼어 놓고 혼자 움직일 수 있을까에 대한 고민으로 가득했다.

그런데 그에 대한 해답이 보이는 것 같았다.

이레나가 곧바로 소피의 말에 수긍한다는 듯 고개를 끄덕였다.

"그래. 마을에 한 번 들르는 것이 좋겠다. 그러고 보니 나도 속이 좋지 않구나."

누렇게 뜬 소피의 얼굴이 조금 환하게 변했다.

그동안은 무슨 말로 꼬셔도 통하지 않았던 아가씨가 잠시라도 마을에 들른다니 기쁘지 않을 수가 없었다.

소피는 서둘러 마차의 창문을 열고 바깥의 기사에게 말했다.

"이레나 아가씨께서 마을에 잠시 들르자고 하십니다."

"마을에? 알겠소."

말을 타고 있던 기사는 무뚝뚝하게 대꾸했지만, 그 역시도 한시름 놓았다는 표정을 완전히 감추지 못했다.

그렇게 이레나의 허락이 떨어지자마자 일행들은 가장

가까운 마을로 향했다.

지금까지 워낙 강경하게 길을 재촉했던 이레나였기에, 당연히 음식만 보충하고 다시 길을 떠날 거라 예상했지만 전혀 뜻밖의 일이 벌어졌다.

방금 전까지만 해도 멀쩡해 보이던 이레나가 조금 힘없는 얼굴로 이렇게 말하는 게 아닌가.

"아무래도 내가 먹은 음식 중에 상한 게 있었던 모양이야. 속이 좋지 않으니 잠시 쉬었다 가야겠어."

"에구머니나! 그러게 너무 무리하신다고 했어요."

모두의 머릿속엔 결국 고된 여정으로 아가씨가 탈이 났다는 생각밖에 들지 않았다.

여행 중에 이레나의 건강이 안 좋아지는 건 최악의 상황이었다.

그들은 재빨리 숙소를 잡고, 이곳에서 가장 유명한 의사를 불러 이레나를 진찰하게 했다.

처음부터 특별히 급할 것 없는 일정이었기에 모두 이레나의 건강이 회복될 때까지 지켜보자는 심산이었다.

더구나 요 근래 무리한 일정을 소화했던 터라, 잠시 쉬어 가자는 말에 반대를 할 사람은 아무도 없었다.

이레나가 머무르는 방 안에 남자가 출입할 수는 없었기에, 자연스레 기사들은 순번을 정해서 이레나의 방문 앞을 지키기로 결정했다.

그러다 보니, 일행 중에 유일한 여성인 소피가 이레나의 간병을 도맡게 되었다.

소피는 무슨 일이 생기면 곧바로 사람들에게 알리겠다고 약속을 하고, 침대에 누워 있는 이레나의 이마 위로 차가운 물수건을 얹어 줄 때였다.

잠든 것처럼 눈을 감고 있던 이레나는 전부 자신의 예상대로 흘러가는 상황에, 저도 모르게 올라가려는 입가를 꾹 눌렀다.

'그래, 이런 방법이 있었지.'

처음엔 자신이 이들에게 붂여 있다고 생각했지만, 반대로 생각해 보면 이들이 최대한 신경을 써야 할 대상 또한 바로 자신이었다.

그중에서도 최고는 바로 건강이다.

계획대로 아프다는 말 한마디에 자신이 머무르는 방 안은 아무도 얼씬거리지 못하게 되었다.

또한, 몸이 나았다고 판단이 될 때까지 며칠이라도 여기에 머물 수 있었다.

이곳에서 황태자가 암살을 당한 장소까지는 아주 가까웠다.

물론 그렇다 하더라도 황태자가 언제 습격을 당할지 모르는 상황이라 시간이 얼마나 걸릴지 알 수가 없다는 게 문제였지만…….

그래도 이 안에서 자신이 사라졌다는 것을 눈치챌 수 있는 사람은 단 한 명뿐이었다.

바로 소피다.

소피 하나만 속인다면, 그 누구도 자신의 행적을 알아차리지 못할 것이다.

생각을 정리한 이레나가 감고 있던 눈을 슬며시 뜨며, 침대 옆자리에 앉아 있는 소피를 향해 말했다.

"소피."

"네, 네! 아가씨, 저 여기 있어요. 괜찮으세요?"

"네게 부탁할 게 하나 있는데……."

"뭐든 말씀만 하세요, 아가씨."

"사실 이 근처에 내가 사모하는 분이 머무르고 있어. 속이 안 좋은 건 의사한테 보이고 난 후에 많이 나아졌지만, 마음이 아픈 건 어쩔 수가 없구나."

이레나는 입에 침도 바르지 않은 채 거짓말을 술술 내뱉었다.

어차피 자신이 사라지는 걸 소피에게만큼은 감출 수가 없었다. 그렇다면 어떤 핑계를 대서라도 자신의 편으로 만들어야 했다.

그러자면 여자들이 좋아하는 사랑 이야기가 가장 적합할 것이다.

"헉! 그게 무슨 말씀이세요."

소피는 전혀 생각지도 못한 말에 입을 크게 벌릴 수밖에 없었다.

"신분이 맞지 않아서 포기하려고 했지만, 이렇게 몸이 아프고 나니 그분의 얼굴이 머릿속에서 잊히지가 않아."

"아, 아가씨……."

"잠시 그분을 보고 올 테니, 다른 기사들에게는 비밀로 해 주지 않겠니?"

"하지만 그러다가 아가씨께서 잘못이라도 되면……!"

"아아, 나는 그분이 없으면 이제 살고 싶지가 않은데 어쩌면 좋지."

이레나는 양손으로 얼굴을 가리는 시늉을 했다. 그러자 소피는 크게 당황한 듯 어쩔 줄 모르는 표정으로 바라보고 있었다.

그 얼굴만 봐도 소피가 어떻게 해야 할지 갈피를 못 잡고 있다는 사실을 알아차릴 수 있었다.

이레나는 더욱 확실하게 꼬드기기 위해 준비했던 회심의 대사를 내뱉었다.

"이렇게 보지 못할 바에는 콱, 죽어 버리고 싶구나."

"아가씨, 무슨 그런 말씀을 하세요!"

오래전에 극장에서 보았던 연극을 떠올리니 유치한 대사가 술술 나왔다. 그리고 그것에 소피는 조금씩 넘어오기 시작했다.

이레나는 이제 소피를 확 끌어당길 만한 계기만 제공하면 되겠다는 생각에, 주머니에 가지고 있던 금화를 꺼내 그녀에게 내밀었다.

"네가 도와준다면 이걸로 사례하마."

그러자 당혹감으로 물들었던 소피의 눈이 순간 탐욕으로 번뜩였다.

혹시라도 이레나가 몰래 외출을 나가서 잘못되면 자신에게 책임을 물을 거라는 생각에 잠시 망설였던 게 사실이다.

그런데 이 기회를 놓치기엔 저 금화가 너무나도 탐이 났다.

뿐만 아니라 이번 기회에 이레나에게 잘 보이면 앞으로 소피의 하녀 생활은 승승장구나 다름없었다.

고민은 길지 않았다.

'그래, 아가씨가 저토록 원하시는데 내가 눈 한 번만 감아 드리면 되는 거야.'

작은 위험을 감수하는 대신 얻을 수 있는 이득이 너무나 컸다.

마음의 결정을 내린 소피의 얼굴에는 더 이상 망설임의 기색은 보이지 않았다.

"제가 어떻게 아가씨 말을 거역할 수 있겠어요. 대신에 빨리 돌아오셔야 해요."

"최대한 노력해 볼 테니 너무 걱정 말거라. 기사들은 모두 내가 아픈 줄 알고 있어서 적당히 잘 둘러대기만 하면 큰 문제는 없을 거야."

"네, 아가씨."

자신만 믿으라는 듯이 고개를 끄덕이는 소피를 보며, 이레나는 이 선택이 최선이었다고 다시 한 번 스스로를 위로했다.

마음 같아선 증인을 한 명도 남기고 싶지 않았지만 현실은 그리 쉽지 않았다.

사실 가장 쉽고 확실한 방법은 모두를 죽여 입을 막는 것이겠지만, 가문의 사람들에게 그렇게까지 하고 싶지 않았다.

시간이 지날수록 최악의 상황까지 고려해야 했는데 그래도 이 정도면 나쁘지 않은 결과였다.

이레나는 손에 쥐고 있던 금화를 소피에게 넘겨주며 말했다.

"그럼 잘 부탁한다, 소피야."

만에 하나 이 사실이 들킨다 하여도, 사랑의 도피 정도로 위장할 수 있으리라.

그렇게 소피의 협력을 얻어 낸 이레나는 곧 방 안에 혼자 남을 수 있었다.

드디어 기다리던 때가 온 것이다.

이레나는 그동안 계속해서 숨겨 놓았던 흑색의 철 갑옷을 꺼내어 익숙한 손놀림으로 하나씩 착용하기 시작했다.

마지막으로 검은 투구를 눌러쓴 그녀는 누가 봐도 백작가의 영애처럼 보이지 않았다.

거기엔 칼날처럼 날카로운 기세를 가진 기사 한 명이 서 있었을 뿐이다.

그리고 어쩌면 이게 그녀의 진짜 본 모습이었다.

숙소 바깥에 뜬 초승달을 바라보며 이레나가 나지막이 중얼거렸다.

"……늦지 않아야 할 텐데."

*　*　*

이레나는 다급한 마음만큼 힘껏 말을 몰았다.

그렇게 과거 황태자가 죽은 장소에 점점 가까워질수록 짙은 피비린내가 풍겨 오기 시작했다.

이것이 어디서 나는 피 냄새인지 궁금해하지 않아도 곧 확인할 수 있었다.

울창한 숲속에는 빼곡한 나무들의 수만큼 바닥에 쓰러진 시체가 즐비했다.

전장에 익숙한 이레나조차도 절로 미간을 찡그릴 수밖에 없었다.

한 구, 두 구, 세 구…….

정확한 숫자를 헤아리기 힘들 정도로 시체는 생각보다 너무 많았다.

단순히 눈으로 어림짐작할 만한 수준이 아니었다.

'이건 마치…… 전쟁이라도 치른 것 같네.'

바닥에 쓰러져 있는 시체들만 보아도 여기서 얼마나 치열한 전투가 벌어졌는지 대충 머릿속에 그려질 정도였다.

이레나가 염려한 최악의 상황이 바로 눈앞에 펼쳐진 것이다.

그나마 다행인 건 남겨진 흔적들이 그리 오래된 게 아니라는 사실이다.

더구나 이렇게 대대적인 전투가 벌어질 정도라면 황태자를 호위하고 있는 기사들의 숫자도 적지 않은 것 같았다.

하지만 안심하기엔 이르다.

황태자가 벌써 목숨을 잃었을지도 모른다는 불안감이 엄습하자, 이레나는 더욱 힘차게 말을 재촉하며 속도를 높였다.

타닥, 타다닥.

거칠게 말을 몰아서 도착한 장소에는 다행히 아직까지 칼날이 부딪치는 소리가 들려왔다.

'제발, 살아만 있어라.'

마음속으로 간절히 염원하며, 막 전투가 벌어지고 있

는 곳을 눈으로 확인할 때였다.

이상했다.

이레나의 예상대로라면 분명 황태자를 지키는 호위 기사들과 그를 죽이러 온 암살자들 간의 싸움이 벌어지고 있어야 하는 곳이었다.

그런데 그곳에는 단 한 명의 남자를, 수십 명이 함께 협공하는 그림이 그려지고 있었다.

'설마 지금까지의 시체들이 단 한 사람에 의해서 만들어진 거라고?'

쉬이 믿어지지 않았다.

하지만 그보다 더 믿기지 않는 광경이 바로 눈앞에서 펼쳐지고 있었다.

"아……."

이레나의 입에선 저도 모르게 탄성이 터져 나왔다.

수십 명의 암살자들에게 둘러싸인 한 남자.

그는 인간이 아니었다.

올라간 눈꼬리가 조금 사나워 보이긴 했지만, 한 치의 흐트러짐 없이 우뚝 솟아오른 콧날과 베일 것같이 날카로운 턱선은 누가 봐도 인정할 만한 완벽한 미남이었다.

하지만 오른쪽 손에서부터 어깨까지의 피부가 도마뱀 같은 파충류에게서나 볼 법한 딱딱한 비늘로 뒤덮여 있었다.

거기다 길게 자란 손톱까지.

그것은 한눈에 그가 평범한 인간이 아니라는 사실을 알아차릴 수 있게 했다.

두근.

그의 광기가 어려 있는 시리도록 푸른 눈동자를 들여다보는 순간이었다.

이레나의 머릿속에는 지금까지 잊고 있던 황가의 전설이 떠올랐다.

드래곤과 인간의 사이에서 태어난 존재가 루퍼드 제국의 황제가 되니, 그들은 대대로 절대적인 힘을 갖게 될 것이다.

그저 황가를 특별하게 만들기 위해 꾸며진 이야기라고 생각했다.

'……그런데 그게 진짜라고?'

혼란스러웠다.

만약에 황가에서 내려오는 전설이 사실이라면, 파벨루크 역시 자신과의 마지막 전투에서 드래곤의 특징이 나타났어야 옳다.

하지만 파벨루크는 이레나에 의해 한쪽 팔이 잘렸음에도 불구하고 여전히 인간의 형상을 하고 있었다.

그리고 정말로 황실이 드래곤의 핏줄을 이어받고 있다

면 지금까지 그 사실을 굳이 감출 이유가 없었다.

정체를 드러냄으로써 받는 손해보단 이득이 더 많았으니까.

특이한 외형은 아무런 문제가 되지 않았다. 황가는 이단아로 취급받아 경멸을 당할 만한 대상이 아니었기 때문이다.

오히려 드래곤의 피를 이었다는 것만으로도 황가는 매우 특별해질 것이며, 백성들도 황제를 신처럼 경외할 게 틀림없었다.

더 나아가서는 다른 강대국들도 루퍼드 제국을 더욱 두려워할 것이다.

'……왜지?'

왜 이 사실을 감춰야 했을까?

왜 전생에서 파벨루크에게는 나타나지 않던 것이, 칼라일 황태자에게만 있는 것일까?

아니면……

황태자는 드래곤과 연관된 것이 아니라 그저 괴물인지도 몰랐다.

가장 최전방의 변방에서만 머물렀던 황태자였기에 워낙 해괴한 소문이 많았던 건 사실이니까.

전혀 상상하지 못한 모습을 눈으로 확인한 이레나가 잠시 굳어 있을 때였다.

푸욱!

암살자들의 검 하나가 칼라일 황태자의 옆구리를 갈랐다.

순식간에 분수처럼 뿜어져 나오는 피를 바라보며 이레나는 재빨리 정신을 차렸다.

'황태자의 진짜 정체가 뭐든 상관없어. 그는 황위 계승권 서열 1위인 남자, 설령 괴물이라 해도 손을 잡는다.'

지금까지의 계획과 달라지는 건 아무것도 없었다.

마음을 진정시키고 나니 황태자에 대한 놀라움보다는 궁금증이 더 강했지만, 지금은 그런 것을 생각할 때가 아니었다.

황실에 대한 비밀을 파헤치는 건 나중의 일이다.

현재로서는 칼라일 황태자를 무사히 구해 내는 게 최우선 순위였다.

전생의 자신이었다면 고민할 것도 없이 정면 돌파를 감행했겠지만, 지금은 저 많은 암살자들 사이에서 황태자를 구출한다는 게 쉬운 일이 아니었다.

'어떻게 한다?'

이레나는 재빨리 주변을 살펴보면서 머리를 굴리기 시작했다.

그때 죽어 있는 시체들의 품 안에 있는 소형 폭약이 눈에 들어왔다.

보아하니 암살자들은 최악의 경우 자폭을 해서라도 칼라일 황태자를 죽이려는 속셈을 갖고 있던 모양이다.

거기까지 생각한 이레나의 눈빛에 이채가 어렸다.

그러고 보면 주변에는 바닥에 쓰러져 있는 시체의 수만큼, 주인을 잃고 방황하는 말들의 숫자 또한 많았다.

"……좋아."

마음을 정한 이레나는 재빨리 움직이기 시작했다.

시체들의 품 안에 있는 소형 폭약을 몇 개 꺼냄과 동시에 바닥에 널브러져 있는 석궁을 하나 집었다.

사실 석궁보다는 활에 더 능숙했지만, 활시위를 쉴 새 없이 당기려면 그만큼 힘이 필요했다. 지금의 체력으로선 몇 개의 화살을 날릴 수 있을지 장담할 수 없었다.

그에 반해 석궁은 방아쇠만 당기면 자동으로 화살이 쏟아져 나갔기 때문에 지금의 이레나에겐 더욱 알맞은 무기였다.

활만큼 손에 익숙한 무기는 아니었지만 그래도 이레나는 자신이 있었다.

전생에서 단 한 번도 과녁을 빗맞힌 적 없는 명사수였으니까.

"이랏!"

이레나는 석궁을 든 채로 거침없이 칼라일이 있는 곳을 향해 말을 타고 달리기 시작했다.

그리고 동시에 시체들에게서 회수한 소형 폭약을 멀리 던져 터뜨렸다.

콰가가가강!

몇 개의 폭약이 터지기 시작하자, 죽은 암살자들의 품에 있던 폭약들도 같이 폭발하면서 더 큰 화염을 이끌어냈다.

커다란 굉음에 칼라일을 공격하던 암살자들의 시선이 순간 분산될 수밖에 없었다.

"무슨 일이지?"

"제가 가서 알아보겠습니다."

치밀하게 준비해 온 암살자들의 대처는 재빨랐으나, 곧이어 들려오는 말발굽 소리에 당황한 기색을 감출 수는 없었다.

사방에서 커다랗게 울려 퍼지는 말발굽 소리는 마치 대군이 몰려오는 것만 같았다.

그것은 바로 폭약 소리에 놀란 말들이 미친 듯이 질주하는 소리였다.

그 덕분에 암살자들은 어느 방향에서 누가 다가오는건지 가늠조차 할 수가 없는 상황이었다.

그때 마침 커다란 외침이 하나 들렸다.

"황태자 전하를 구해라!"

그 목소리의 주인공은 바로 이레나였다.

그와 동시에 화염으로 생긴 매캐한 연기들 사이로 이레나가 쏘아 올린 화살 세 개가 정확히 암살자들의 가슴팍을 꿰뚫었다.

"적이다!"

"황태자의 지원군이 왔다!"

자욱한 연기로 시야가 가려진 채, 수많은 말발굽 소리가 사방에서 진동하고 있으니 누구라도 그렇게 믿을 수밖에 없었다.

잠시라도 그들의 청각과 시각을 속여서 혼란스럽게 만들려는 이레나의 계략이었다.

그리고 이레나는 암살자들이 흐트러진 바로 그 틈을 이용했다.

타다다닥, 타다다닥.

재빠르게 말을 몰면서 칼라일 황태자가 있는 곳으로 전진했다.

어느 순간 뿌연 연기를 헤치고 검은색의 갑옷을 입은 그녀가 거짓말처럼 나타난 것이다.

모두가 놀란 채 고개를 돌려 쳐다볼 수밖에 없었다. 그리고 다가오는 상대의 정체를 확인한 암살자들의 눈동자는 묘한 빛으로 일렁였다.

한 명이었다.

고작 단 한 명이 어둠 속에서 나오고 있었다.

그런데 나를 알아주는 기사들로 구성된 황태자의 암살단 모두는 한순간 알 수 없는 불안감에 휩싸여야만 했다.

이레나는 온통 검은색으로 된 철 갑옷을 머리부터 발끝까지 두르고 있었으며, 얼굴 전체를 가리고 있는 투구 탓에 바깥으로 드러난 거라곤 핏빛처럼 새빨간 진홍색의 두 눈동자뿐이었다.

그 단 하나의 존재가 내뿜는 날카로운 기세가 결코 만만하게 보이지 않았다.

암살자들은 가장 먼저 나타난 이레나의 뒤로 수많은 기사들이 모습을 드러낼 거라고 예상하고 만반의 준비를 갖췄다.

하지만 무언가 이상했다.

혼자서 적진으로 뛰어들다시피 한 이레나는 그 짧은 시간 동안 서둘러 칼라일을 찾아 헤맸다.

그때 칼라일의 푸르른 눈동자와 투구 사이로 날카롭게 빛나는 이레나의 붉은 시선이 허공에서 딱 마주쳤다.

"전하, 어서!"

이레나가 다급한 외침과 함께, 말 위에서 칼라일을 향해 손을 내뻗었다.

그러자 칼라일이 망설임 없이 그녀가 내민 손을 맞잡았다.

타악!

이레나가 마주 잡은 손을 힘껏 끌어당기자, 칼라일이 그 반동을 이용해 순식간에 그녀가 타고 있는 말 뒤로 올라탔다.

눈 깜빡할 사이에 벌어진 일이었다.

뒤늦게 상황을 파악한 암살자들은 재빨리 목청을 높여 소리쳤다.

"막아라!"

이레나는 일사불란하게 자신의 앞길을 막아서는 자들을 허리춤에 차고 있던 검으로 베어 버렸다.

하지만 수적으로 불리했기 때문에 무사히 도주하기도 생각보다 쉽지 않았다.

말을 몰면서 적들까지 상대해야 하는 벅찬 상황.

칼라일도 이러한 상황을 눈치챈 것인지, 이레나의 뒤편에서 나지막한 목소리로 입을 열었다.

"말고삐를 나한테 넘겨."

사실 한눈에 보아도 엄청난 부상을 입고 있는 그가 이렇게 멀쩡히 정신을 차리고 있는 것조차 기적이었다.

온몸이 피로 물들어 있었기에 어디를 어떻게 다친 건지 정확히 알 수는 없었지만, 상당히 심각한 상처를 입은 상태라는 건 확실했다.

하지만 그렇다고 해도 지금은 손 하나가 아쉬운 상황이다.

이레나는 서둘러 칼라일을 향해 말고삐를 건네주며 짤막하게 대꾸했다.

"그럼 부탁하죠."

말을 모는 것을 칼라일에게 맡긴 이레나는 곧바로 앞길을 막아서는 암살자들을 해치우는 것에 집중했다.

그렇게 간신히 길을 뚫고 달리고 있자니, 뒤편에서 두 사람을 노리는 화살들이 비처럼 쏟아졌다.

이레나는 재빨리 검으로 날아오는 화살을 몇 개 쳐낸 후, 석궁을 다시 꺼내 들었다.

그리곤 칼라일이 앉아 있는 뒤쪽으로 완전히 몸을 돌리고는 끈질기게 좇아오는 적들에게 화살을 쏘기 시작했다.

타앙, 타앙!

한 발에 정확히 한 명씩 쓰러졌다.

마음 같아선 깔끔하게 미간을 맞추고 싶었지만, 현재로서는 빗나가는 일이 없도록 안전하게 가슴팍을 노리고 있었다.

그렇게 적들과 점점 거리를 벌리고 있을 때였다.

휘이이익—

퍼억!

암살자들이 쏘아 올린 여러 발의 화살 중에 하나가 정확히 칼라일의 등 뒤에 꽂혔다.

“……큭!”

짧은 신음 소리와 함께, 그의 입에서 울컥 피가 쏟아졌다.

갑작스러운 상황에 이레나가 당황해서 그를 쳐다봤지만, 칼라일은 피를 흘리는 와중에도 흐트러짐 없는 목소리로 말했다.

“아직은, 버틸 만하니까. 멈출 필요 없어.”

“하지만…….”

“그렇게 곧 죽을 놈 보듯이 쳐다보는 건 집어치워.”

냉정한 칼라일의 대답에 이레나는 말없이 입술만 깨물었다.

마음 같아선 ‘당신은 원래 오늘 죽는다고요!’라고 소리를 지르고 싶었지만, 지금은 이런 말로 실랑이를 벌일 상황이 아니었다.

어찌 됐든 지금 가장 중요한 것은, 칼라일 황태자의 안전이었다.

방금 그곳에서 죽든, 도주하다가 과다 출혈로 죽든 사실 이레나에겐 똑같았다.

황태자가 목숨을 잃는 순간, 지금까지의 계획이 모두 수포가 될 테니까.

이레나는 화살을 맞은 상태에서도 말고삐를 놓치지 않으려고 주먹을 꽉 쥐고 있는 칼라일의 손을 바라보다가 나지막한 목소리로 입을 열었다.

"그럼 제가 걱정 안 되도록 잘 버티고 있으세요."

그 대답이 의외였는지 칼라일이 묘한 눈빛으로 쳐다봤지만, 지금은 서로 긴 대화를 나눌 만큼 여유로운 상황이 아니었다.

이레나는 끈질기게 쫓아오는 암살자들을 향해 다시 석궁을 겨눴다.

* * *

"하아, 하아."

이레나의 투구 사이로 흘러나오는 가쁜 숨소리만 들어도 지금 그녀가 얼마나 지친 상태인지 알 수 있었다.

전생이었다면 끄떡없었을 테지만, 지금은 체력이 받쳐주지 않았다.

가까스로 안전한 곳에 도착하자, 이레나는 가장 먼저 얼굴에 핏기조차 남아 있지 않은 칼라일의 상태를 살폈다.

그가 무슨 정신으로 여기까지 말을 몰 수 있었던 건지 모르겠지만, 어찌 됐든 그는 무척 심각한 상태임이 분명했다.

"전하, 내리세요. 상처를 보겠습니다."

이레나가 먼저 말에서 내려 팔을 뻗자, 칼라일은 어린

아이를 내려 주는 것 같은 동작이 마뜩잖다는 듯 쳐다봤다.

하지만 그런 매서운 눈빛과 다르게 칼라일은 별다른 말 없이 순순히 자신의 몸을 맡겼다.

그를 나무 기둥에 몸을 기대게 한 채, 잔뜩 찢어지고 해진 옷을 풀어헤치자니 문득 깨달은 사실이 하나 있었다.

그를 처음 보았을 때 있었던, 도마뱀처럼 딱딱한 비늘로 뒤덮였던 그의 오른팔이 다시 정상으로 되돌아가 있다는 것이다.

"아……."

마치 헛것이라도 본 거 같았다.

하지만 방금 전의 일을 착각할 만큼 이레나는 어수룩한 사람이 아니었다.

분명 암살자들에게 공격을 당할 때만 하더라도, 칼라일의 오른팔 전체에는 비늘이 돋아나고 손톱이 길쭉하게 자라 있었다.

하지만 지금은 근육질이 잡혀 있는 매끄러운 피부만이 눈에 들어올 뿐이었다.

잠시 멈칫한 이레나의 손길이 무엇을 의미하는지, 칼라일은 바로 알아차릴 수 있었다.

"왜 이 팔이 지금은 정상인지 궁금한가?"

그의 목소리에는 어딘가 가시가 돋쳐 있었다.

이레나는 당연히 그 이유가 궁금했지만, 지금은 그보다 칼라일을 치료하는 게 더 급선무라는 걸 너무도 잘 알고 있었다.

"일단은 치료부터 하겠습니다."

다행히 이레나의 품 안에는 혹시 모를 상황에 대비해 가지고 온 비상약이 있었다.

갑옷 안에 넣은 거라 많은 양을 챙기지 못한 것이 지금은 한스러울 뿐이었다.

"조금…… 따가울 겁니다. 전하."

차분하게 약을 꺼내는 이레나를 바라보며, 칼라일의 푸른 눈동자에 순간 이채가 어렸다.

하지만 정작 이레나는 칼라일의 크고 작은 상처들을 발견하고 마음이 복잡했다.

베이고 찢어진 상처가 한두 군데가 아니었다.

방금 전 다친 상처들로 수두룩했지만, 흉터로 남아 있는 깊은 상처들도 만만치 않았다.

눈으로 보기에도 아픈 상처들을 건드리고 있음에도 칼라일은 작은 신음 소리조차 내지 않았다.

마치 이런 상황이 그에겐 매우 익숙한 것만 같았다.

'……다행히 황태자의 업적이 크게 과장된 것은 아닌가 보네.'

그러고 보니, 소문만 무성했던 황태자를 실제로 보는 건 처음이었다.

듣기론 덩치가 산만 하고, 털북숭이에 엄청난 추남이라고 했다.

단 한 번도 사교계에 모습을 드러내지 않은 황태자였기에 워낙 그에 대한 흉흉한 소문이 많았다.

그런 그가 이렇게나 잘생긴 미남일 줄은…… 정말 꿈에도 몰랐던 사실이다.

문득 칼라일의 찢어진 옷자락 사이로 꽉 짜인 근육들이 눈에 들어왔다.

마치 갑옷마냥 단단해 보이는 그의 상반신은 과하지도, 그렇다고 빈약하지도 않은 가장 이상적인 몸매였다.

사실 훤칠하게 큰 키에 곱상하게 생긴 외모는 전쟁터에서 살았던 사람이라기보다는, 도시에서 방탕하게 놀았을 법한 귀공자에 더 가까웠다.

그런데 이상하게도 그에게선 위험한 분위기가 풍겼다.

아니, 바닥에 앉아 있을 뿐인데도 약점을 쉽사리 찾을 수 없을 만큼 압도적인 분위기를 풍긴다는 말이 더 옳았다.

새삼 이레나의 머릿속에 루퍼드라는 제국이 어떤 나라인지 떠올랐다.

전쟁에 미친 나라.

루퍼드 제국의 황제들을 칭하는 단어는 많았다. 살육자, 피에 미친 악귀, 정복자…….

그리고 그 많은 단어들이 이 묘하게 압도적인 분위기를 풍기는 남자에게 왠지 어울린다는 생각이 들었다.

이레나가 아무런 말 없이 칼라일을 염탐하듯이 쳐다보고 있자, 그가 조금 전보다 더 날카로워진 목소리로 입을 열었다.

"내 군사는 아닌 것 같은데, 무슨 목적으로 날 구한 거지?"

이 질문에 대한 대답을, 지금까지 이레나는 숱하게 고민했다.

황태자를 무사히 구해 내는 것도 쉽지 않을 텐데, 과연 그를 구하고 난 다음에 난 무엇을 하고 싶은 건지 생각을 안 해 볼 수가 없었다.

어쩌면 그를 어떻게 구할지보다, 그를 구하고 난 다음에 어떤 대화를 나눌지가 더 골치 아팠다.

이렇게 칼라일을 직접 보기 전까지는 망설여졌던 게 사실이다. 하지만 지금은 어떤 대답을 할지 마음을 확실하게 굳힌 상태였다.

이레나는 가능한 칼라일이 오래도록 살아남아서 황제가 되고, 반왕 파벨루크까지 물리쳐 주기를 바랐다.

그러기 위해서 자신이 가진 모든 것을 걸고, 그를 도와

줄 의향이 있었다.

어쩌면 그의 앞길에 자신을 포함, 블레이즈가 전체가 걸려 있었으니까.

칼라일이 황제가 되는 길은 매우 험난할 것이다.

다음에는 또 어떤 위험이 칼라일을 노리고 있을지 모른다.

이레나는 그 위험천만한 일들을 전부 그에게만 맡겨 놓고 나 몰라라 할 수는 없었다.

"……전하."

"말해."

방금 전 칼라일의 실력을 보고 이레나는 그가 매우 쓸 만한 남자라는 걸 인정했다.

아니, 예상외로 그가 황제란 자리에 꽤나 잘 어울릴지도 모르겠다는 사실을 수긍했다.

칼라일이 살아 있었으면 파벨루크가 그렇게 쉽게 황위를 차지 못했을 거라고 떠들던 사람들의 목소리가 머릿속을 맴돌았다.

어차피 자신은 귀족으로 태어난 이상, 부모님이 정해 준 남자와 정략결혼을 해야 한다.

전생에서는 가문이 멸망하는 바람에 그런 의무에서 자유로울 수 있었지만, 다시 과거로 돌아온 지금은 전혀 그렇지 않았다.

이레나는 언젠가 블레이즈 가문에 가장 큰 이득을 가져다줄 남자와 결혼을 해야 했다.

그렇다면…… 그건 지금 눈앞에 있는 이 남자다.

이레나는 저도 모르게 눈앞에 앉아 있는 칼라일을 뚫어지게 쳐다보았다.

남자다운 목울대에 날카로운 턱선, 높게 치솟은 콧날과 조금은 사납게 보이는 새파란 눈동자.

그리고 하얀 피부와 대비되는 밤하늘보다 더 짙은 검은색의 머리카락까지.

괴물처럼 오른팔에 돋아났던 검은색 비늘이 마음에 걸리긴 했지만, 다행히도 어디 하나 흠잡을 데가 없는 외형임이 틀림없었다.

칼라일은 자신을 빤히 관찰하는 이레나의 시선에 조금씩 불쾌감을 느끼는 건지 미간이 점점 좁아졌다.

"내 말이……."

칼라일이 막 입을 떼려는 찰나였다.

"저는 전하와 결혼하고 싶습니다."

"……뭐?"

어지간한 일로는 눈 하나 깜빡하지 않을 것 같은 칼라일의 표정이 순간 황당하다는 듯이 변했다.

이레나는 믿기지 않는다는 표정으로 자신을 바라보는 칼라일을 향해 단호한 목소리로 다시 한 번 쐐기를 박았다.

"저와 결혼해 주세요, 전하."

생각지도 못한 그 말에 칼라일은 아주 잠시 놀란 표정을 지었지만, 그뿐이다.

진지한 이레나의 눈동자를 들여다보며 그의 미간이 와락 구겨졌다.

"날 뭐로 보고…… 무슨 헛소문을 들었는지 모르겠지만, 난 남자를 좋아하는 사내가 아니다."

"네, 네에?"

그의 대답에 더 당황한 것은 이레나였다.

처음부터 순순히 수락할 거라고 생각한 건 아니었지만, 그의 대답은 이레나도 전혀 예상치 못한 내용이었다.

칼라일 황태자가 남색을 밝힌다는 소문이 있었나?

아니, 그보다 설마 지금 나를 남자라고 생각한 거야?

이레나는 여태까지 까맣게 잊고 있었던 자신의 차림새를 살펴보았다.

시커먼 갑옷에 가려져서 보이는 거라곤 두 눈동자뿐인데, 칼라일이 남자라고 생각하는 것도 무리는 아니었다.

"그런 게…… 그런 게 아닙니다. 전하."

"그리고, 설령 내가 남자를 좋아한다고 해도 대놓고 결혼까지 할 거라고 생각한 건가? 그대는 참 순진하기도 하지."

칼라일의 얼굴에 떠오른 건 명백한 불쾌감이었다.

그의 말이 맞다. 설령 그가 설마 남자를 좋아하는 취향이라고 해도 결혼은 이득이 되는 여자와 할 것이 분명했다.

황족에게 사랑과 결혼은 엄연히 다른 것일 테니까.

"제 말은……."

"내가 신탁 때문에 아무나하고 결혼을 할 거라고 생각했다면 큰 오산이다."

칼라일은 현재 적은 나이가 아니었다.

그런데 제국의 황태자인 그가 아직까지 결혼을 하지 못한 데에는 나름대로 이유가 있었다.

바로 신탁 때문이었다.

황태자와 처음으로 결혼하는 상대는 평생을 고독하게 보낼 것이다. 지극히도 불행한 삶을 살다가 끝내 비참한 죽음을 맞이하게 되리라.

전생에서 황태자가 사망하기 전까지 제국을 가장 떠들썩하게 만들었던 내용 중 하나였다.

그런 예언이 내려온 마당에 황태자에게 자신의 친딸을 시집보내려는 귀족은 없었다.

물론 모든 사람들의 생각이 다 같은 것은 아니겠지만, 이상하게도 칼라일과 결혼하려고 나서는 가문은 없었다.

거기에는 아마도 황제가 심각한 병환에 시달리고 있다는 걸 알고 있는 몇몇 귀족들의 입김이 작용했을 확률이 컸다.

황제가 죽고 나면, 어머니가 비천한 하녀 출신인 칼라일에겐 힘이 되어 줄 외척이 없었다.

황위를 얻지 못한 황태자의 앞날은 뻔했다.

그가 끈 떨어진 신세가 되리라는 걸 예상한 고위층 귀족들은 굳이 위태로운 황태자와의 결혼에 욕심을 낼 이유가 없었다.

그런데 그와 반대로 황제는 어떻게든 칼라일에게 좋은 가문을 연결시켜 주려고 했다.

후작 이상의 가문에서 정실부인이 낳은 친딸만 원하는 황제와 귀족들과의 이해타산이 맞지 않으니 결혼이 성사될 리 없었다.

하다못해 이런 자세한 사정을 모르는 타국의 공주라도 신붓감으로 모셔오자니, 황태자에 대한 불길한 신탁이 발목을 잡았다.

방법은 하나뿐이었다.

일단 칼라일 황태자가 아무나하고 첫 번째 결혼을 끝마쳐야, 그나마 좋은 조건을 가진 아가씨와 이어질 수 있었다.

그 아무도 원하지 않는 자리를, 이레나는 자신이 가져갈 생각이었다.

'황태자와 결혼하면 평생 고독하고, 불행할 거라고?'

이레나는 신탁 따위 믿지 않았다.

그리고 이미 첫 번째 생을 그렇게 고독하고 불행하게 보냈다.

두 번째 기회가 찾아온 지금, 사랑하는 가족들을 지켜 낼 수만 있다면 그 어떤 괴로움이 닥친다 해도 참아 낼 수 있었다.

아무리 견디기 힘든 지옥이라도 가족들이 없는 것만큼 괴롭지는 않을 테니까.

"다시 생각해도 기가 막히는군. 내 목숨값으로 얻고 싶은 게 고작 그거였나?"

어처구니가 없다는 듯 메마른 웃음을 토해 내는 칼라일은 이상하게 무서웠다.

만약 그의 몸 상태가 멀쩡했다면, 이레나는 그가 자신을 향해 검을 겨눴을지도 모르겠다는 생각이 들었다.

"그런 게 아니라…… 전하, 그렇게 웃으시면 상처가 벌어집니다."

"입 다물어. 계집애 같은 목소리 역겨우니까."

"전하, 제 말을 좀 들어……."

"분명히 말하지만, 너 따위랑 결혼할 생각 없어."

칼라일이 자꾸만 하려는 말을 끊자 이레나는 발끈할 수밖에 없었다.

'죽었어야 될 사람을 살려 놨더니…….'

하지만 머릿속의 불만과 달리, 이레나는 매우 예의 바른 목소리로 말했다.

"일단 제 말을 좀 들어 보세요."

"쫑알쫑알, 시끄러워 죽겠군. 언제까지 위에서 날 내려다볼 셈이지?"

그 말을 듣고서야 이레나는 자신이 바닥에 앉아 있는 칼라일을 내려다보고 있다는 사실을 깨달았다.

위에서 쳐다보고 있는 상태였음에도 전혀 몰랐다. 그가 뿜어대는 위압감이 너무나도 강력해서 알아차릴 수가 없었다는 게 더 맞았다.

이레나는 곧바로 허리를 숙였다.

"……하아."

가려진 투구 속에서 나지막한 한숨이 새어 나왔다.

처음부터 칼라일의 성격이 좋아 보인다고 생각한 건 아니었지만, 이건 짐작했던 것보다 더 나빴다.

'도무지 남의 말을 들어 줄 생각이 없네.'

그에 대한 평가에서 성격에 대한 부분은 점수를 팍 깎았다. 하지만 그렇다고 결혼을 제안한 것을 무르고 싶은 건 아니었다.

정략결혼이라는 게 원래 그렇다.

어차피 사랑으로 이뤄진 것이 아니기에, 그의 성격이

나 인간적인 됨됨이는 상관없었다.

중요한 건, 그가 얼마만큼의 이득을 가져다줄지만 계산하면 된다.

칼라일 황태자는 블레이즈 백작가에 닥쳐올 미래를 바꾸기 위한 최고의 카드였다.

그것만으로도 더 이상 고민하고 망설일 이유 따윈 없었다.

이레나가 잔잔한 눈동자로 칼라일을 똑바로 쳐다보며 입을 열었다.

"처음으로 인사드리겠습니다."

"그만……."

칼라일이 무언가 말을 꺼내려고 했지만, 이레나의 행동이 더욱 빨랐다.

이레나는 망설임 없이 손을 들어 올려, 얼굴에 쓰고 있던 철 투구를 집었다.

스윽.

그리고 철 투구가 조금씩 올라갈수록, 무표정했던 칼라일의 눈동자가 조금씩 커져 갔다.

어느새 투박한 철 투구 사이로 태양처럼 밝은 금발 머리카락이 후두둑 쏟아져 내렸다.

달빛을 머금은 머리카락이 춤을 추듯 출렁거렸다.

곧이어 갸름한 목덜미와 새하얀 피부가 드러나더니,

이내 꽃잎처럼 붉은 입술과 일자로 곧게 뻗어진 코가 보였다.

마지막으로 풍성한 속눈썹 사이에 자리하고 있는 그녀의 진홍색 눈동자를 마주하는 순간, 칼라일은 딱딱하게 얼어붙고 말았다.

"……너!"

인형처럼 예쁘장하게 생긴 외모와 남자들이나 입을 법한 흑색의 철 갑옷이 가져다주는 이질감은 엄청났다.

하지만…… 그럼에도 지극히 아름다웠다.

"저는 황실의 제 4 기사단을 대대로 맡고 있는 블레……."

"……이레나, 블레이즈."

이레나는 그가 자신의 이름을 나지막하게 읊조리는 것을 듣고 깜짝 놀랄 수밖에 없었다.

나를 알아?

어떻게?

이레나가 전혀 이해가 안 된다는 표정으로 칼라일을 향해 물었다.

"저를, 아세요?"

질문을 던지면서도 머릿속으로는 절대로 그럴 리가 없다는 생각이 들었다.

칼라일 황태자는 유년 시절부터 전쟁터를 맴돌았고, 사교계에 한 번도 모습을 드러낸 적이 없었다.

그런데 수도권도 아닌, 남부 지방에 위치한 블레이즈 백작가와 안면이 있을 리 없다.

그것도 백작인 아버지나, 후계자인 오라버니도 아니고…….

그저 장녀일 뿐인 이레나를 알고 있을 확률은 지극히 낮았다.

아마도 하늘에서 던진 바늘이 자신의 머리 위로 떨어질 가능성보다 적지 않을까?

이레나는 혼란스러운 눈동자로 칼라일을 보면서, 혹시라도 있을지 모르는 자신과 황태자의 접점을 곰곰이 생각해 보았다.

하지만 도무지 그가 어떻게 자신의 이름을 알고 있는지 알 수가 없었다.

그동안 칼라일도 생각을 정리했는지, 놀란 얼굴이 사라지고 평소처럼 속을 알 수 없는 무뚝뚝한 표정으로 되돌아가 있었다.

"영애는 내가 위험한 것을 어떻게 알고 온 거지? 아니, 언제부터 검술을 익혔기에 이렇게 실력이 좋은 거야?"

칼라일의 갑작스러운 질문에 이레나는 혼란스러운 머리를 잠시 가라앉히고, 그동안 생각했던 대답들을 정리하기 시작했다.

지금은 진실보다 더 그럴듯한 이유가 필요했다.

미래에서 왔기 때문에 그가 여기서 암살당할 거란 사실을 알았다고 한다면, 미친 여자 취급을 할 게 분명했으니까.

"가문에선…… 제가 검술을 익혔다는 사실을 모릅니다. 그래서 혼자 몰래 수련하러 나왔다가 우연히도 위험에 빠진 황태자 전하를 발견하고 도움을 드리게 된 거죠."

"우연이라고? 이 모든 게?"

이레나는 칼라일의 눈빛만 봐도, 그가 자신의 말을 믿지 않는다는 사실을 알 수 있었다.

당연히 그럴 수밖에 없을 것이다.

지금 자신이 하는 주장에는 허점이 많았다. 모든 게 거짓이었으니까.

하지만 나름대로 치밀하게 핑계거리를 준비했고, 무엇보다 그를 직접 구한 생명의 은인이었기 때문에 설령 미심쩍은 구석이 있더라도 딱히 의심할 수 없을 거라 판단했다.

만약 자신이 나쁜 마음을 먹었다면, 절대로 목숨을 걸고 칼라일을 구해 줄 리 없었을 테니까.

그 어떤 믿을 만한 변명보다, 이레나는 가장 확실한 행동을 보여 준 것이나 다름없었다.

그런데……

준비한 수많은 말들을 꺼내기도 전에, 칼라일이 먼저 고개를 끄덕거렸다.

"그래, 영애가 그렇다면…… 그런 거겠지."

"네?"

조금 전까지만 해도 아예 얘기를 들어 줄 생각조차 없던 그가 갑자기 이렇게 태도를 바꾸니 당황스러울 수밖에 없었다.

의아한 표정을 짓고 있는 이레나를 향해 칼라일이 아까와 달리 부드러워진 목소리로 다시 말을 이어나갔다.

"그대의 말을 믿어 주겠다는 소리야."

이레나는 '왜요? 왜 갑자기 내 말을 믿겠다는 건데요?' 라는 질문이 목구멍까지 차올랐으나, 간신히 입 밖으로 꺼내지 않을 수 있었다.

이건 어떻게 생각해도 좋은 결론이었으니까.

미심쩍고 찝찝하긴 했지만, 쓸데없는 질문을 해서 괜히 분위기를 망칠 필요는 없었다.

칼라일이 혹시라도 마음을 바꿔서 '싫어? 그렇다면 믿지 않는 거로 하지'라고 대답한다면 곤란해지는 것은 이쪽이다.

조용히 그의 눈치를 살피고 있는 이레나와 달리, 칼라일은 어쩐지 무척이나 기분이 좋아 보였다.

"그대가 내게 청혼한 이유가 뭐지?"

방금 전까지만 해도 죽어도 결혼하지 않겠다고 했으면서, 지금은 마치 그런 일은 존재하지도 않았다는 듯이 행동하고 있었다.

"조금 전에는 이런 반응이 아니셨던 것 같은데……."

"그때와 지금은 많이 달라."

"무엇이요?"

"그대가 이레나 블레이즈니까."

"네?"

전혀 생각지도 못한 대답이었다.

이레나는 마치 자신을 알고 있는 것 같은 그에게 다시 한 번 물어볼 수밖에 없었다.

"방금 이 질문에 대답 안 하셨죠. 다시 한 번 묻겠습니다. 전하, 저를 아세요?"

"그대는 나를 모르는가?"

그 질문을 던지면서 칼라일의 시리도록 푸른 눈동자가 묘하게 일렁거린다는 느낌을 받았다.

자신은 태어나서 지금까지 황태자를 본 적이 없었고, 이렇게 잘생긴 얼굴을 한 번 보고 잊어버릴 만큼 기억력이 나쁘지도 않았다.

잠시 고민하던 이레나가 정신을 차리고 서둘러 둘러대기 시작했다.

"오늘 처음 영민한 전하의 모습을 멀리서 뵙자마자, 황태자라는 걸…….”

“그런 걸 묻는 게 아니야.”

“그럼 저희가 이전에 만난 적이 있나요?”

“그대의 기억 속에 없다면, 그런 만남은 존재하지 않는 거겠지.”

너무나도 두루뭉술한 그의 대답에 이레나는 더욱 혼란스러울 수밖에 없었다.

하지만 그가 이렇게 말하는데 더 이상 꼬치꼬치 캐물을 수는 없는 노릇이었다.

이레나가 입을 다물고 잠시 생각에 잠기려는 찰나, 칼라일이 다시 말을 꺼냈다.

“이제 내 질문에 대답할 차례야. 내게 청혼을 한 이유가 뭐지?”

“아, 그건…….”

상황이야 어찌 됐든, 이레나가 칼라일과 결혼을 하고 싶다는 사실이 변하는 것은 아니었다.

이레나가 차분한 목소리로 말을 이었다.

“블레이즈가는 황제파 가문입니다. 저 역시도 블레이즈 백작가의 일원으로서 황태자 전하가 폐하의 뒤를 이어 황제가 되시기를 간절히 염원하고 있습니다. 거기에 제 미약한 힘이라도 보탤 수 있다면 영광이라고 생각합니다.”

누가 들어도 틀에 박힌 말이었다.

그리고 야망 있는 귀족가의 영애가 내뱉을 만한 대사이기도 했다.

제 손으로 남편을 직접 황제로 만들고, 본인은 제국에서 가장 높은 여성이 되겠다는 소리처럼 들리기도 했으니까.

“순수하게 내가 황제가 되길 바라고 있다?”

“네, 전하.”

“그대의 가문이 황제파라서?”

“……네.”

칼라일의 표정에는 일말의 변화도 없었지만, 이레나는 그가 무언가 석연치 않아 한다는 사실을 느꼈다.

꿀꺽, 마른침이 넘어갔다.

사실 마음 같아선 그의 바짓가랑이라도 붙잡고, 제발 결혼해 달라고 빌고 싶었다.

그만큼 간절했다.

반왕 파벨루크를 상대하기 위해선 칼라일 황태자라는 명문도, 황태자비라는 드높은 직책도 필요했다.

누구보다 황궁의 사정을 빠삭하게 이해하고, 황실을 제집처럼 드나들기 위해서는 이만한 자리가 없었다.

그런데 그가 곁을 내어 주지 않는다면 일개 백작의 영애인 자신이 무슨 수로 그를 매번 위험에서 구할 수 있을 것이며 힘을 보탤 수 있을까.

칼라일 황태자는 원래 여기서 죽었어야 할 존재.

그가 살아남으로써 앞으로의 미래가 어떻게 바뀔지는 이레나도 알 수가 없었다.

그가 거절하면 어떻게 하지?

칼라일이 무슨 대답을 하느냐에 따라, 자신이 어떤 말을 꺼내야 할지 수십 가지 경우의 수를 생각했다.

그렇게 머리가 터지기 일보 직전이었을 때였다.

굳게 다물려 있던 칼라일의 입술이 열렸다.

"……그대가 내게 이런 제안을 할 줄은 몰랐어."

"저, 전하의 힘이 되어 드리고 싶다고 한 제 말은 진심입니다. 만약 결혼을 원치 않으신다 하여도 저는 전하의 곁에서 도움이……."

"누가 원치 않는다고 했지?"

"네?"

"좋다고."

"뭐가, 좋아요?"

설마 하는 심정으로 칼라일을 쳐다보고 있자, 그의 입꼬리가 슬쩍 올라가는 것이 보였다.

그 모습이 마치 푸른 눈을 가진 악마처럼 근사하고, 또 사악해 보여서 요상한 기분이 들었다.

"그대의 청혼을 받아들이겠다고."

이레나는 저도 모르게 숨을 들이켜고 말았다.

분명 칼라일 황태자에게도 나쁜 제안은 아닐 거라고 생각했다.

황태자는 법적으로 백작가 이상의 가문에서 태어난 여성과 결혼할 수 있었는데, 이레나는 그 조건에도 아슬아슬하게 들어맞았다.

어차피 높은 가문과 연을 맺기는 쉽지 않을 터, 안전하게 황제파 가문들 중에서 신붓감을 찾아야 한다면 이레나처럼 검술 실력이 뛰어난 여인도 나쁘지 않을 것이다.

그렇게 생각은 하고 있었지만, 막상 자신이 원하는 대답이 나오니 가슴이 두근두근 뛸 수밖에 없었다.

"마지막으로 묻지. 내 신부에게 내려진 불길한 신탁의 내용을 알 텐데, 그대의 결정에 후회는 없나? 거기다…… 내가 괴물일지도 모르는데?"

칼라일의 시선이 흘끔, 본인의 오른팔을 향했다.

그게 무슨 뜻인지 이레나는 단번에 알아차릴 수 있었다.

전투를 할 때, 칼라일의 팔에 괴물처럼 돋아난 검은색의 비늘을 가리키는 것이다.

이레나는 이 기회에 그 팔에 대해 자세히 물어봐야 하지 않을까, 순간 고민이 들었다.

그녀가 잠시 대답이 없자, 칼라일이 진중한 목소리로 재차 입을 열었다.

"잘 생각해서 대답하도록 해. 어쩌면 이건 그대가 도망칠 수 있는 마지막 기회일지도 모르니까."

어딘가 쓸쓸한 분위기를 풍기는 칼라일의 표정을 보고, 이레나는 아직 그에 대한 비밀을 파헤칠 때가 아님을 직감했다.

너무 급할 필요는 없었다.

조금 더 시간을 두고 그에 대한 비밀을 풀어 나가는 것으로 마음을 정리했다.

"결론만 말씀드리자면, 저는 전하가 설령 괴물이라 해도 상관없습니다."

"왜지? 그렇게 황후가 되고 싶은 건가?"

"네. 전하가 황제가 될 수 있다면, 황후보다 더한 것도 해 드리죠."

자신의 대답이 의외였는지 칼라일의 표정이 미묘하게 변했다.

"이를테면?"

"만약 황후라는 자리가 제게 과분하다고 여기신다면……."

"그럴 일은 없어."

"네?"

"이거 하나만 잊지 마. 내게 먼저 다가온 것은 그대였음을."

이레나는 칼라일의 대답을 듣고 나니, 왠지 묘한 기분이 들었다.

그는 마치 포획한 사냥감을 바라보듯이 자신을 쳐다보고 있었다. 이미 도망칠 기회는 사라져 버렸다는 것처럼.

서로 허공에서 시선을 마주한 채로, 잠시 적막이 흘렀다.

그때였다.

여러 개의 말발굽 소리가 조금씩 가까워지는 게 들려왔다. 그건 누군가가 이쪽을 향해 오고 있다는 뜻이기도 했다.

이레나는 재빨리 몸을 일으켰다. 방금 전에 따돌린 암살자들이 다시 자신들의 뒤를 쫓아온 것일지도 몰랐으니까.

그런데 전혀 예상치 못한 외침이 들려왔다.

"전하, 황태자 전하!"

"어디에 계십니까?"

애타게 그를 찾는 목소리와 함께, 저 멀리에서 휘날리는 깃발이 보였다.

검은색의 용이 날카롭게 이빨을 드러내고 있는 문양에, 황금색 테두리로 장식된 화려한 깃발.

그것은 칼라일이 지휘하고 있는 전투 부대를 상징하는 것이었다.

이제야 등장한 부하들이 마음에 안 든다는 듯 칼라일이 미간을 찌푸렸다.

"……늦어."

이레나는 만일의 사태에 대비해 여전히 경계심을 풀지 않은 채로 입을 열었다.

"전하, 혹시 저들 중에 암살자들이 뒤섞여 있을지도 모릅니다."

"그렇다 해도 이젠 상관없어. 내 부하들이 왔으니까."

"하지만……."

"방금 전의 만남 때문인지, 그대가 날 약골로 생각하는 모양이군."

칼라일의 말에 이레나는 움찔할 수밖에 없었다.

틀린 말은 아니었다. 지금은 그의 신변이 너무나도 걱정이 돼서 아무것도 믿을 수가 없었다.

칼라일은 움직이기도 쉽지 않은 상처를 입었음에도 아무렇지 않은 동작으로 이레나가 벗은 투구를 집어 주었다.

"그대가 선택한 남자는 그렇게 약한 놈이 아니야. 쓸데없는 걱정 말고 가 보도록 해. 지금 사라지지 않으면 모두에게 정체를 들키고 말 테니까."

"전하……."

"그대의 검술 실력은 앞으로도 가능한 한 감추도록 해.

그게 더 안전할 거야."

"……네."

사실 이레나도 그렇게 생각했다.

누군가의 타깃이 되더라도 검술을 전혀 모른다고 생각되는 게 상대적으로 쉬울 수밖에 없었다.

더구나 어둠 속에서 활동하기에는 정체가 알려지지 않는 게 훨씬 낫다.

이미 그렇게 마음을 먹고 왔음에도 칼라일이 걱정돼서 이레나는 쉽사리 발길이 떨어지지 않았다.

그러자 칼라일이 말고삐를 잡고, 어서 타라는 듯이 무언의 압박을 가했다.

"열흘 후에, 내가 직접 그대를 찾아가도록 하지."

"부디…… 몸조심하세요, 전하."

이레나는 하는 수 없이 말 위에 올라타서 칼라일을 마지막으로 쳐다보았다.

그는 그저 가만히 서 있었을 뿐인데도, 검은 머리에 푸른 홍채가 마치 그림을 그린 것처럼 완벽하게 느껴졌다.

이레나는 어쩔 수 없이 말을 반대 방향으로 몰며, 마지막으로 칼라일을 향해 말했다.

"루넨 대공 각하를 조심하세요."

파벨루크는 미래에 황위를 찬탈하는 반왕이었지만, 현재는 루넨 공국을 다스리는 대공작이었다.

그 말만 남긴 채 조금씩 멀어져 가는 이레나의 뒷모습을 바라보며 칼라일은 의아한 목소리로 중얼거렸다.

"백부를 조심하라고? 지금 내게 중요한 것은 그가 아닐 텐데……."

하지만 궁금증을 풀어 줄 상대는 이미 저만치 가 버린 후였다.

칼라일은 이레나의 뒷모습이 완전히 보이지 않을 때까지, 한 발자국도 움직이지 않은 채 그 자리에 서 있었다.

*　　*　　*

화려한 성 안.

새하얀 전서구가 어느 한 곳을 찾아 익숙하게 날아들었다.

그곳은 마치 세상의 온갖 진귀한 물건들을 모두 모아 놓은 것처럼 휘황찬란한 장소였다.

지금까지 전서구를 애타게 기다리고 있던 하녀는 서둘러 묶여 있던 서신을 가지고, 끝을 모르고 펼쳐지는 넓은 방 안의 가장 중앙으로 걸어갔다.

그러자 그곳에는 고급스러운 문양으로 장식된 소파 위에 앉아 있는 중년의 여인이 한 명 있었다.

사십 대 중후반 정도로 보이는 그 여인은 머리에서부

터 발끝까지 우아한 기품이 느껴지는 귀부인이었다.

하녀는 서둘러 그 중년의 여인에게 전서구로 날아온 서신 하나를 건넸다.

그것을 아무런 말 없이 받아 든 중년의 여인은 거기에 적혀 있는 짧은 글귀를 천천히 읽어 가다가, 어느 순간 와락 종이를 구겨 버렸다.

"……쓸데없이 명줄이 참 길구나."

불쾌함이 역력히 느껴지는 그녀의 중얼거림에 뒤편에서 대기하고 있던 하녀가 의아한 목소리로 물었다.

"무슨 안 좋은 일이 생기신 것이옵니까?"

"아무것도 아니니, 물러가거라."

"네, 황후 폐하."

그녀의 정체는 바로 현 황제인 설리반의 아내이자, 칼라일의 양어머니가 되는 루퍼드 제국의 제 12대 황후 오펠리아였다.

오펠리아는 하녀가 사라지는 모습을 바라보며 근처에 있는 향초에 서신을 가져다 대었다.

점점 시꺼멓게 타들어 가는 서신의 끝부분에는 이렇게 적혀 있었다.

[칼라일 황태자 암살 실패.]

그녀가 무심한 눈동자로 완전히 재가 되어 버린 서신을 쳐다보며 중얼거렸다.

"칼라일 황태자, 차라리 거기서 죽는 게 더 나았다는 걸 알게 될 겁니다."

3

되돌아갈 곳이 있다

솨아아—

이레나는 마차의 창문에 기댄 채 느릿하게 흘러가고 있는 풍경을 바라보고 있었다.

상쾌한 날씨에 울창한 숲을 달리니 멋들어진 경치가 눈을 어지럽혔지만, 지금은 그런 걸 감상하고 있을 만한 기분이 아니었다.

칼라일의 목숨을 구하고 난 뒤, 이레나는 여관으로 들어오자마자 기절하듯이 잠에 빠졌다.

스스로도 몰랐지만 그를 구해 내는 순간부터 결혼을 승낙받기까지, 마치 아슬아슬한 외줄을 타는 것처럼 긴장의 연속이었다.

제대로 단련이 안 된 체력에 무리가 갈 수밖에 없었다.

"……하아."

정신을 차리고 칼라일과 나눈 대화를 곰곰이 돌이켜 보니 새삼 미궁 속으로 빠지는 것 같은 기분이 들었다.

그는 대체 왜 청혼을 받아들인 것일까?

자신은 그와 결혼하고 싶은 뚜렷한 이유를 가지고 있었지만, 그는 자신을 황태자비로 받아들여야 하는 아무런 이유도 없었다.

그 얼굴에 뛰어난 검술 실력, 그리고 황태자라는 신분까지 포함한다면 자신보다 더 나은 조건의 여자를 고를 수 있을지도 모른다.

자신에겐 칼라일이 최적의 배우자였지만, 과연 그에게도 그럴지는 알 수 없었다.

처음에 목숨까지 구해 준 자신을 추궁했던 걸 보면, 타인을 그리 쉽게 믿는 성격은 아닌 것 같던데 대체 자신의 어느 부분이 마음에 들었던 걸까?

'황태자가 무슨 생각을 하는 건지 도저히 모르겠어.'

철 투구를 벗기 전까지만 해도 그렇게나 질색하던 칼라일이 갑자기 결혼을 승낙한 이유가 궁금했다.

만약 철 갑옷을 두른 자신의 모습이 마음에 든 거라면, 겉모습은 멀쩡하지만 혹시 성적 취향이 이상한 변태는 아닐까?

이레나의 머릿속에는 오만 가지 생각이 둥둥 떠돌아다녔다.

하지만 그 짧은 만남으로 그가 가진 의도가 무엇인지 전부 다 파악할 수는 없었다.

문득 마지막으로 뒤를 돌아봤을 때 보이던 칼라일의 모습이 떠올랐다.

새하얀 붕대 위로 피가 배어 나오고 있음에도 불구하고 조금도 위축되지 않은 그 모습이 뇌리에 남았다.

흔들림 없는 눈동자로 자신을 똑바로 쳐다보는 그 푸른색의 눈동자가, 이상하게도 어디선가 본 것 같은 기분이 들었다.

정말 과거에 만났던 적이 있는 걸까?

궁금해 미칠 것 같았지만, 그렇다고 알아낼 방법은 없었다.

'됐어. 생각은 그만하자. 어차피 모든 건 내가 원하는 대로 이뤄진 거나 마찬가지니까.'

설령 이용만 당하다가 버려진다 해도 괜찮았다.

칼라일이 황제가 되어서 파벨루크만 없애 준다면, 그래서 가족들의 안전을 보장받을 수만 있다면 다른 건 아무것도 상관없었다.

자신을 황태자비로 만들어만 준다면 어떻게든 그를 보필해서 황제로 만들 것이다.

그 후에는 자신을 쫓아내든 말든 아무런 관심도 없었다.

아니, 어쩌면 그편이 가족들의 곁으로 돌아가기에 더 나을지도 모르겠다.

지금은 미래를 어떻게 바꿀지 생각하기도 바빴다. 자세한 건 미래가 바뀌고 난 다음에 생각해도 늦지 않았다.

가족들만 모두 살아 있다면, 그게 어떤 삶이든 전생보다 행복할 것이 분명했으니까.

'……열흘 후에 찾아온다고 했으니, 그때 만나면 더 정확하게 정리가 되겠지.'

겉보기엔 멍하니 마차의 창밖을 바라보는 것 같은 이레나를 향해 소피가 조심스럽게 말을 걸었다.

"아가씨, 혹시 아직도 속이 안 좋으신 건 아니죠?"

소피는 이레나가 아무도 모르게 자리를 비웠다는 사실을 알고 있는 유일한 사람이었다.

한밤중에 연기처럼 사라졌다가 다음 날 동이 틀 무렵에 돌아온 이레나는 그 후부터 계속 이렇게 멍하니 정신이 팔려 있었다.

그 모습이 마치 상사병에 걸린 소녀처럼 보여서, 솔직히 소피는 지난밤의 일이 궁금해 미칠 지경이었다.

그렇다고 직접적으로 물어볼 수는 없었기 때문에 교묘하게 말을 돌려서 질문한 것이었다.

이상하리만치 초롱초롱 빛나는 소피의 눈동자를 바라보며, 이레나는 그녀가 그날 밤 자신의 행적에 대해 궁금해한다는 사실을 알아차렸다.

"쓸데없는 호기심은 불행을 가지고 올 뿐이지. 소피, 넌 똑똑한 아이니 내 말이 무슨 뜻인지 알 거야."

"아, 아무렴요. 아가씨."

소피는 마지못해 대답했지만, 속마음까지 수긍한 것은 아니었다.

그날 밤 이레나에게 무슨 일이 생긴 게 틀림없었다. 그렇지 않았다면 그토록 서둘렀던 글렌의 결혼식에 불참할 이유가 없었다.

외박을 하고 돌아온 이레나는 갑자기 몸 상태가 안 좋다는 핑계를 대며, 다시 블레이즈 성으로 돌아가길 원했다.

아무것도 모르는 기사들이야 그런가 보다 생각할지 모르겠지만, 소피는 그 말을 듣고서 더욱 궁금증에 사로잡힐 수밖에 없었다.

어디 그뿐인가.

돌아가는 길 내내 제대로 식사도 하지 않을뿐더러, 멍하니 생각에 잠겨서 창밖만 바라보고 있는 이레나는 누가 봐도 수상했다.

대체 상대가 누구이기에 우리 아가씨가 이토록 빠진 걸까?

혹시 그날 밤 분위기에 휩쓸려 사고를 치신 건 아닌가?

나중에 덜컥 애라도 생기시면 어떡하지?

소피의 머릿속에는 온갖 상상의 나래가 펼쳐지고 있었다.

그 덕분에 심했던 소피의 멀미가 돌아가는 길엔 잠잠하기 그지없었다.

그렇게 각자의 생각에 빠진 채, 이레나와 소피가 탄 마차는 빠른 속도로 다시 블레이즈 성을 향해 가고 있었다.

"……아."

그때 신선한 바람 한 줄기가 이레나의 뺨을 간질였다.

무심코 바람이 불어오는 방향으로 시선을 돌리자, 끝도 없이 펼쳐진 빼곡한 나무들이 꽤나 아름답다는 뒤늦게 사실을 알아차릴 수 있었다.

구름 한 점 없는 맑은 하늘과 시원한 바람이 묘하게 이레나의 기분을 들뜨게 만들었다.

아무래도 복잡한 머리와 달리 마음은 이미 알고 있는 모양이다.

이 길이 가족들에게 향하고 있다는 사실을.

마차가 도착하면 다시금 아버지와 오라버니, 그리고 미라벨을 볼 수 있다는 생각에 이레나는 저도 모르게 희미한 미소를 머금었다.

지금처럼 돌아갈 곳이 있다는 게 좋았다.

이것을 지키기 위해서라면 수천, 수만 번의 시련이 닥친다 해도 견뎌낼 수 있었다.

끼이익.

마차가 성에 도착하고, 문이 열리자마자 기다렸다는 듯이 미라벨의 목소리가 들려왔다.

"언니이이이!"

그리곤 이레나가 마차에서 완전히 내려서기도 전에 미라벨이 달려와서 그녀의 품에 풀썩 안겼다.

마치 몇 년이나 떨어져 지낸 듯한 미라벨의 열렬한 환영 인사에 이레나는 자신보다 한참이나 작은 미라벨을 품에 끌어안으며 감출 수 없는 행복한 웃음을 지었다.

"다녀왔어, 미라벨."

"응. 너무너무 보고 싶었어."

"나도 그래. 내가 없는 동안 별일은 없었지?"

"응응. 몇 번이나 집에 오신다고 전갈만 보내오시던 아버지가 오늘은 정말로 집에 들르시겠다고 연락을 주신 거 말곤 없었어."

"아버지가……?"

황실의 제 4 기사단을 이끄는 아버지는 늘 바빴다.

대부분 수도에 있는 저택에 머무르시면서 업무를 보셨기 때문에 지방에 위치한 블레이즈 성을 비우는 일이 많았다.

어차피 가문의 안살림은 이레나가 도맡고 있었고, 가문에 소속된 기사들은 데릭 오라버니가 관리했기에 문제가 될 것도 없었다.

과거였다면 오랜만에 아버지의 얼굴을 본다는 사실이 아무렇지 않았겠지만, 지금은 그때와 상황이 많이 달랐다.

이레나의 입장에서는 거의 이십여 년 만에 아버지를 다시 만나게 되는 것이다.

괜스레 긴장이 되고, 설레어 오는 감정을 주체할 수 없었다.

"그럼 오늘 저녁 메뉴는 더욱 신경 써야겠구나."

이레나의 중얼거리는 말에 미라벨이 그럴 줄 알았다는 듯 자신 있게 대답했다.

"내가 그럴까 봐 미리 주방장한테 아버지가 좋아하시는 생선찜을 준비하라고 시켰어."

어서 칭찬해 달라는 듯이 의기양양한 표정을 짓고 있는 미라벨이 귀여워서 이레나는 쿡하고 낮게 웃었다.

그리곤 이레나가 한 손으로 미라벨의 머리를 쓱쓱 쓰다듬어 주며 말했다.

"그래, 잘했어. 이제 집안 살림을 맡겨도 되겠는걸?"

"언니가 있는데 그런 일이 생길 리 없잖아."

아무렇지 않은 미라벨의 말에 이레나는 순간 가슴이 욱신거렸다.

자신이 정말로 칼라일 황태자와 결혼을 하게 된다면, 블레이즈가의 안살림은 다 미라벨의 몫이 될 것이다.

아직은 한없이 어려 보이기만 하는 동생이 걱정이 되어서 차마 발이 떨어지지 않을 것 같았다.

이레나가 씁쓸한 표정으로 다시금 미라벨의 머리카락을 쓸어 주며 말했다.

"언젠가 내가 시집가게 되면 네가 도맡게 되겠지. 그러니 앞으로는 집안일에 대해 더 많이 배워 두도록 해."

"에이, 그건 너무 먼일이야."

"아무도 모르는 일이야. 어느 날 내가 누군가한테 첫눈에 반했다고 폭탄선언을 하고, 결혼을 하고 싶다고 떼쓰게 될지……. 나중에 미라벨 네가 그럴 수도 있고."

"난 절대 그럴 일 없어!"

"너도 결혼을 해야 할 텐데, 그렇게 쉽게 장담하는 거 아니야."

"아니야! 나한테 언니보다 더 좋아하는 사람이 생길 리 없어. 나는 절대 언니 옆에서 안 떨어질 거라구!"

조금 예시를 들었을 뿐인데도 펄쩍 뛰는 미라벨을 보며 이레나는 걱정이 앞섰지만, 마음 한편으론 그런 동생의 마음이 너무나도 고마웠다.

자신에게 가족이 너무나 소중하듯이, 그들에게도 자신이 그런 존재라는 게 느껴져서 마음이 벅차올랐다.

"……나도 그래. 아마 우리 가족보다 더 소중한 존재는 생기지 않을 것 같아."

"에이, 그게 뭐야. 가족 전체가 아니라 동생 미라벨보다 더 소중한 존재는 없을 거라고 말을 해야지."

미라벨의 정확한 지적에 이레나는 작게 웃음을 터뜨리고 말았다.

작은 새처럼 귀여운 여동생은 언제나 이렇게 자신을 미소 짓게 만들었다.

이레나가 천천히 미라벨의 작은 손을 붙잡으며 성을 향해 한 걸음 내디뎠다.

"나머진 들어가서 얘기하자."

"응, 언니. 여행은 어땠는지 말해 줘."

"아, 그게……."

미라벨의 질문에 이레나는 하루 종일 마차 안에서 달리던 날들이 떠올랐다.

칼라일 황태자를 구하기 위해 암살자들과 싸운 일도 있었지만, 그 무엇 하나도 미라벨에게 해 줄 이야기는 없었다.

"……특별한 일은 없었어."

이레나가 잠시 할 말을 찾지 못하고 있을 때였다.

마침 두 사람의 대화가 끝날 때를 조용히 기다리고 있던 하녀들이 다가오며 입을 열었다.

"아가씨, 마차에 있는 짐은 어디로 옮겨 놓으면 될까요?"

"모두 내 방으로 옮겨다오."

그 말에 하녀들은 일사불란한 움직임으로 양손에 짐들을 하나씩 쥐었다. 그리곤 자연스럽게 손을 잡고 걸어가는 이레나와 미라벨의 뒤를 줄지어 따라왔다.

그 모습이 어찌 보면 장관처럼 느껴졌다.

오랫동안 귀족 생활을 하지 않은 이레나에겐 조금 어색하게 느껴졌지만, 겉으론 그런 티를 조금도 내지 않은 채 기품 있게 걸었다.

귀족의 영애, 특히 이레나처럼 안살림을 도맡고 있는 여인은 중심을 잘 잡아야 했다.

아랫사람들의 고충을 잘 알아주는 것도 중요했지만, 그들에게 만만하게 여겨지도록 행동해서는 안 되었다.

특히 이레나는 나이도 어렸기 때문에 어릴 때부터 이런 부분을 더욱 신경 써 왔다.

전생에서도 이런 역할을 잘 수행했기 때문에 지금 블레이즈가의 하녀들이 이토록 체계가 확실히 잡혀있는 것이다.

허리를 꼿꼿하게 편 채로 걷고 있는 이레나의 팔을 흔들며 미라벨이 재차 말을 걸었다.

"언니, 여행은 어땠어? 응?"

"그, 글쎄. 중간에 배탈이 걸려서 별다른 건……."

미라벨이 하도 여행에 관해 궁금해하기에, 이레나는 어쩔 수 없이 몸이 좋지 않아서 중간에 돌아왔단 핑계를 대고 말았다.

하지만 그것에 대한 후폭풍은 생각보다 컸다.

"뭐어어어어? 여행 중에 음식을 잘못 먹어서 배탈이 났단 말이야?"

"그게 지금은 다 나아서……."

"어쩐지 예상보다 집에 일찍 도착했더라. 정말 큰일이 날 뻔했네. 지금 당장 의사를 불러서 다시 진찰을 받아 봐야겠어."

"그럴 필요는……."

"방에서 꼼짝 말고 기다려, 언니."

미라벨은 곧장 남부 지방에서 가장 유명한 의사 선생님을 모시고 와서 이레나를 진찰하게 했다.

그리곤 할 일이 산더미같이 쌓여 있는 이레나를 해가 질 때까지 억지로 침대에 눕혀 휴식을 취하게 했다.

문제는 여기서 끝이 아니었다.

이레나가 알지 못하는 곳에서 또 다른 일이 벌어지고 있었다.

"내가 목숨을 걸고 지키라고 당부하지 않았나? 배탈이 걸려서 집에 돌아올 정도면 도대체 얼마나 심각했다는 거야?"

뒤늦게 진실을 알게 된 미라벨과 달리, 데릭은 그동안에 있었던 일들을 미리 서신을 통해 간략하게 보고를 받은 상태였다.

그래서 이레나와 함께 여행을 떠났던 기사들은 성에 도착하자마자 제대로 임무를 수행하지 못했다는 이유로 엄청난 지옥훈련을 받아야 했다.

"죄, 죄송합니다. 도련님. 다음부터는 아가씨를 목숨을 걸고서라도……."

"이미 늦었어. 이제부턴 연무장 10바퀴를 돌고 선착순으로 집합한다."

가뜩이나 고지식하기로 유명한 데릭이 작정하고 굴리기 시작하자, 버텨 낼 수 있는 사람이 있을 리가 없었다.

훈련을 받는 이들이나, 그것을 지켜보는 이들이나, 블레이즈 가문의 기사들에겐 선명히 기억에 남게 될 사건이었다.

그렇게 이레나는 단순히 아가씨가 아닌, 정말로 목숨을 걸고 지켜야 하는 대상이 되어 가고 있었다.

전부 이레나가 예상하지 못했던 일들이었다.

그렇게 시간이 흘러 어둑어둑한 밤이 찾아오자, 이레나의 아버지인 알포드 블레이즈 백작이 성에 도착했다.

"오셨습니까? 주인님."

나이 든 집사 노스만을 필두로 모든 고용인들이 나와서 일렬로 줄지어 서 있었다.

알포드가 집으로 걸어오는 길목을 빼곡하게 채우고 있던 그들은 그가 자신의 앞을 지나가는 순간 고개를 숙이며 정중하게 인사 올렸다.

사실 알포드는 이런 성대한 환영 인사를 그리 좋아하지 않았지만, 이건 전생에 이레나가 아버지를 위해 준비한 것이었다.

가문의 가주인 아버지가 오랫동안 성을 비우는 일이 잦아지자, 들어온 지 얼마 안 된 고용인들은 아버지의 얼굴을 모르는 경우가 발생했다.

그래서 이레나가 아버지의 위신도 세울 겸, 이렇게 거창한 환영 인사를 올리는 방법을 생각해 낸 것이다.

그리고 그건 오늘 역시도 마찬가지였다.

기다란 줄의 가장 끝에는 이레나와 미라벨, 그리고 데릭이 서서 아버지를 기다리고 있었다.

오랜만에 아버지를 본다고 생각하니 이상하게 설레어서 이레나의 볼이 붉어져 있었다.

미라벨은 그런 이레나를 이해할 수 없다는 듯이 말을 걸었다.

"언니 좀 이상해. 아무리 아버지가 자주 오시지 못했다고 하지만, 꼭 몇 년 만에 보는 사람 같단 말이야."

정곡을 찌르는 미라벨의 날카로운 말에 이레나는 그저 어색한 미소를 머금을 뿐이었다.

틀린 말은 아니었다. 이레나의 입장에선 아주 오랜만에 아버지를 만나는 것이었으니까.

이레나는 점차 가까워지는 아버지의 그림자를 확인하고, 서둘러 옷매무새를 정리하며 미라벨을 향해 물었다.

"미라벨, 나 괜찮아?"

"응, 너무 예뻐. 오늘따라 나한테 그 말을 몇 번이나 물어본 줄 알아?"

"아, 내가 그랬나?"

묘하게 긴장한 표정의 이레나를 바라보며 미라벨은 고개를 갸웃할 수밖에 없었다.

여행 도중에 몸이 아팠다는 얘기를 듣고, 오늘은 하루 종일 집에서 쉬게 하려고 했다.

그런데 아버지가 오시는데 더 이상 누워 있을 수 없다며 이레나는 기어코 일어나고야 말았다.

원래 부지런했기에 거기까지는 그러려니 이해한다 치자.

평소에 잘 꾸미지도 않던 이레나가 몇 번이나 드레스를 갈아입으며, 이 중에 뭐가 잘 어울리는지 물어보는 건 정말이지 어딘가 이상했다.

모두 이레나의 아름다운 외모를 부러워했다.

그리고 다른 사람들의 그런 선망 어린 시선이 미라벨에겐 자랑이었다. 세상에서 이레나 언니보다 더 예쁜 여자는 본 적이 없었으니까.

그런데 그런 타고난 외모와 달리, 이레나는 자신을 가꾸는 것에는 영 관심이 없었다.

좀 꾸미고 다니라고 아무리 졸라도 항상 시큰둥했을 뿐인 이레나가 이렇게 외모에 신경을 쓰는 것은 처음이었다.

이 자리가 다른 남자를 만나는 자리였다면 좋아하는 사람이 생겼구나 싶었을 텐데…….

그 상대가 고작 몇 주 만에 만나는 아버지라는 게 아무리 생각해도 납득이 되지 않았다.

미라벨은 영문을 모르겠다는 표정으로 이레나를 빤히 올려다봤지만, 그 진실을 알 수는 없었다.

뚜벅뚜벅.

그때 일정한 발소리가 가까워지며, 드디어 아버지인 알포드의 모습이 나타났다.

중년의 나이였음에도 불구하고 아버지는 여전히 미남이었다.

훤칠하게 큰 키에 미라벨과 같은 진한 녹색의 눈동자.

오랜 기사 생활 덕분에 다부진 체격이었지만, 지금처럼 갑옷을 벗고 코트를 걸치며 영락없는 신사로 보일 정도로 반듯한 분위기를 풍겼다.

감정을 드러내지 않는 딱딱한 표정은 데릭 오라버니와 판박이였으며, 고집스러워 보이는 턱선이 묘하게 이레나와 닮아 있었다.

이레나는 아버지의 모습을 바라보며 말로 표현할 수 없는 뭉클한 감정에 사로잡혔다.

자신이 기억하는 마지막 모습은 데릭 오라버니와 함께 성벽에 걸려 있던 싸늘하게 식은 아버지의 시신이었다.

블레이즈 성이 침략당하던 날, 아버지는 그때도 성 안에 계시지 않았다.

그래서 정확히 어떻게 돌아가시게 되었는지 알지 못했다.

그저 데릭 오라버니가 가르쳐 준 장소에 숨어 있을 때, 아버지가 남긴 편지가 있다는 소식을 전해 들었을 뿐이다.

그런데 중간에 무엇이 잘못된 건지, 아버지가 보낸 마지막 편지는 끝내 전달받지 못했다.

결국 성벽에 걸린 가족들의 시신을 확인하고 난 뒤 이레나는 머나먼 길을 떠나야 했다.

더 이상 루퍼드 제국에서 머물기는 힘들었으니까.

이제 와서 생각해 보니, 그 마지막 편지의 내용이 궁금했지만 지금은 알 도리가 없었다.

'하긴, 그게 어떤 내용이든 이젠 아무런 상관없어. 지금은 다들 이렇게 살아서 내 곁에 있으니까.'

이레나는 자신을 맑은 눈동자로 올려다보고 있는 미라벨과 무표정한 얼굴로 옆자리에 서 있는 데릭 오라버니를 보며 남몰래 행복한 미소를 삼켰다.

이거면 되었다.

더 욕심내지 않을 것이다.

알포드의 등장에 데릭은 무뚝뚝하게 고개를 숙여 인사를 건넸고, 미라벨은 어른스럽게 치맛자락을 들어 올렸다.

이레나도 애정을 듬뿍 담아 입을 열었다.

"오셨어요? 아버지."

"그래."

알포드는 이레나의 인사에 간략하게 대답을 하고는 곧바로 미라벨을 향해 걸어갔다.

자그만 몸짓으로 드레스 자락을 들고 있는 미라벨의 모습이 퍽 귀여워서인지 딱딱하게 굳어 있던 알포드의 표정도 약간 풀어졌다.

그가 커다란 손으로 미라벨의 머리를 가볍게 쓰다듬으며 나직하게 물었다.

"그동안 별일은 없었느냐?"

"네에, 잘 지냈어요."

"아픈 데는 없었고?"

"언니가 잘 돌봐 줘서 이젠 몸도 많이 나아졌어요."

미라벨은 막내라서인지 의젓하게 대답하고 있는 모습조차 어여쁘기 그지없었다.

이레나는 두 사람이 대화를 나누는 모습을 한 걸음 떨어져서 바라보다가, 문득 아버지의 시선이 자신을 향하자 조금 떨리는 목소리로 재차 입을 열었다.

"먼 길 오시느라 고생하셨어요."

알포드가 가볍게 고개를 끄덕이는 모습을 이레나는 저도 모르게 잠시 넋을 잃고 바라보았다.

가슴이 벅찼다.

다시는 볼 수 없다고 생각했던 아버지가 바로 눈앞에 있었으니까.

데릭이 슬슬 상황을 정리하려는 듯 알포드를 향해 말을 건넸다.

"식사는 하고 오셨어요?"

"아니, 예정보다 늦게 도착하는 바람에 다들 나를 기다렸겠구나. 일단 식사부터 하자구나."

그 말과 함께 알포드가 먼저 식당을 향해 걸어가자, 그 뒤를 세 남매가 따랐다.

대부분 알포드가 성에 도착하는 시간은 이렇게 늦은 밤이었다.

그렇기 때문에 그가 도착하자마자 지금처럼 식당으로 향하는 일이 잦았다.

그래서 어느 때와 다름없어 보이는 이 평범한 저녁 식사가 오늘 이레나에게 얼마나 감동스럽게 다가왔는지 아무도 알지 못했다.

이레나는 괜스레 촉촉해지려는 눈가를 감추며, 조용히 걸음을 재촉할 뿐이었다.

식당에 도착하자 새하얀 테이블보에 덮여 있는 기다란 식탁이 보였다. 자리를 꽉 채워서 앉는다면 스무 명도 충분히 식사를 할 수 있을 만큼 커다란 크기의 식탁이었다.

그리고 그 식탁의 정 가운데에는 이미 촛불과 꽃으로 정갈하게 장식이 되어 있었다.

알포드가 도착하기 전, 이레나가 신경 써서 준비해 놓은 것들이었다.

언제나처럼 가장 상석에는 아버지가, 오른쪽에는 데릭 오라버니, 그리고 왼쪽에는 이레나와 미라벨이 순서대로 자리에 앉았다.

그러자 하녀들이 기다렸다는 듯이 음식들을 가지고 오기 시작했다.

준비한 코스 요리들이 접시를 비우기가 무섭게 끊임없이 쏟아져 나왔다.

과거에도 알포드가 집에 오는 날은, 이레나가 특별히 신경을 썼기 때문에 가족 모두 만찬을 즐길 수 있었지만 오늘은 유독 그 정도가 심했다.

모두 굳이 말은 하지 않았지만, 오늘따라 이 커다란 식탁이 작아 보인다고 느껴질 정도로 음식이 푸짐하다는 사실을 알아차렸다.

미라벨만 '역시 뭔가 이상해'라고 중얼거릴 뿐, 알포드와 데릭은 별다른 내색 없이 묵묵하게 식사를 즐겼다.

그 불편하지 않은 침묵을 깨트린 건 알포드였다.

"올해에 열리는 검술 대회에 너도 참가할 생각이냐?"

누구라고 꼭 집어 말하지 않아도, 그 대상이 데릭이라는 걸 모두가 알았다.

데릭은 훈련 중에 입은 부상으로 저번 수도권에서 열리는 검술 대회에 참가하지 못했기 때문이다.

아버지도 오라버니도 말은 하지 않았지만, 그 검술 대회에 참가하지 못했다는 것에 대해 내심 아쉬워했던 기억이 이레나의 머릿속에 떠올랐다.

데릭은 짤막하게 대답했다.

"네. 이번엔 참가해 볼 생각입니다."

"이왕 참가하기로 결심했다면, 좋은 성적을 거두기 위해 노력하거라."

"그러겠습니다."

아버지와 아들이라서일까. 지극히도 닮은 두 남자의 대화법에 이레나는 속으로 웃음을 삼켰다.

예전에는 이토록 무뚝뚝한 두 사람이 조금은 불편했지

만, 지금은 그저 서투를 뿐이라는 걸 알기에 슬며시 미소가 새어 나올 뿐이었다.

그렇게 식사가 무르익어 갈 무렵, 알포드가 이레나를 향해 나지막이 말했다.

"글렌의 결혼식에 가려고 했었다지?"

"아, 네."

"가는 도중에 배탈이 나서 집으로 돌아왔다고 들었다. 다른 사람을 챙기려는 네 마음은 알겠지만 웬만하면 바깥으로 돌아다니지 말거라. 이번 일로 너도 깨우친 바가 있겠지만 자고로 여자는 살림만 할 줄 알면 된다."

"……네."

"데릭이 이번 검술 대회에서 좋은 성적을 내면, 앞으로는 나와 같이 수도에서 생활을 해야 할지도 모르는데, 그럼 네가 신경 써야 할 부분이 더 많아질 게다. 가능한 불필요한 데에는 관심을 두지 말고 집안일에 더 전념하도록 해라."

생각지도 못한 알포드의 말에 이레나는 잠시 포크를 들고 있던 손을 멈췄다가, 조금 전보다 가라앉은 목소리로 대답했다.

"네, 아버지."

"미라벨의 몸 상태가 나아지고 있다니 다행이지만, 네가 언니로서 항상 동생을 잘 보살펴야 한다는 걸 잊지 말고."

"……그럴게요."

"네 오라비는 우리 집안의 기둥이다. 나중에 내 뒤를 이어 황실의 제 4 기사단을 이끌 텐데 그때까지 성심성의껏 모셔야 해. 누누이 말하지만, 여자는 살림 잘하고 아이만 잘 낳으면 돼. 아비가 너한테 많은 것을 기대하는 것도 아닌데, 시집가기 전까지 집안일에 더 매진하면서 조신하게 지내거라."

늘 듣던 말이었는데, 갑자기 이런 말들이 왜 이렇게 가슴에 얹히는지 알 수 없었다.

이레나의 표정이 조금 어둡게 변하자 가만히 앉아 있던 미라벨이 발끈해서 입을 열었다.

"요즘 시대에 어느 여자가 집안일만 해요? 아버지가 반대를 해서 그렇지, 요즘은 여자들도 검술 훈련을 한다거나 전문적인 직업을 갖기도 한다고요."

"그건 귀족 자제가 아니기 때문에 그런 거겠지. 너희들은 굳이 그런 고생을 사서 할 필요 없다."

"그냥 결혼 상대도 언니가 알아서 고르도록 내버려 두시면 안 돼요?"

"어허, 말이 안 되는 소리를 하는구나. 이레나, 집에서 동생을 어떻게 가르치는 게냐?"

아버지의 꾸지람에 이레나가 미라벨을 향해 그만하라는 눈짓을 보냈다. 그리곤 아버지를 향해 나지막한 목소리로 대답했다.

"죄송해요. 아직 미라벨이 어려서 그래요."

"미라벨, 너는 네 언니의 반만이라도 닮거라."

"……치잇."

알포드의 엄한 목소리에도 미라벨은 입술을 삐죽거릴 뿐이었다.

만약 이런 행동을 한 것이 이레나였다면 아마 크게 혼이 났을 것이다. 하지만 미라벨은 어렸을 적부터 몸이 약해서 오래 살지 못할 거라는 소리를 들어 왔기 때문에 꾸지람을 당한 적이 없었다.

이번에도 마찬가지로 알포드는 마음에 안 든다는 눈빛으로 미라벨을 쳐다보긴 했지만, 금세 아무렇지 않다는 듯 넘어가 버렸다.

이레나는 어렸을 때부터 어머니의 빈자리를 메꾸기 위해 책임져야 할 것들이 많았다.

가문의 안살림, 집안 남자들의 뒷바라지, 그리고 동생을 보살피는 일까지.

모두가 자신의 몫이었지만 과거에는 큰 불만을 가지지 않았다.

그저 이게 자신의 운명이려니 하고 살았다.

하지만 오늘따라 아버지의 말들이 조금은 서운하게 느껴지는 이유는…… 아마도 자신의 희생을 알아주기를 바라서인지도 모르겠다.

미래에 가족들이 모두 죽고 난 후에 자신이 얼마나 악착같이 버티며 살았는지…….

그때 흘렸던 눈물과 땀방울을 조금쯤은 알아주길 바라는 마음이 어딘가에 남아 있었나 보다.

다른 사람은 몰라도 아버지에게만큼은 잘하고 있다 대견하구나, 그렇게 인정받고 싶었다.

이레나는 속으로 쓴웃음을 삼켰다.

가족들은 앞으로 다가올 미래에 대해 아무것도 알지 못했고, 그들이 끝까지 모른 채로 살아가길 바라면서 이런 감정을 품는 건 모순이었다.

지금 이렇게 온 가족이 모여서 식사를 하고 있다는 것만으로도 얼마나 꿈만 같은 일인데, 여기서 무언가를 더 바라는 마음이 생기다니.

사람의 욕심이란 게 끝이 없었다.

가족들을 위해 모든 걸 버릴 각오를 다졌으면서 한편으론 그에 대한 보상을 바란다?

이레나는 자신의 이기심을 비웃었다.

이거면 되었다. 더 이상은 바라지 않는다. 가족들이 모두 살아 있을 수 있다면, 그거면 된 것이다.

이레나는 목구멍에 가시처럼 걸리는 마음을 애써 삼키고, 아무렇지 않은 척 식사에 전념했다.

간간이 들리는 달그락거리는 식기 소리와 함께, 중간중간 서로에 대한 간략한 대화를 나누는 것으로 저녁 식사가 끝이 났다.

가족들이 모두 각자의 방으로 흩어지고 난 뒤에도 이레나는 홀로 식당에 남아서 뒷정리를 해야 했다.

직접 팔을 걷어붙이고 일을 하는 건 아니었지만, 하녀들에게 적당한 일 분배와 관리 감독을 하는 것은 이레나의 몫이었다.

모든 마무리를 끝내고 바깥으로 나오자 테이블에서 이레나를 기다리고 있는 머그컵 한 개가 보였다.

그 컵을 보자마자, 그 안에 미친 듯이 달콤한 코코아가 타져 있다는 사실을 알아차릴 수 있었다.

이건 가끔 데릭 오라버니가 이레나에게 남기고 가는 일종의 선물 같은 것이었으니까.

그는 어렸을 때부터 가족 모임에서 이레나가 서운한 소리를 들었을 때 어김없이 달달한 코코아를 타 주곤 했다.

아마도 식사 때의 대화 내용이 데릭 오라버니 마음에도 걸렸던 모양이다.

'……이 코코아는 정말 오랜만에 받아 보네. 예전에는 왜 오라버니의 이런 다정함을 몰랐을까?'

이레나는 아직도 온기가 남아 있는 머그컵을 양손으로

감싸 쥐며 손을 녹였다. 그 따뜻함이 마음에까지 스며드는 것 같았다.

하녀들의 도움을 받아 잠잘 준비를 마친 이레나가 손에 코코아를 든 채로 자신의 침대 방 앞에 설 때였다.

누군가 방 안에 침입한 기척이 느껴졌다.

그리고 그 범인의 정체는 굳이 눈으로 확인하지 않아도 알 것만 같았다.

이레나가 아무것도 모르는 척 방 안으로 들어가자, 갑자기 옆에서 무언가가 툭 튀어나오면서 소리를 쳤다.

“워!”

고개를 돌려보니 자신을 깜짝 놀라게 하려고 준비한 미라벨의 얼굴이 보였다.

꽤 오랫동안 여기서 자신이 오기만을 기다렸을 동생을 생각하니 잠시 놀란 척을 해 줄까 고민이 들었지만, 그러기엔 이미 타이밍을 놓쳤음을 알아차렸다.

이레나가 조금도 흘리지 않은 코코아를 테이블 위에 올려놓으며 미라벨을 향해 말했다.

“여기서 뭐 하고 있었어? 아무리 내 방이라고 해도 함부로 들어오면 안 된다고 말했을 텐데.”

“에이, 잔소리는…… 한 번만 봐줘.”

처음엔 강하게 말했다가 점점 약해지는 미라벨의 목소리에 이레나는 결국 피식하고 작게 웃고 말았다.

미라벨이 옆구리에 끼고 있던 베개를 이레나에게 들이밀며 나지막이 말을 이었다.

"오늘은 언니랑 같이 자려고 기다리고 있었던 거란 말이야."

"이젠 어린애도 아닌데 왜 갑자기 같이 자자는 거야?"

"그냥…… 아버지가 한 말에 혹시 기분 상하지는 않았어?"

걱정이 담긴 미라벨의 말투에 이레나는 그녀의 머리를 쓰다듬으며, 아무렇지 않은 얼굴로 고개를 절레절레 저었다.

"전혀 그런 거 없었어."

"아버지는 가끔 보면 언니한테만 제일 엄격한 거 같아. 무뚝뚝한 데릭 오라버니도, 투정만 부리는 나한테도 눈감아 주시는 게 있으시면서 말이야."

"그래도 아버지가 하시는 말씀 중에 틀린 건 없어."

"틀리지 않다고 잘못되지 않은 건 아니야! 난 아버지가 그런 말을 할 때가 정말 싫어."

마치 이레나를 대신해서 화를 내 주는 것 같은 미라벨의 말에, 이레나는 왠지 방금 전에 느껴졌던 섭섭함이 눈처럼 녹아서 사라지는 것 같은 기분을 느꼈다.

미라벨은 아는지 모르겠다.

항상 그녀가 자신의 편이 되어 주었기 때문에 더욱 아

버지에 대한 불만이 남아 있지 않다는 사실을 말이다.

전생에서도 아버지가 조금만 더 다정하게 대해 주셨으면 좋겠다고 생각한 적이 많았다.

오라버니에게 거는 기대만큼, 동생에게 향하는 애정만큼, 자신에게도 무언가 따뜻한 감정을 건네주셨으면 하고 바랐었다.

우습게도 시간을 거슬렀음에도 불구하고 그 감정은 지금도 변함없었다.

이레나는 다시 한 번 느낄 수 있었다. 자신이 정말 과거로 돌아왔음을.

그동안 냉혈한 여검사로 살아가면서 잊고 있었던, 백작의 영애 시절에 느꼈던 감정이 고스란히 전해져 왔다.

위치가 사람을 만든다는 말이 있다.

지금의 이레나가 꼭 그랬다.

따지자면 이미 이십여 년 가까이 다른 삶을 살다가 돌아온 것이었는데, 하루하루가 지날수록 그때의 그 감정으로 점점 동화되어 가고 있었다.

그저 살아만 계시면 좋겠다고 생각했던 아버지에게 조금이라도 섭섭한 마음이 생길 줄이야…… 예전에는 생각지도 못한 일이었다.

하지만 지금 이 순간, 정말로 그런 서운한 감정은 모두 사라져 버렸다.

방금 전 받은 코코아와 미라벨의 따뜻한 말이 모든 것을 괜찮아지게 만들었다.

그래서 다시 한 번 이렇게 가족들이 자신의 곁에 있음을 신에게 감사드렸다.

이레나는 말없이 먼저 침대에 들어가서 자신의 옆자리를 툭툭 두들겼다.

"이리 와, 그만 자자."

그 말에 미라벨의 얼굴이 환해지며, 잽싸게 베개를 끌어안고 침대로 뛰어들었다.

사실 미라벨과 같이 잠자리에 드는 것은 이레나가 더욱 원하는 일이었다.

과거로 돌아오고 난 후 이레나는 매일 밤 눈을 감을 때마다 이게 꿈이면 어떡하지, 하는 걱정이 들어서 깊게 잠든 적이 없었다.

옆자리를 채우고 있는 미라벨의 작은 무게감과 온기를 느끼며 이레나가 나지막이 속삭였다.

"미라벨."

"으응."

미라벨의 목소리가 금방 잠긴 걸 보니, 벌써 졸린 모양이었다.

이레나가 그런 그녀를 한 팔로 가볍게 감싸 안으며, 천천히 두 눈을 감았다.

"내 옆에 있어 줘서 고마워, 내 동생."

"에이, 언니는 무슨 그런 소릴 해."

"이제 아무 데도 가지 마. 네가 없어서 너무…… 외로웠어."

"헤헤, 내가 언니를 두고 어딜 간다고."

미라벨의 다정한 목소리를 들으며, 이레나는 아주 긴 세월 동안 느끼지 못했던 안락함에 빠질 수 있었다.

십여 년 동안 복수를 위해 검을 들었다. 다시 과거로 돌아온 지금까지도 놓지 못했던 무언가가 이 순간 잠시 사라지는 듯했다.

그리고 곧이어 깊은 잠에 빠져들었다.

이레나가 기억하는 한, 세상에서 가장 달콤한 단잠이었다.

* * *

"하나, 둘…… 사십 구, 오십."

이레나는 침대의 기둥 사이를 이어 주는 단단한 철봉을 잡고, 두 팔로만 온몸의 무게를 지탱한 채 근력운동을 하고 있었다.

아직은 해가 뜨지도 않은 이른 아침이었다.

하지만 블레이즈가에 도착하고 난 후, 이레나는 하루

도 빠짐없이 체력을 단련하고 있었다.

이번에는 칼라일을 계획대로 구해 낼 수 있었지만, 앞으론 무슨 일이 벌어질지 모른다.

파벨루크를 무너뜨리기 위해 자신이 해야 할 일은 너무나 많았다. 그러려면 그중에 가장 기본이 되어야 하는 것이 바로 검술 실력이었다.

전생에서는 가문이 망하고 난 뒤, 도망치는 데 급급해서 바로 검술을 배우지 못했다.

그렇게 소비된 시간을 이제라도 바로잡는다면 과거보다 조금 더 높은 경지에 도달할 수 있을지도 모른다.

과거에는 대륙에서 다섯 손가락 안에 드는 실력이었지만, 지금은 단연코 최고가 되고 싶었다.

그리고 이레나는 그 목표를 위해 부지런히 노력하고 있는 중이었다.

"하아."

거친 숨을 몰아쉬며 드디어 양손으로 잡고 있던 철봉을 놓았다.

바닥에 착지한 이레나는 거기서 쉬지 않고, 곧바로 바깥으로 나왔다.

다행히도 블레이즈가는 기사 가문이었기 때문에 체력을 단련할 수 있는 공간이 매우 많았다.

이레나는 누가 봐도 수상하게 느끼지 않을 운동이자,

가장 효과적인 것으로 달리기를 선택했다.

타닥, 타닥.

일정한 발자국 소리를 남기며, 가문의 기사들이 훈련하는 연무장을 길게 돌았다.

사흘 동안 반복되는 이런 행동에 이레나를 의아하게 쳐다보는 시선도 있었지만, 점차 운동하는 그녀의 모습이 사람들에게도 익숙해지기 시작했다.

더구나 이른 시간에 운동을 시작했기 때문에, 정작 이런 장면을 직접 보지 못하는 고용인들도 많았다.

일정한 속도와 호흡으로 달리기를 하는 이레나의 옆으로 어느 한순간 긴 그림자 하나가 다가왔다.

이레나가 힐끗 시선을 돌려 가까이 다가온 사람을 쳐다봤다.

그러자 커다란 키에 건강한 신체, 무표정한 얼굴로 마치 기사의 표본처럼 뛰고 있는 남자가 눈에 들어왔다.

바로 데릭 오라버니였다.

이레나는 슬쩍 눈짓으로만 인사를 전하고, 자신이 목표했던 것만큼 연무장을 돌고 나서야 발을 멈췄다.

그때까지 계속 옆에서 달리기를 같이하던 데릭도 발을 멈추고, 조금은 거친 숨을 내쉬며 이레나를 향해 말했다.

"무슨 바람이 불어서 갑자기 운동을 시작한 것이냐?"

데릭은 이레나가 운동을 시작했다는 소식을 전해 들었

지만, 얼마 가지 못할 거라고 판단했다.

백작의 영애로서 이레나와 미라벨은 온실 속의 화초처럼 자라 왔다. 미라벨이 유달리 몸이 허약하긴 했지만, 그렇다고 이레나가 강한 것은 아니었다.

그런데 금방이라도 그만둘 줄 알았던 이레나가 며칠째 꾸준히 운동을 하자, 데릭은 호기심이 생겨 나와 본 것이었다.

지금 이렇게 같이 달려 보자 더욱 깨달을 수밖에 없었다.

이레나는 하루아침에 그만둘 정도로 나약한 마음가짐이 아니었다. 운동에 대해 어느 정도 의지를 가지고 있는 게 틀림없었다.

이레나가 대답했다.

"그냥, 무엇을 하든 체력이 중요하잖아요. 오라버니는 모르시겠지만 집안일도 기력이 떨어지면 할 수가 없거든요."

"……그러냐?"

"네. 오라버니는 더 운동하실 거지요? 저는 이만 들어가 보겠습니다."

"그래. 하지만 너무 무리하지 마라. 운동도 갑자기 하면 몸에 무리가 오기 마련이니까."

"명심하겠습니다."

이레나는 데릭에게 가볍게 고개를 숙여 인사하고는 다시 성 안으로 돌아갔다.

그 뒷모습을 데릭이 흐뭇하게 바라보고 있었다.

*　*　*

방 안에 도착하자마자 이레나는 자신의 발에 묶어 놓은 모래주머니를 확인했다.

가느다란 발목에는 팔뚝만 한 모래주머니가 세 개씩 차여 있었다. 눈으로만 봐도 상당히 무게가 나갈 것 같았다.

이레나는 데릭의 당부와 달리, 단기간 최대한 체력을 키우기 위해서 할 수 있는 모든 노력을 쏟아붓고 있었다.

그중에서 일상생활에서도 사용할 수 있는 모래주머니는 필수였다.

덕분에 며칠간 지독한 근육통에 시달려야 했지만, 이것도 시간이 지나면 사라진다는 걸 경험으로 알고 있었다.

발에 차고 있는 모래주머니를 보면서 이레나가 중얼거렸다.

"……슬슬 한 개씩 더 늘려 볼까?"

다행히도 백작 영애의 생활은 지극히 단조로웠다.

대부분의 영애들은 아침, 점심, 저녁, 세끼 식사를 하는 시간을 제외하면 나머지는 외모를 가꾸는데 모든 시간을 쏟아붓는다고 해도 과언이 아니었다.

헤어스타일을 바꾸거나, 드레스를 고르거나, 혹은 피부 관리를 받는 등.

모든 게 본인의 외모를 치장하는데 관련된 것이었다.

철저하게 계급적인 귀족 사회에서 여자들이 신분 상승을 할 수 있는 가장 손쉬운 방법이, 자신보다 더 높은 귀족 남성과 결혼하는 것이기 때문이다.

그래서 외모만큼 경쟁력을 갖는 게 없기도 했다.

이레나 같은 경우는 조금 특이하게 어렸을 때부터 아버지인 알포드가 벌어 오는 봉급을 직접 관리했다.

보통은 결혼을 하고 난 다음에서야 집안 살림을 관리하게 되지만, 이레나는 알포드가 재혼을 하지 않았기에 자연스럽게 물려받게 되었다. 그래서인지 몰라도 그 나잇대의 또래들보다 일찍 철이 들었다.

일 년 동안 아버지가 벌어들이는 봉급과 가문을 이끄는데 드는 비용, 그리고 기타 여러 가지 잡비들을 계산하다 보니 자연스레 깨닫게 된 것이다.

보통의 귀족가 영애들은 사치가 너무 심했다.

그런 딸들을 서둘러 시집보내려는 귀족들의 마음이 이해가 될 정도였다.

더군다나 대개의 영애들은 신분 상승의 목표를 이루지 못한 채, 본인들과 비슷한 가문으로 시집을 가는 게 태반이었다. 그렇다면 유년 시절부터 쓴 사치 비용은 단순히 낭비가 되어 버린다.

그렇게 도가 지나친 꾸밈 비용은 결국 낭비라는 생각을 하다 보니, 이레나는 저도 모르게 자연스럽게 절약을 하게 되었고 꼭 필요한 사교계의 모임이 아닌 이상 참석하지 않게 되었다.

과거의 그런 생활 습관 때문에 만들어진 지금의 시간적인 여유로움이 이레나는 무척이나 마음에 들었다.

가족들의 식사를 챙기고, 안주인으로서의 역할만 끝내면 아무에게도 간섭받지 않았다.

오늘도 어느 때와 마찬가지로 아침 운동과 기본적인 해야 할 일을 끝낸 후에, 이레나는 자신의 집무실 책상에 앉았다.

처음엔 오랜만에 앉아 보는 이 자리에 감회가 새로웠지만 생각보다 금방 적응할 수 있었다.

이레나가 글렌의 결혼식에 간다고 비운 며칠이란 시간 동안 밀린 서류가 상당했기 때문이다.

무리를 한다면 한꺼번에 다 해결할 수도 있었지만, 당장은 체력을 키우는 게 더 중요했기 때문에 매일 조금씩 나눠서 처리를 하고 있는 중이었다.

이레나가 기계적으로 서류를 살펴보고 블레이즈가의 인장을 찍어 승인을 하고 있을 때였다.

문득 눈에 들어온 초대장 하나가 있었다.

"이건…… 언제 왔던 거지?"

새하얀 봉투에 정 가운데에 붉은색으로 찍혀진 독수리 문양은 이레나도 익히 잘 아는 가문이었다.

홀렌드 후작가.

황제가 일으킨 정복 전쟁을 치르다가 명예롭게 목숨을 잃은 충신에게 이례적으로 후작의 직위를 내렸다.

어떻게 보면 후작이 없는 후작가이기에 유명무실해 보일 수 있겠지만 꼭 그렇지만은 않았다.

남편을 잃은 마리사 홀렌드 후작 부인이 그 위세를 톡톡히 누리고 있었기 때문이다.

마리사는 이곳 남부 지방 사교계의 실세였다.

그녀가 직접 티 파티를 열어 거기서 모인 돈으로 불우한 이웃을 돕겠다고 초대장을 보내온 것이다. 이건 제아무리 사교계 활동을 적게 하는 이레나라 해도 참석해야만 했다.

칼라일이 열흘 후에 찾아오겠다고 약속을 한 지 벌써 일주일이란 시간이 지났다.

이제 삼 일만 지나면 약속된 날짜였는데, 하필이면 이 티 파티의 날짜가 그 전이었다.

칼라일과 다시 만나기 전에 최대한 체력 단련을 하면서 이런저런 것들을 정리해 두고 싶었는데, 예상치도 못한 곳에 시간을 써야 된다고 생각하니 골치가 아팠다.

'전생에서는 어떻게 했지? 이 티 파티에 참석을 했던가?'

커다란 사건들은 뚜렷하게 기억을 하고 있었지만, 아무래도 이십여 년 전의 일이라 모든 것을 세밀하게 떠올릴 수는 없었다.

이레나는 서둘러 자신의 드레스를 되짚어 보며, 이 티 파티에 어울릴 만한 의상이 있는지 고민했다.

평소 드레스나 보석 같은 사치품으로 돈이 새는 걸 싫어했기 때문에, 오래된 드레스를 수선해 입는 경우가 많았는데 이번에는 그러기에도 시간이 촉박했다.

가능한 검소한 삶을 지향하는 이레나였지만, 그래도 백작가의 영애다.

이레나가 만만하게 보이면 블레이즈가가 무시를 당하는 건 당연했다.

이런 모임에서 시선을 확 사로잡고 싶다는 욕심은 없었지만, 그렇다고 남들이 흉을 볼 만큼 허접하게 보이고 싶지도 않았다.

"……하는 수 없지."

쓸데없는 일까지 추가가 된 이 상황에 이레나는 불만을 느끼면서도, 서둘러 의자를 밀어젖히고 자신의 드레스 룸을 향해 걸어갔다.

사교계의 생활을 안 한 지 꽤 오래되었지만, 그렇다고

어렸을 때부터 교육을 받았던 걸 잊어버린 것은 아니었다.

사교계는 언제나 말이 많았다. 사건 사고가 끊이지 않는 그곳은 남에 대해 헐뜯거나 비난하는 일이 비일비재했다.

그러다 보니 자신이 유행에 뒤처지는 드레스를 입고 나갔을 때, 다른 귀부인과 영애들이 뭐라고 수군거릴지 머릿속에 장면이 그려질 지경이었다.

'너무 화려할 필욘 없어. 그냥 보통만 가면 되는데.'

하지만 이레나의 바람과 다르게 드레스 룸 안에 있는 의상들은 전부 오래전에 맞춘 것뿐이었다.

얼마 전, 오랜만에 아버지를 만난다는 생각에 여러 벌의 드레스를 입어 보면서 이미 깨달은 사실이지만 역시나 드레스 룸 안은 처참했다.

"……후우."

자신도 모르게 새어 나오는 한숨을 막지 못했을 때였다.

끼익, 자그맣게 문이 열리는 소리가 들리며 그 사이로 미라벨이 고개를 빼꼼 내밀었다.

"언니, 뭐해?"

이레나가 집안의 업무를 보고 있을 때는 웬만해서 방해를 하지 않으려고 조심하는 미라벨이었지만, 우연히 그녀가 드레스 룸을 향하는 모습을 보고 호기심이 든 것이었다.

귀여운 미라벨의 모습에 이레나는 저도 모르게 슬며시 미소를 지은 채 대답했다.

"티 파티 초대장이 왔기에, 거기에 입고 갈 드레스를 보고 있었어."

"갑자기 웬 티 파티?"

"얼마 전에 초대장이 온 모양인데, 내가 너무 늦게 확인을 한 모양이야."

"그럼 큰일이네. 언니한테 그런 곳에 입고 갈 만한 드레스가 없을 텐데."

평상시 이레나의 검소한 생활을 누구보다 잘 아는 미라벨이었기 때문에, 딱히 드레스 룸을 눈으로 확인하지 않아도 알 수 있었다.

미라벨은 '그러게, 평소에 몇 벌만 맞춰 놓지'라고 잔소리를 쏟아내고 싶은 심정이었지만, 은연중에 굳어 있는 이레나의 얼굴에 입을 다물 수밖에 없었다.

이레나가 자신의 드레스 룸을 바라보면서 중얼거렸다.

"지금 수선을 맡기면 얼마나 걸리려나?"

너무 오래되어서 색이 바래진 드레스들은 수습이 불가능할 것 같았지만, 그래도 두어 벌 정도는 소매나 허리 부분에 레이스를 추가하면 제법 입을 만할 것 같았다.

하지만 미라벨이 고개를 절레절레 저으면서 대답했다.

"황태자 전하의 데뷔 무도회에 참석하려고 드레스 주

문들이 얼마나 몰렸는데, 티 파티 날짜가 얼마 안 남았다면 절대로 불가능할 거야."

"그래?"

"그러엄, 저번에 우리도 그 무도회에 참석하려고 드레스를 주문했잖아. 그런데 완성되는 시간이 엄청나게 느려서 같이 변명을 들었던 거 기억 안 나?"

미라벨의 말을 들으니 오래전에 있었던 일이 흐릿하게 떠오르는 것 같기도 했다.

유달리 칼라일 황태자에 대해 기대를 가졌던 미라벨이었기에, 그 성화에 못 이겨 같이 드레스를 한 벌 맞췄던 것 같기도 했다.

이레나가 이런 상황을 전혀 모른다는 것처럼 대답이 없자, 미라벨이 조금 이상하다는 듯이 쳐다봤다.

곧 그 시선을 눈치챈 이레나가 어색한 웃음을 입에 달곤 얼른 맞장구를 쳤다.

"아! 맞다. 그랬었지."

미라벨은 뒤늦게야 기억난 것처럼 행동하는 이레나를 잠시 빤히 쳐다보긴 했지만, 곧이어 백작가의 영애라고 하기엔 너무나도 휑한 드레스 룸을 바라보며 걱정 어린 목소리로 중얼거렸다.

"……어쨌든 큰일이네."

이레나도 씁쓸하긴 했지만, 그렇다고 없는 것을 만들

어 낼 수도 없었다.

블레이즈가가 크게 부유하진 않아도 그동안 알뜰살뜰하게 살림을 꾸려 온 덕분에 그리 부족한 재정은 아니었는데, 자칫 잘못하면 한동안 못된 소문에 휘말릴지도 모르겠다.

이레나는 그나마 가장 깨끗한 드레스를 꺼내 들면서 나지막이 말했다.

"뭐, 어쩔 수 없지. 준비를 못 한 내 책임이니까."

"아니야! 그럴 바엔 내가 얼마 전에 맞춘 드레스가 있는데, 거기에 있는 레이스를 떼서 붙이면 수선한 효과를 볼 수 있을지도 몰라."

"됐어. 그러면 네가 맞춘 드레스가 엉망이 되잖아."

"뭐 어때. 나중에 또 맞추면 되는걸."

"하지만……."

"난 다른 사람들이 언니를 두고 수군거리는 게 더 싫은걸? 그리고 이번에 언니 드레스를 고쳐 주는 대가로 원하는 것도 있어."

"원하는 거?"

미라벨은 겉보기엔 자칫 철이 없어 보일지 몰라도 나이에 비해 속이 깊은 아이였다.

딱히 무언가를 갖고 싶다고 조른 적이 거의 없었기에 이레나는 궁금증이 생길 수밖에 없었다.

"그게 뭔데?"

"이번 티 파티에 나도 같이 가!"

"뭐라고?"

생각지도 못한 미라벨의 발언에 이레나는 깜짝 놀랄 수밖에 없었다.

미라벨은 어렸을 때부터 선천적으로 몸이 약해서 외출을 자제했었다.

사교계에 데뷔를 안 한 것은 아니었지만, 거의 외부에 모습을 드러내지 않았었다.

물론 미라벨이 원해서 그렇게 된 건 아니었지만, 어찌 됐든 파티의 경험도 많지 않은 미라벨이 갑자기 참석을 하고 싶다고 말하는 게 조금 이상하게 느껴질 수밖에 없었다.

"갑자기 이런 티 파티에는 왜 참석하고 싶다는 거야? 단순히 바람이 쐬고 싶어서 그런 거라면 이런 작은 모임 말고, 더 화려한 파티에 데려가 줄게."

"아냐, 이번 티 파티에 셀비 후작가의 영애도 참석하는 거지?"

"아마도 홀렌드 후작 부인이 주최한 것이니, 별다른 일이 없는 이상 대부분 참석하겠지."

"그럼 됐어."

미라벨의 단호한 말에 이레나는 더욱 궁금증이 들 수

밖에 없었다.

미라벨이 셀비 영애와 사이가 안 좋았던가?

하지만 누군가와 안 좋은 사이가 되기에 미라벨은 그동안 사교계의 모임에 참석 자체를 하지 않았었다.

원래 누군가의 미움을 받는 것도 어느 정도는 눈에 띄고 연관이 되어야 가능한 일이었다.

현재 사교계에서 미라벨은 아무런 관심도 받지 못했다. 꼭 미라벨만 그런 것은 아니었다. 이레나 역시도 특별한 활동을 하지 않았기에 블레이즈가는 별다른 주목을 받지 못하는 상황이었다.

이레나는 자신이 기억하지 못하는 무언가가 있나, 궁금증이 들어서 미라벨을 향해 다시 입을 열었다.

"셀비 영애는 왜?"

"언니는 그새 까먹은 거야?"

이레나가 궁금해서 물어본 것이었는데, 오히려 미라벨이 되물으니 말문이 막힐 수밖에 없었다.

이레나는 잠시 눈동자만 굴리며 곰곰이 생각에 잠겼다. 하지만 도통 아무런 기억도 나지 않자 조심스럽게 다시 입술을 열었다.

"……뭘?"

"됐어. 언니는 참 속도 좋아."

"……?"

“하지만 언니가 잊어버렸다고 해도 나 미라벨은 절대 원한을 잊지 않아. 암, 그렇고말고.”

“……원한?”

전혀 납득이 안 되는 단어들을 들으며, 이레나가 정말 궁금하단 표정을 짓고 있을 때였다.

타앗—

미라벨이 작은 키로도 이레나의 손에 들려 있던 드레스를 낚아채서 가지고 나가면서 말을 남겼다.

“어쨌든 언니 드레스는 내가 가지고 가서 손볼 테니까. 언니는 아버지한테 나랑 티 파티에 참석하는 걸 허락받아 줘.”

그렇게 영문을 모르는 말만 잔뜩 남긴 채, 미라벨은 드레스를 들고 사라졌다.

이레나는 희미한 기억들을 들추며 셀비 후작가에 대해 떠올려 보았지만 딱히 생각나는 건 없었다.

엘렌 셀비.

셀비 후작가의 무남독녀 외동딸로 무엇 하나 부족한 게 없는 영애였다.

아름다운 외모에 날씬하지만 풍만한 몸매, 그리고 든든한 배경까지 누구라도 선망할만한 대상이었다.

그래서인지 전생에 많은 귀족 자제들이 셀비 영애에게 청혼을 했었다.

'……나중에는 어떻게 됐더라?'

가족들의 죽음을 확인하고 곧바로 루퍼드 국경을 넘어서 다른 나라로 갔기 때문에 그에 대한 기억이 희미했다.

하지만 아마 셀비 후작가에 걸맞은 가문의 남자와 결혼을 하지 않았을까 싶었다.

의아한 건, 나중에 검술을 익힌 후에 파벨루크에게 복수를 하려고 루퍼드 제국의 귀족들에 대해 파악한 적이 있었다.

그런데 그 명단에 적힌 이름 중에 셀비 후작가는 들어있지 않았었다.

수도권의 귀족이 아니라서 그런 것일까?

문득 궁금증이 들었지만, 지금 이레나가 그걸 알 수 있는 방법은 없었다.

다만 엘렌 셀비라는 이름을 곰곰이 생각해 보자, 이상하게 기억나는 장면이 있었다.

사람들이 많은 파티에 갈 때면, 유독 자신에게 꽂히는 시선이 있었다.

이유를 알 수 없었지만 거기에 담겨 있는 감정은 결코 좋은 것이 아니었다.

예쁘장한 외모의 엘렌이 싸늘한 시선으로 자신을 빤히 쳐다보던 게 떠올라서 이레나는 묘한 기분에 사로잡혔다.

*　　*　　*

똑똑.

그날 저녁, 이레나는 미라벨의 부탁대로 아버지인 알포드의 방문을 두드렸다.

아버지는 의무적으로 며칠 동안만 집에서 머무르실 뿐, 언제나 곧바로 수도로 떠나곤 했다. 아마 이번에도 예외는 아닐 것이다.

마음은 자주 뵙지 못하는 아버지에 대한 그리움으로 가득 찼으나, 이상하게 대하기가 어려워서 과거로 돌아온 후 직접 찾아가는 것은 처음이었다.

이레나는 지금처럼 자신의 감정을 솔직하게 표현하지 못할 때마다 항상 생각하곤 했다.

자신이 미라벨처럼 조금만 더 귀엽고 애교가 있었더라면, 혹은 오라버니처럼 아버지의 기대에 부응할 수 있는 자식이었다면 정말 좋았을 텐데…….

괜스레 긴장되고 설레는 마음에 손바닥을 폈다 쥐었다를 반복하고 있을 때였다.

방 안에서 허스키한 알포드의 목소리가 들려왔다.

"들어오너라."

그 말에 이레나는 조심스럽게 방문을 열고 안으로 들어섰다.

그러자 커다란 책상 앞에 앉아 있는 알포드의 모습이 보였다.

결제할 서류가 한쪽에 가득 밀려 있는 것을 보고 이레나는 바로 알아차릴 수 있었다. 그동안 바빴던 것은 자신 혼자만이 아니라는 걸.

어떻게 보면 아버지는 매번 오랜만에 집에 돌아오시는 만큼, 그가 확인하고 결제해야 할 서류들이 더 많았을지도 모른다.

아무 말 없이 서 있는 이레나를 힐끔 쳐다보곤, 알포드가 먼저 입을 열었다.

"무슨 일이냐?"

이레나는 잠시 머릿속으로 친근한 말들을 떠올려 보았지만, 도무지 아버지에게 건넬 만한 인사말을 찾을 수 없었다.

어렸을 때부터 집안의 안살림을 도맡아 오면서 나름대로 계산도 빠르고, 영악하게 자란 부분이 있었지만 이상하게 가족들 앞에서는 무뚝뚝하게 변했다.

아버지와 오라버니의 그런 점을 서운하게 느낀 적도 많으면서, 정작 그런 것을 쏙 빼닮은 게 바로 자신이었다.

이레나는 애정을 담은 눈빛으로 알포드를 바라보며, 입으로는 그것과 반대로 딱딱하게 본론만 내뱉었다.

"바쁘신데 죄송해요. 드릴 말씀이 있어서 찾아뵈었어요. 이번에 홀렌드 후작 부인이 여는 티 파티에 미라벨을 데리고 갈까 해서요."

"미라벨을? 아무리 요즘 몸 상태가 좋아졌다고 해도 다시 무리를 하게 되면 언제 또 발작을 일으킬지 모른다. 가능한 그런 사교계의 모임은 혼자 참석하도록 해라."

블레이즈가는 명문 높은 기사 가문답게 힘을 가장 중요시했다.

정치적인 부분이나, 사교계의 소문 같은 걸 하찮게 보는 경향이 있었기 때문에 이레나가 하는 살림도 어린아이의 소꿉놀이처럼 보았다.

물론 이레나도 기사 가문에서 자라 왔기에 그게 어떤 마음인지는 이해했지만, 그렇다고 이런 부분을 소홀히 하는 것에 찬성을 하진 않았다.

세간에 떠도는 소문을 절대로 가볍게 생각해선 안 된다.

오히려 중요한 부분이다. 그에 대한 중요성은 이미 한 번의 생을 살아 본 이레나가 더욱 잘 알고 있었다.

"미라벨도 결국 백작가의 영애로서 사교계 생활을 해야만 해요. 더구나 이번 파티는 미라벨이 직접 참가하고 싶다고 의사를 밝히기도 했고요. 아버지도 언제까지 미라벨의 외출을 자제할 수만은 없다는 걸 아시잖아요. 제가 잘 데리고 갔다 돌아올 테니 맡겨만 주세요."

"미라벨은 건강한 너와 다르다. 너처럼 활동을 시켰다간 크게 위험해질지도 몰라."

"저도 미라벨의 건강이 걱정되어서 고민을 많이 했어요. 하지만 아무리 몸이 허약하다고 해도, 하고 싶다는 걸 전부 못 하게 한 채 새장 속의 새처럼 키울 수는 없는 거잖아요. 이번만큼은 미라벨의 말을 들어주는 게 좋을 것 같아요. 정말 조심해서 다녀오도록 할게요."

이레나라고 동생의 건강이 걱정되지 않은 것은 아니었다.

미라벨이 드레스를 수선해 주어서 들어주는 부탁이 아니라, 그녀가 정말로 원하는 것이라고 말했기 때문에 들어주려고 하는 것이다.

이레나의 진중한 말에 잠시 생각에 잠기던 알포드가 곧 마뜩잖은 표정으로 입을 열었다.

"이레나, 너답지 않은 말을 하는구나. 언제부터 내 말에 토를 달게 되었지?"

꾸짖는 듯한 아버지의 말에 이레나는 당황하고야 말았다.

자신이 옳다고 생각하는 것을 말했다.

과거에는 아버지를 어떻게 대했는지 기억이 나지 않았다. 그때는 이런 말도 하지 않았던 건가?

"저는……."

이레나가 흔들리는 눈동자로 변명하려고 하자, 알포드

가 그녀의 말을 잘랐다.

"됐다. 네가 그리 원한다면 다녀오도록 해라."

"아…… 감사해요, 아버지."

"대신, 미라벨에게 무슨 일이 생기면 네가 책임을 져야 할 게다."

"……."

"이번이 마지막이라고 생각하고 다녀오너라. 저번에 식사할 때도 말했지만 가능한 바깥출입은 자제하도록 해. 여자는 결혼하기 전까지 조신하게 집을 지키고 있는 것이 좋아."

"……네."

"확실해지면 말하려 했다만, 너한테 모리스가에서 청혼이 들어왔다."

그 말에 이레나의 머릿속은 번개가 친 것처럼 번쩍거렸다.

백작가의 영애로 태어나서 부모님이 정해 준 상대와 결혼식을 올리는 것은 당연했으나, 전생에서는 듣지 못한 이야기임이 틀림없었다.

이레나가 떨리는 목소리로 재차 물었다.

"저한테 청혼이요?"

"그래, 그래서 고민 중이란다. 너도 결혼을 할 나이가 되지 않았느냐. 어떻게 보면 네 어미의 빈자리 때문에 조금 늦었는지도 모르지. 지금이라도 더 늦기 전에 네 혼처를 정하려 한다."

왜 전생에서는 이런 말씀을 하지 않았느냐고 묻고 싶었지만, 굳이 대답을 듣지 않아도 왠지 알 것만 같았다.

이제부터 일 년 후에 블레이즈 백작가는 망한다.

그렇다면 상대를 고르는 중에 무산이 되어 버렸을 가능성이 크다. 더구나 지금은 대화하는 도중에 갑자기 밝혀진 내용이었다.

원래대로라면 아직 이레나에게 말하려 했던 것이 아니기 때문에 과거에는 듣지 못했던 게 틀림없었다.

보통 부모님께 네 결혼 상대를 정하겠노라고 듣고 난 뒤에, 다른 귀족가의 영애들은 어떤 행동을 취하는지 이레나는 알지 못했다.

하지만 크게는 두 가지가 아닐까?

상대가 누구인지 궁금해한다거나, 시집가고 싶지 않다며 울고불고 떼쓰거나.

이레나도 모리스라는 가문이 궁금하긴 했다. 하지만 다른 평범한 영애들처럼 기대와 설렘, 걱정과 슬픔 같은 감정은 들지 않았다.

어차피 가문을 위해 시집을 가려고 마음먹었다.

아버지가 조금 더 따뜻하게 말해 주었으면 하는 아쉬움은 있을지 몰라도 그것에 대한 거부감은 없었다.

"알겠습니다. 아버지가 어련히 잘 골라 주시겠지만, 그래도 저는 블레이즈 가문에 가장 도움이 되는 곳으로 시집가고 싶어요."

"……그래?"

이번에는 포커페이스를 유지하던 알포드의 얼굴에 조금 균열이 생겼다.

아마도 아버지는 자신이 아직 미라벨과 헤어지고 싶지 않다며, 결혼을 원치 않아 할 거라고 예상했는데 이토록 이성적인 대답을 내놓을 줄 몰랐던 모양이다.

하지만 놀람은 거기서 끝이 아니었다.

"가능하면 후작가 이상의 가문이었으면 해요. 기사라면 최소한 오라버니만큼 검술에 능했으면 하고, 상인이라면 제국의 세 손가락 안에 꼽히는 갑부였으면 좋겠어요. 그게 아니라면 폐하와 독대할 정도로 신분이 아주 높은 사람이거나요."

"그게, 네가 원하는 혼처인 것이냐?"

미래의 남편이 잘생기거나, 자상하고 매너 있으면 좋겠다거나, 혹은 너무 나이가 들지 않으면 좋겠다는 그런 평범한 조건은 없었다.

"네. 저는 외모나 나이, 성격 같은 건 전혀 상관없어요. 나이 많고 배 나온 아저씨여도 좋아요. 가능한 제가 말씀드린 조건 중에 하나는 만족되었으면 좋겠네요."

"……알겠다."

알포드의 대답을 듣고, 이레나는 조그맣게 안도의 한숨을 내쉬었다.

지금 이레나가 원하는 배우자는 잘생기고 성격 좋은 그런 이상적인 남자가 아니었다. 만약 아버지가 멋대로 그런 남성을 골라 주었다면 곤란했을 것이다.

최소한 자신이 원하는 바를 밝혔으니, 내용을 알기 전보다는 더 나을 거라 믿었다.

며칠 후에 칼라일 황태자와 만나겠지만, 그와의 결혼이 만에 하나라도 무산된다면 어차피 다른 남성을 만나야 했다.

그 가능성에 대해서도 완전히 배제할 수 없었기 때문에, 이 기회에 아버지에게 자신의 의사를 확실하게 전달하는 것도 나쁘지 않았다.

어차피 하루 이틀 만에 이루어지는 일도 아니었으니까.

평생을 블레이즈 가문의 안주인으로서 노력해 온 이레나에게 따뜻한 말 한마디도 없이, 짐짝처럼 다른 곳에 시집보내 버리려는 알포드가 야속했으나 그래도 지금은 감성에 젖어 있을 때가 아니었다.

'……알든 모르시든 상관없습니다. 블레이즈 가문은 제가 지켜 내겠습니다. 아버지.'

이레나는 자신도 모르게 전생에서부터 몸에 밴 절도 있는 동작으로 인사를 하고 몸을 돌렸다.

그렇게 천천히 방에서 나가려는 그녀의 뒷모습을 바라보던 알포드가 나지막이 입을 열었다.

"미라벨은 너와 달리 여린 아이이다. 아무리 가까운 곳이라 해도 조심히 다녀오너라."

그 말에 이레나의 발걸음이 멈칫했지만, 곧이어 아무렇지 않은 듯 다시 앞을 향해 내디뎠다.

이레나는 뒤를 돌아보지 않은 채 방문을 닫으며, 나직하게 대답했다.

"네, 안녕히 주무세요. 아버지."

4
그럼에도 눈이 부셨다

아침부터 이레나는 미라벨의 작은 손에 이끌려 그녀의 방으로 들어갔다. 완성된 드레스를 보여 주기 전에 두 눈을 가려야 한다고 해서 눈도 꼭 감고 있는 상태였다.

미라벨의 손에 의지해 더듬더듬, 천천히 앞을 향해 나아갈 때였다.

어느 순간 미라벨이 발을 멈추더니 입을 열었다.

"짜잔!"

그 말에 이레나가 천천히 눈꺼풀을 올리고 정면을 확인했다.

그러자 바로 앞에 어제 미라벨이 낚아채 간 자신의 드레스가 걸려 있는 모습이 보였다.

분명 전체적인 디자인은 똑같았다. 하얀색 바탕에 초록색으로 포인트가 된 드레스는 화려하기보단 깔끔하고 단정한 느낌이었다.

다만, 아무런 장식 없이 툭 떨어지는 소매와 허리 라인. 그리고 치맛자락이 너무 심심한 게 문제였다.

그런데 지금 눈앞에 보이는 드레스는 어제의 그것과 전혀 다른 느낌이었다.

소매와 어깨 부분에 동일한 레이스를 추가해 포인트를 주었고, 치마는 비즈가 들어있는 망사를 추가해 더욱 화려하게 만들었다.

꽉 막힌 가슴 부분을 조금 더 파서 섹시한 느낌도 추가했을 뿐만 아니라, 잘록한 허리 라인이 더욱 강조되게끔 수정되어 있었다.

촉박한 시간임에도 불구하고 전문적으로 수선을 맡긴 것과 큰 차이가 없을 정도로 만족스럽게 바뀌어져 있었다.

이레나는 저도 모르게 입을 조금 벌린 채 감탄사를 내뱉었다.

"이걸 네가 직접 한 거라고?"

"응. 전체적인 디자인은 내가 했지만, 재봉은 하녀들이 많이 도와줬어."

"와, 우리 미라벨한테 이런 재능이 있는지 몰랐네."

진심에서 우러나온 말이었다. 이레나는 어렸을 때부터 이런 부분에 전혀 손재주가 없었다.

언제나 눈부신 화려함보단 모던하고 심플한 게 좋았다. 남들의 시선을 즐기는 것보다 항상 그 속에서 자신이 튀지 않은 채 자연스럽게 어우러지기를 바랐다.

그래서 드레스를 골라도 수수했으며, 한낱 찻잔을 구입해도 밋밋했다.

장점이라면 장점이고 단점이라면 단점이었지만, 결론적으로 이레나는 자기 자신을 굉장히 여성스럽지 못한 사람이라고 정의를 내렸었다.

나중에 가문이 망하고 난 다음에는 그런 여유를 갖지도 못했지만, 백작의 영애로 살아갔을 시절에는 분명 그런 심정이었다.

그런데 미라벨에게 이런 생각지도 못한 재능이 있을 줄이야.

"이렇게 만들면 잘 어울릴 거라고, 어떻게 생각을 했어?"

"뭐, 누가 가르쳐 줘서 아나? 그냥 딱 보면 견적이 나오잖아."

전혀 대수롭지 않게 이야기하는 미라벨이 이렇게 기특하고 멋있어 보일 수가 없었다.

"혹시 이런 쪽으로 공부를 해 보고 싶진 않아?"

"글쎄…… 그런데 내 생각이 어떻든 간에 여자는 자고로 집에서 조신하게 있는 게 미덕이라고 생각하는 아버지가 허락해 주진 않으실 거야."

이레나도 그 말에 반박할 수 없었지만, 그렇다고 아버지의 뜻대로 미라벨을 구속하고 싶지는 않았다.

계획대로 정말 황태자비가 된다면 이레나는 앞으로 자유롭지 못할 것이다. 하지만 미라벨만큼은 누구보다 자유분방하게 살기를 바랐다.

만약 미라벨이 전문적인 직업을 갖고 싶어 한다면 이레나는 자신이 할 수 있는 모든 지원을 해 줄 생각이었다.

"아버지의 의견도 중요하지만, 그래도 미라벨 네 인생은 네가 스스로 결정해야지. 너만 원한다면 언니가 어떻게든 도와줄 테니 혹시 그런 마음이 들면 언제든 말해."

이레나의 따뜻한 조언에 미라벨은 특유의 환한 미소를 지으며 고개를 끄덕였다.

"응 고마워, 언니."

"고맙긴, 나야말로 고마워. 미라벨."

결과물이 매우 만족스럽게 나왔지만, 반대로 생각하면 미라벨의 드레스 한 벌은 산산조각이 났을 것이다.

지금 이레나가 입고 갈 드레스에 첨가된 레이스나, 비즈가 들어 있는 망사는 모두 미라벨이 가지고 있던 드레스에서 잘라 온 것이다.

이레나의 헌 드레스를 수선하기 위해, 미라벨의 신상 드레스를 망가뜨린 것이나 다름없었기 때문에 미안하면서도 고마운 마음이 가득했다.

작은 것에서부터 큰 것까지, 이렇게 자신을 생각해 주는 사람은 미라벨밖에 없었다.

이 따뜻함이, 너무나도 행복했다.

"헤, 뭘. 쑥스럽게……."

미라벨은 콧잔등을 긁적거리며, 자신이 수선한 드레스를 가리키고 다시 입을 열었다.

"한 번 입어 볼래?"

"그래."

이레나는 서둘러 미라벨이 수선해 준 드레스를 하녀들의 도움을 받으며 입어 보았다.

그리고 언젠간 미라벨이 처음부터 끝까지 직접 디자인한 드레스를 입게 되면 좋겠다는 생각이 들었다.

촤르륵—

그렇게 새로운 드레스로 갈아입고 옷매무시를 가다듬자, 시중을 들어 주던 하녀가 피팅 룸의 커튼을 걷었다.

미라벨은 오랜만에 한껏 꾸민 이레나를 보며 저도 모르게 입을 벌릴 수밖에 없었다.

사실 이레나의 칭찬은 조금 과한 부분도 있었다. 드레

스가 잘 수선되긴 했지만 그래도 냉정하게 봤을 때 전보다 나아졌을 뿐이다.

근본적으로 오래된 드레스라는 사실이 변하지는 않았기에 신상 드레스에 비해 수준이 떨어지는 건 어쩔 수 없었다.

그런데 이레나가 입는 순간, 변했다.

태양처럼 밝은 금발과 투명하리만치 새하얀 피부가 어우러져 이 드레스를 수십, 수백 배는 더 값어치 있게 만들었다.

가슴 부분을 조금 텄을 뿐인데, 거기서 드러나는 이레나의 뽀얀 속살은 생각보다 더 뇌쇄적이었다.

굴곡진 몸매가 드러나니 가뜩이나 한 줌밖에 되지 않는 허리가 상대적으로 더욱 잘록하게 도드라져 보였다.

평범한 드레스에 그저 레이스와 비즈가 달린 망사를 첨가했을 뿐인데, 이레나가 입으니 세상 그 어떤 드레스보다 우아하게 느껴졌다.

드레스가 중요한 것이 아니었다.

이 드레스를 입은 모델이 너무나도 훌륭했다.

미라벨이 넋을 놓고 쳐다보고 있자, 이레나가 슬그머니 볼을 붉힌 채 말했다.

"이상해?"

"아, 아니! 너무 너무 예뻐. 언니! 정말로 최고!"

미라벨은 서둘러 양손의 엄지를 세워 앞으로 내밀었다.

빈말이 조금도 섞이지 않은 진심이었다. 사실 이렇게 입혀 놓고 보니 굳이 드레스를 수선하지 않았더라도 이레나라면 그마저 잘 어울렸을지도 모르겠다는 생각이 들었다.

그런 사실을 아는지 모르는지, 이레나는 거울 속에 비친 드레스를 이리저리 돌려보며 감탄을 연발할 뿐이었다.

"다 네가 만들어 준 드레스 덕분이야."

"언니, 누가 들으면 오해하겠어. 난 그냥 조금 수선했을 뿐인데."

"아냐, 정말 너무 마음에 들어. 이건 미라벨이 만든 1호 작품이니까, 앞으로도 소중히 보관할게."

미라벨은 자신이 고친 드레스를 입고 즐거워하는 이레나를 보며 뭔지 모를 뿌듯함을 느꼈다.

사실 재능이 있다거나 이런 건 잘 모르겠지만, 이렇게나 만족하고 있는 이레나를 보고 있자니 뭐라도 더 만들어 주고 싶다는 욕심이 생겼다.

아마 이레나는 절대 알지 못할 것이다.

미라벨의 가슴에 불을 지핀 것이, 생각지도 못한 재능의 발견이 아니라 그녀의 옅은 미소였음을.

가만히 이레나를 쳐다보고 있던 미라벨의 눈 안에 문

득 허전한 목덜미가 들어왔다.

"언니, 혹시 가지고 있는 목걸이 있어? 쇄골을 드러냈더니 목 부분이 조금 허전해서, 포인트 하나만 있으면 좋을 것 같은데."

"몇 개 있긴 한데, 어울리는 게 있을지 모르겠네."

그 말에 미라벨은 어색하게 하하, 웃을 뿐이었다.

이레나의 보석함에 무엇이 들어있는지 어쩌면 당사자보다 미라벨이 더 잘 알고 있었다.

이레나는 아직까지 엄마가 지니고 있던 몇 개의 보석들만 가지고 있을 뿐, 직접 돈을 주고 구매한 것은 거의 없었다.

크게 부족한 형편도 아닌데도 항상 절약을 하는 이레나가 미라벨은 왠지 안쓰러웠다.

'……언니는, 조금 더 사치스러워도 되는데.'

조금만 더 꾸미면 이렇게나 예쁜 이레나인데, 언제나 아쉬운 마음이 들었다.

목걸이로 포인트를 주지 못한 것이 못내 마음에 걸렸지만, 그래도 모델이 워낙 훌륭해서 아마 티 파티에 모인 웬만한 영애들보다 아름다울 것이다.

미라벨은 딱 한 번 본 적이 있는 엘렌을 떠올리며 남몰래 악동 같은 미소를 지었다.

*　　*　　*

어느덧 티 파티가 열리는 점심시간이 찾아왔다.

마리사는 자선 행사라는 목적답게 화려하기보단 간소하기를 원했다. 그러기 위해 티 파티를 계획한 것이었지만, 거기에 참석하는 귀부인과 영애들은 결코 가벼운 인물들이 아니었다.

어쩌면 당연한 일이다. 이곳 남부 지방 사교계를 주름잡고 있는 마리사가 주최하는 것이었다.

소규모로 열리는 티 파티라고는 하나, 초대장을 받지 못했다면 모를까 그것을 받고도 참석을 거부하는 사람은 없었다.

홀렌드 후작가의 정문에는 티 파티 시간이 가까워질수록 휘황찬란한 마차들이 줄을 지어 들어오기 시작했다.

지금 이곳에 참석하는 사람들 중, 누구 하나라도 티 파티를 마련한 취지처럼 편한 마음가짐으로 온 사람은 없었다.

모두 약속이라도 한 것처럼 본인이 할 수 있는 한 가장 아름답고 화려하게 꾸민 상태였다.

작은 모임으로 둔갑되어 있었지만, 사교계가 늘 그렇듯이 이미 이곳은 하나의 전쟁터나 다름없었다.

장소는 홀렌드가에서 자랑하는 수백 년이 된 나무 옆

에서 열렸다. 널찍한 정원의 그늘에 야외 테이블과 의자가 가지런히 준비되어 있었다.

하나둘씩 도착하기 시작한 귀부인들은 시종들의 안내를 받으며, 이곳으로 모여들기 시작했다.

마리사는 티 파티의 주최자답게 가장 먼저 자리를 잡고서, 도착하는 손님들을 반갑게 맞이하고 있었다.

"어머, 소문으로만 들었는데 이 나무가 그렇게 오래되었다죠? 너무 멋있네요, 후작 부인."

"과찬이세요. 감기에 걸리셨다고 해서 오늘 참석 못 하시는 줄 알았는데, 이렇게 자리를 빛내 주러 와 주시니 고맙네요."

"별말씀을요, 부인께서 초대해 주셨는데 당연히 와야지요."

사교계의 실세라 불리는 자리는 아름다운 외모나 높은 지위가 있다고 해서 얻을 수 있는 위치가 아니었다.

물론, 두 가지의 조건이 모두 어느 정도 필요하긴 했지만 그것만 갖춰졌다고 아무나 가질 수 있는 호칭은 아니었다.

현재 마리사의 나이는 벌써 마흔을 훌쩍 넘은 상태로 잘 가꾼 외모 탓에 여전히 고왔지만, 그렇다고 누군가에게 칭송을 받을 만큼 아름다운 외모는 아니었다.

마리사가 남부 지방 사교계를 휘어잡게 된 가장 큰 이

유는 바로 관록 때문이었다.

옳고 그름을 분간하는 뛰어난 분별력과 리더십에 많은 귀부인들이 마리사를 추종하기 시작했고 그게 지금의 이 자리를 만든 것이었다.

덕분에 말 많고, 탈 많은 남부 지방 사교계가 마리사를 중심으로 그나마 순탄하게 돌아가고 있는 중이었다.

그렇게 티 파티가 열리기로 한 약속 시간이 다가오자, 대부분의 사람들이 미리 도착해서 삼삼오오 수다를 떨고 있었다.

그때까지 엘렌은 일부러 정원을 구경하는 척, 거의 모든 사람들이 다 모일 때까지 기다렸다.

슬쩍 곁눈질로 주변을 살피고는 이때쯤 나타나면 되겠다는 판단이 들자, 엘렌은 천천히 걸음을 옮기기 시작했다.

셀비 후작가의 무남독녀 외동딸, 엘렌은 이 지역에서 세 손가락 안에 꼽힐 정도로 아름다운 미인이었다.

벌꿀이 흘러내린 것처럼 탐스러운 금발 머리에 잡티 하나 없이 매끈한 피부. 동그랗게 치켜뜬 갈색의 눈동자는 고양이처럼 고고했으며, 두툼한 아랫입술 덕분에 완벽한 하트 모양의 입술을 가지고 있었다.

붉은색 립스틱을 바르고 티슈에 입을 맞추면 누가 봐도 그림처럼 예쁜 하트 모양이 그려졌기에 그게 그녀의 트레이드 마크이자 굉장한 자랑거리였다.

지금 이 티 파티에 참석하기 위해 서둘러 제작한 드레스는 야외 정원과 꼭 어울리는 진한 초록색이었다.

독특한 색감의 드레스에 감각적으로 꾸며진 디자인은 누구라 해도 시선을 빼길 만큼 독창적이었다.

남들보다 뒤늦게 등장한 엘렌은 자연스럽게 사람들의 주목을 받으며 이 상황을 즐기고 있었다.

언제나 주인공은 마지막에 등장한다는 말처럼, 자신에게 집중되는 이 시선들이 좋아서 여태까지 기다렸던 것이었다.

예상대로 이 자리에 모인 몇몇의 영애들이 엘렌을 가리키며 수군거리기 시작했다.

그게 무슨 내용인지 들리지는 않아도 어떤 말이 오가는지 알 수 있었다.

저 드레스는 어디서 맞추었을까?

저 보석은 처음 보는 건데?

하나같이 자신을 찬양하는 말들임이 틀림없었다.

이미 익숙한 일이었기에 엘렌은 자신을 바라보는 눈빛만 보아도 거기에 섞인 부러움과 선망을 읽어 낼 수 있었다.

거만하게 올라가려는 입꼬리를 억지로 내리누르며, 엘렌은 이 티 파티의 주최자인 마리사에게 다가갔다.

"초대해 주셔서 감사해요, 역시 홀렌드가의 정원은 부

인의 우아한 자태만큼이나 아름답네요."

그리고 일부러 과한 칭찬을 내뱉었다. 모두 치밀하게 계산된 행동이었다.

엘렌의 짐작대로 그 말을 들은 마리사는 그녀를 향해 부드럽게 말을 건넸다.

"말만이라도 고맙군요. 하지만 아름답다는 말은 내가 아니라 영애에게 어울릴 것 같아요. 언제나 아름다웠지만 오늘은 정말 눈이 부실 지경이네요."

"어머, 그런 말을 들으니 몸 둘 바를 모르겠네요."

엘렌이 부끄럽다는 듯이 얼굴을 붉혔다.

그 모습이 겉보기엔 너무나 겸손해 보여서 다른 귀부인들 눈에는 그렇게 어여쁘게 보일 수가 없었다.

셀비 후작가라는 든든한 배경에, 남부럽지 않은 외모. 그리고 예의 바른 성격까지 엘렌은 어디 하나 빠지지 않는 이상적인 귀족 영애였다.

그렇게 모두의 관심을 받으며 엘렌이 주인공처럼 웃고 있을 때였다.

또각또각—

뒤에서 일정한 발걸음 소리와 함께, 누군가가 이곳을 향해 걸어오고 있었다.

목적을 이뤘다고 생각한 엘렌은 한껏 기분에 취해 다른 것에 관심을 두지 않았다.

하지만 이상하게 자신을 향하던 시선들이 조금씩 다른 곳으로 움직이고 있다는 사실을 이내 알아차렸다.

의아함을 느낀 엘렌이 사람들이 바라보는 방향으로 고개를 돌렸다.

"……아."

그리고 자신도 모르게 입을 벌리고 말았다.

거기에는 순도 높은 황금빛 머리카락을 바람에 휘날리며 두 명의 아름다운 미소녀가 걸어오고 있었다.

한 명은 키가 큰 성인이었고, 다른 한 명은 아직 소녀에 불과했다.

둘 모두 뛰어난 외모로 시선을 잡아끌었지만 그중에서 성인 여자에게 더 눈길이 갔다.

긴 금발 머리에 새하얀 눈처럼 깨끗한 피부, 그리고 보석같이 빛나는 붉은 눈동자. 사슴처럼 가녀리고 긴 목선에는 아무런 장신구도 없었고, 하얀색과 초록색이 어우러진 드레스는 엘렌의 눈에 촌스럽기 그지없었다.

한마디로 모든 것이 유행이 지나도 한참은 지난 것들이 분명했다.

문제는…….

그럼에도 눈이 부셨다.

방금 전, 마리사가 엘렌을 향해 내뱉은 칭찬처럼 그녀 자체가 빛을 내고 있는 것 같았다.

엘렌은 갑자기 나타난 그녀가 누구인지 아주 잘 알고 있었다.

언제나 자신에게 향하던 시선과 관심을 이렇게 한순간에 가지고 가는 여자.

바로 블레이즈가의 장녀, 이레나였다.

엘렌의 눈동자가 다정하게 이레나와 손을 잡고 걸어오는 미라벨을 향했다.

얼굴은 잘 기억나지 않았지만, 굳이 누구인지 고민하지 않아도 바로 알아차릴 수 있었다.

미라벨은 이레나처럼 강렬한 진홍빛의 눈동자가 아니었지만, 화려한 금발 머리에 쏙 빼닮은 이목구비가 누군가 알려 주지 않아도 이레나의 여동생임을 깨닫게 했다.

그렇게 두 자매에게 잠시 한눈이 팔려 있던 엘렌은 서둘러 정신을 차리고 주변을 살펴보았다.

우습게도 모두 자신과 똑같이 넋이 나간 표정으로 그들을 바라보고 있었다.

꾸욱, 엘렌은 저도 모르게 주먹을 꽉 쥐었다.

곱게 가꾼 손톱들이 순간 날카롭게 손바닥을 찔렀지만, 그런 고통 따윈 느껴지지 않았다.

방금 전까지만 해도 자신을 향하던 시선들이 모두 이레나를 향하는 것을 느끼며, 엘렌의 눈동자가 점점 표독스러워지기 시작했다.

'……또 빼앗겼어.'

언제나 이런 식이었다.

이레나가 등장하는 순간, 엘렌은 마치 태양 앞의 반딧불처럼 빛을 잃고 말았다.

하필이면 둘 다 금발 머리였기에 더욱 비교가 되었다.

햇살을 받는 대로 굽이치는 이레나의 환한 금빛 머리에 겨누자면, 엘렌의 머리색은 밝은 갈색이라고 느껴질 정도로 칙칙하기 그지없었다.

마음 같아선 테이블 위에 준비되어 있는 뜨거운 찻잔을 들고 이레나의 얼굴에 확 부어 버리고 싶은 충동이 들었다.

어떻게든 망가뜨리고 싶었다.

눈앞에서 완전히 치워 버릴 수만 있다면 무슨 짓이라도 할 수 있을 것 같았다.

* * *

이 티 파티의 주최자인 마리사가 반갑게 다가가며 이레나를 맞이했다.

"어서 와요, 영애. 한동안 얼굴 보기가 힘들어서 어디 아픈 건 아닌가 걱정했어요. 그런데 오늘은 고맙게도 와 주었네요."

은근히 뼈가 담겨 있는 말에 이레나는 마리사의 서운함을 눈치채고 겸연쩍게 웃으면서 대답했다.

“마음은 늘 부인이 계신 파티에 참석하고 싶었는데, 아시다시피 부족한 제가 집안 살림을 맡고 있어서 시간적 여유가 많지 않았어요. 저도 이렇게 오래간만에 부인을 뵈니 너무나 반갑네요.”

이레나가 블레이즈가의 살림을 똑 부러지게 관리하고 있다는 소문이 자자해서 마리사도 잘 알고 있었다. 하지만 파티에 참석할 시간이 없다는 말에 동의를 할 수는 없었다.

마리사 본인도 후작가의 안살림을 맡고 있지만 여러 모임에 참석하지 못할 정도로 바쁘지는 않았다.

그렇지만 그런 세세한 일들까지 따지려고 내뱉은 말은 아니었기에 마리사도 모르는 척 웃을 뿐이었다.

“그런데, 이 귀여운 숙녀분은 누구신가요? 혹시 영애의 동생인가요?”

“네, 그렇답니다. 부인.”

두 사람의 대화를 듣고 있던 미라벨이 눈치껏 처음 보는 마리사를 향해 먼저 인사를 건넸다.

“안녕하세요, 부인. 미라벨 블레이즈라고 합니다. 언니와 함께 참석하게 되었어요.”

마리사의 눈에 미라벨은 아직 어리긴 했으나, 나이가

조금 더 든다면 아름답게 자라날 것이 분명해 보였다.

이레나처럼 단번에 시선을 사로잡는 강렬한 매력은 아닐지 몰라도 오밀조밀한 눈, 코, 입과 바람만 불어도 날아갈 것만 같은 가녀림, 그리고 싱그러운 분위기가 향후 미래를 기대하게 만드는 미소녀임이 틀림없었다.

"어머, 블레이즈가의 영애들은 하나같이 미모가 빼어나네요. 반가워요, 레이디."

그 말에 왠지 이레나는 자신이 칭찬을 받은 것처럼 기분이 좋아졌다.

그렇게 가벼운 인사말을 나누고 있을 때, 집사로 보이는 백발의 노인이 마리사를 향해 다가와 정중하게 속삭였다.

"실례합니다, 마님. 손님들이 모두 도착하셨고 티 파티를 열 준비도 끝마쳤습니다."

"그렇군요. 고마워요, 제프리."

마리사는 이제 앞으로 나가 티 파티를 개최해야 했기에, 아쉬운 표정으로 이레나와 미라벨을 돌아보며 말했다.

"그럼 간소하게 준비한 티 파티지만 재밌게 즐기길 바라요. 다음번엔 성대한 무도회를 열 생각이니 그때도 같이 나와서 자리를 빛내 줘요."

"알겠습니다, 부인."

그렇게 마리사는 자애로운 미소를 지으며 상석으로 자리를 이동했다.

친한 사람들끼리만 모이는 소수의 티 파티라면 모르겠지만, 어찌 됐든 이 자리는 스무 명 이상의 귀족 부인과 영애들이 자리하고 있었다.

아무리 소규모로 연다고 해도 이 지역 사교계의 실세인 마리사가 주최하는 것이기에 참여하는 인원수도 다를 수밖에 없는 것이다.

그렇기에 마리사가 직접 앞으로 나가서 지휘를 해야 했고, 이 모임의 목적인 자선 행사도 순서대로 진행되어야 했다.

"안녕하세요, 여러분. 먼저 제 초대에 응해 주셔서 고맙단 말씀을 전하고 싶네요. 날씨도 화창해서 기분이 아주 좋아요. 지금부터는 준비된 자리에 앉으셔서 맛있는 다과를 다 같이 즐겨 보아요."

마리사의 인사말에 몇몇의 귀부인들이 호호, 웃으면서 장단을 맞춰 주었다.

모르는 사람들의 눈에는 별거 아닐지 모르겠으나, 이런 파티에서 가장 중요한 것 중 하나가 바로 자리 배치였다.

주최자와 가까울수록 좋은 자리였고, 멀수록 사교계에서 위치가 미약하다는 증거였다.

이레나는 하는 수 없이 미라벨을 데리고 가장 끄트머리에 있는 구석 자리에 앉았다.

어쩔 수 없었다. 한 테이블마다 의자가 개수에 맞춰 준비가 되어 있는데 블레이즈가에서 한 명만 참석할 거란 예상을 깨고 갑작스럽게 미라벨이 추가가 되었기 때문이다.

이런 상황을 방지하기 위해선 미리 파티에 참석하기 전에 주최자에게 먼저 인원수를 알려야 했는데, 그러기엔 이레나도 티 파티의 초대장을 너무 늦게 확인했다.

또한 이레나는 사교계의 모임에 활발히 참석하지 않아서 혹시라도 그녀가 오지 않을 가능성을 대비해 자리를 바깥으로 지정한 것도 한몫했다.

영향력이 큰 귀부인이나 영애였다면 이런 상황이라 해도 어떻게든 안쪽 자리를 마련해 주었겠지만, 이곳 사교계에서 블레이즈가의 위치는 미비했기에 어쩔 수 없는 부분이었다.

모두 예상하고 있던 내용이라 이레나가 서운한 점은 없었다.

오히려 자주 얼굴을 비추지 않는 자신을 마리사가 반갑게 맞아 준 것이 고마웠다.

그리고 어쩌면 중앙보다 이렇게 떨어진 자리가 미라벨과 분위기를 즐기기에 더 적합할지도 모르겠단 생각이 들었다.

하지만 방금 전, 이레나와 마리사가 대화하는 모습을 매우 불쾌한 얼굴로 쳐다보고 있던 엘렌은 그러한 자리 배치를 보고 매우 고소하다는 표정으로 바뀌어 있었다.

평소 엘렌이 이레나를 못마땅해한다는 것을 눈치채고 있던 제너 자작가의 영애, 사라는 얼른 듣기 좋은 말을 꺼냈다.

"어머, 저기 좀 보세요. 블레이즈 영애는 드레스를 대체 언제 맞춘 걸까요? 유행에 이렇게 뒤처지니 수도에서 우리 남부 사교계를 무시하죠."

한마디로 이레나가 남부 사교계의 수치라는 뜻이었다.

안 그래도 가려운 속을 시원하게 긁어 주는 말에 엘렌이 은근슬쩍 동조했다.

"그러게요, 저런 건 카르테니아 왕국에서나 입을 법한 스타일이네요."

카르테니아 왕국은 현재 대륙에서 가장 못 사는 나라의 이름이었다.

알 만한 사람들은 그게 이레나의 드레스가 눈 뜨고 못 봐줄 정도로 아주 후지다는 뜻이라는 걸 바로 알아차릴 수 있었다.

평소 엘렌은 콧대가 높아서 자신보다 직위가 낮은 영애들을 무시하며 말도 잘 섞지 않았다.

하지만 후작가라는 높은 직위와 아름다운 외모 때문에 엘렌과 친하게 지내고 싶어 하는 영애들은 많았다.

사라도 그런 사람들 중에 하나였다.

엘렌에게 잘 보일 기회가 찾아왔다는 생각에 사라는 서둘러 입을 열었다.

"셀비 영애의 고급스러운 드레스와 같은 초록색인데도 너무 차이가 나네요."

마치 혀에 꿀을 바른 것처럼 달콤한 말에 엘렌은 입가를 가리고 웃음을 지었다.

그런데 그 둘의 옆에서 가만히 이야기를 듣고 있던 로렌스 백작가의 영애, 마가렛이 이해할 수 없다는 듯 말했다.

"블레이즈가의 영애한테 하는 말이 맞나요? 최근에 맞춘 드레스는 아닌 것 같긴 하지만, 그래도 충분히 센스 있게 꾸미지 않았어요? 저는 보고 너무 새것만 찾지 말고 집에 있는 드레스를 한 번 리폼해 볼까 하는 생각이 들었는데……."

눈치 없는 마가렛의 말에 단번에 엘렌의 고운 미간이 찡그려졌다.

원래 마가렛의 성격이 곰 같고 멍청하다는 생각은 했지만 그래도 백작가라는 신분이 마음에 들어서 지금까지 같이 다녔는데, 그게 후회가 될 지경이었다.

물론 마가렛의 얼굴이 너무나도 평범해서 그동안 엘렌이 자신의 미모를 더욱 돋보이게 하기 위해 데리고 다닌 부분이 가장 컸다.

하지만 지금은 그런 사실 따위 전혀 중요하지 않았다.

엘렌이 불쾌한 기분을 감추고, 입가에 미미한 웃음을 띤 채로 말했다.

“전 지금까지 로렌스 영애가 이렇게 패션에 무지한지 몰랐네요.”

“에?”

“저게 어딜 봐서 센스가 있다는 거죠? 안목을 좀 키우셔야겠어요. 다른 사람들이 알면 아무도 영애랑 의상실에 가려고 하지 않을 거예요.”

“그, 그런…… 전 그런 뜻이…….”

마가렛은 당황하거나 감정이 격해지면 말을 더듬는 버릇이 있었다.

엘렌은 그 모습을 가면 같이 웃는 얼굴로 지켜볼 뿐이었다.

나름 남부 지방 사교계에서 유행을 선도하는 사람 중에 하나인 엘렌이 이런 말을 하니, 마가렛은 더욱 주눅이 들 수밖에 없었다.

옆에 서 있던 사라는 엘렌의 웃는 입술과 전혀 따로 노는 싸늘한 눈동자를 지켜보며 마른침을 삼켰다.

귀족 사회에선 무엇이 옳고 그른지가 중요하지 않았다. 누가 더 강자인지가 중요할 뿐이다.

그리고 셀비 후작가의 영애, 엘렌은 강자였다.

블레이즈 백작가도 어디서 무시를 당할 수준은 아니지만, 그래도 셀비 후작가와 비교를 한다면 직위나 재산이 매우 차이가 났다.

더구나 블레이즈가는 기사 가문이었고, 셀비가는 정치적인 성향을 띤 가문이다.

사라의 집안인 제너 자작가는, 셀비가의 입김에 따라 크게 좌지우지되는 가문이었다.

겁에 질린 마가렛의 표정을 한 번 보고, 사라는 속으로 혀를 차며 재빠르게 끼어들어 말했다.

"블레이즈 영애는 창피한 줄도 모르나 봐요. 저런 드레스를 입고 티 파티에 참석을 하네요."

"으음, 창피함을 모른다면…… 이 기회에 교훈을 하나 남겨 줄까요?"

"교훈이요?"

전혀 생각지도 못한 말에 사라의 눈이 크게 떠졌다.

하지만 엘렌은 이미 마음을 먹은 듯, 입꼬리를 더욱 길게 늘어뜨릴 뿐이었다.

조용히 옆에서 듣고 있던 마가렛이 더듬거리는 말투로 조심스럽게 입을 열었다.

"바, 방금 전에 홀렌드 후작 부인과 다정하게 인사를 나누던데, 혹시라도 두 사람이 친하다거나……."

쓸데없는 소리를 지껄이는 마가렛의 말을 자르며, 엘렌이 단호하게 말했다.

"그럼 영애는, 홀렌드 후작 부인이 저보다 블레이즈 영애와 더 가까울 거라 생각하나요?"

사교계에 모습을 거의 비추지 않는 이레나와 셀비 후작가라는 거대한 배경을 가지고 있는 엘렌이 비교 대상이 될 수는 없었다.

마가렛이 더 하얗게 질린 얼굴로 더듬더듬 입을 열었다.

"아, 아니에요. 저는, 그런 말이 아니라 혹시라도……."

"하고 싶은 말이 있으면 똑바로 하세요. 아무리 참고 들어 주려고 해도 오늘 영애의 말 더듬는 버릇은 참아 주기가 힘들군요."

"……히끅!"

마가렛은 갑작스럽게 튀어나온 딸꾹질에 양손으로 입을 막았다.

딴에는 이레나와 마리사가 혹시 친한 사이일까 봐 걱정이 되어서 한 말이었는데, 엘렌의 반응이 너무나도 차가워서 더 이상 말을 붙일 수가 없었다.

하지만 마가렛의 그런 의도와는 다르게, 엘렌은 계속

해서 그녀가 이레나의 편을 들자 더욱 오기가 발동한 상태였다.

'제까짓 게 뭐라고…….'

지금까지는 이레나와 마주쳐도 가능한 무시하려고 했지만, 오늘은 엘렌도 머리끝까지 화가 폭발한 상태였다.

하필이면 같은 금발 머리라서 사람들이 비교하는 것도 듣기 싫은데, 오늘은 똑같은 초록색 드레스를 입고 와서 더욱 눈에 띄었다.

물론 드레스로만 따지자면, 엘렌이 입은 드레스가 월등하게 예뻤지만 그게 다가 아니었다.

전체적인 밸런스나 아름다움이 이레나에게 있었다.

그리고 엘렌은 그 사실을 인정하고 싶지 않았다.

일부러 똑같은 색상의 드레스를 입고 와서 자신을 창피하게 만들었다는 생각밖에 들지 않았다.

설령 의상실을 수소문했다고 해도 엘렌이 오늘 무슨 색상의 드레스를 입고 나올지 알아낼 수 없었지만 엘렌에게 그런 사실은 중요하지 않았다.

자신은 모욕당했다.

그러니 누구라도 용서할 수 없었다.

엘렌이 웃음 속에 칼을 감춘 채 이를 갈고 있자니, 지금까지 그녀의 비위를 맞추고 있던 사라가 다시금 입을 열었다.

"그럼 어떻게 교훈을 줄 생각이세요?"
"이렇게 한번 해 볼까요?"

*　*　*

미라벨은 처음에 입이 부루퉁 튀어 나왔지만, 시간이 지날수록 이레나와 함께 하는 이 자리가 마냥 즐거웠다.

사실 여기에 오기 전까지는 이렇게 끄트머리에 위치한 자리에 앉을 줄은 몰랐다.

나름 백작가의 영애라고 사교계의 데뷔는 일찍부터 했지만, 파티에 참석하게 된 경험은 거의 손에 꼽을 수 있을 정도로 전무했다.

그래서 이레나가 알고 있던 사실처럼, 파티에 참석할 인원수가 달라지면 미리 통보를 해야 한다거나 하는 사실을 아예 알지 못했다.

하지만 주최자가 있는 곳에서 멀리 떨어져 있는 자리에 배정받는다는 게 무슨 의미인지 모를 정도로 바보는 아니었다.

엘렌의 코를 납작하게 뭉개 줄 생각으로 참석했는데, 자리 배치부터 이렇게 되니 기분이 시무룩할 수밖에 없었다.

나중에 이레나에게 우리가 왜 이 자리에 앉게 됐는지

에 대해 설명을 들으니, 내심 이해가 되기도 해서 지금은 수긍을 한 상태였다.

그리고 사람들이 많은 자리에 나와 본 적이 별로 없었기에, 막상 이레나와 이렇게 앉아서 도란도란 수다를 떨고 있자니 너무나 행복한 기분이 들었다.

제 손으로 직접 꾸며 준 이레나는 오늘따라 너무나 아름다웠고, 다른 귀부인과 영애들이 한껏 꾸미고 나온 모습을 구경하는 것도 즐겁기만 했다.

처음에는 엘렌을 어떻게 골탕 먹여 줄까 고민했지만, 나중엔 오늘 본 사람들이 이레나와 엘렌 중에 진정으로 아름다운 게 누구인지 알 거란 생각이 들어 기분도 많이 풀렸다.

미라벨은 테이블 위에 올라온 초콜릿이 가득 든 쿠키를 한 입 베어 먹으며 진심으로 감탄했다.

"우와, 너무 맛있어."

"그래?"

"응. 나중에 집에 돌아가면 우리 주방장한테도 이런 쿠키 만들어 달라고 하자."

혹시 다른 사람이 들을까 목소리를 죽이며 조용히 속삭이는 미라벨이 너무 귀여워서, 이레나는 흐뭇하게 웃음을 지을 수밖에 없었다.

마음 같아선 미라벨을 위해 제과점이라도 하나 통째로

사 주고 싶은 심정이었다.

"그러자. 지금은 마음껏 먹어."

"응, 언니."

배시시 웃는 미라벨의 모습을 보고 있자면, 이레나의 마음도 덩달아 따뜻해지는 것 같은 기분이 들었다.

사실 한 번도 이런 사교계의 모임을 진심으로 즐긴 적이 없었다.

그런데 어떤 장소라 할지라도 미라벨의 웃음이 첨가된다면 그곳이 천국이 되는 느낌이었다.

그렇게 이레나와 미라벨은 티 파티의 가장 끄트머리 자리에 앉아서 둘만의 소박한 행복을 즐기고 있을 때였다.

뚜벅뚜벅—

그런 두 사람이 있는 곳으로 엘렌과 사라, 그리고 겁에 질린 표정의 마가렛이 다가왔다.

그중에 가장 먼저 입을 연 것은 사라였다.

"안녕하세요, 블레이즈 영애. 사교계 모임에 참석을 잘 안 하시던데 오늘은 어떻게 나오셨네요. 오랜만에 얼굴을 보니 반가워요."

이레나는 다른 사람의 방해 없이 미라벨과 둘만의 시간을 더 갖고 싶었지만, 어찌 됐든 여기는 타인이 주최하는 티 파티 장소였다.

내키지 않는다고 해도 반갑게 인사하는 다른 영애의 말을 무시할 순 없었다.

그렇기에 이레나도 예의 있게 대꾸해 주었다.

“네, 오랜만에 뵙네요.”

사실 이레나는 상대가 누구인지 잘 기억조차 나지 않았다.

이미 이십여 년간 다른 삶을 살다가 과거로 돌아왔다. 자신과 크게 연관이 없는 영애들의 얼굴까지 전부 생각이 날 리 만무했다.

그런데 희한하게도, 그중에서 엘렌의 얼굴은 바로 알아볼 수 있었다.

유달리 예쁘장한 얼굴이 기억에 남을 법도 했지만, 그보다 싸늘하게 쳐다보던 그 시선이 뇌리에 남아 있었기 때문이다.

그렇게 이레나와 미라벨이 눈치채지 못하는 사이.

엘렌이 눈짓으로 마가렛에게 신호를 보냈다. 그러자 그것을 본 마가렛이 어설프게 테이블 보를 스윽 잡아당겼다.

고의적으로 테이블 보를 건드리자, 그 위에 놓여 있던 찻잔들이 넘어지면서 그 안에 담겨 있던 찻물이 쏟아졌다.

다행히 뜨거운 찻물이 이레나와 미라벨이 있는 방향으

로 튀지는 않았기에, 두 사람은 제자리에 앉아서 살짝 당황한 기색을 비출 수밖에 없었다.

"지금 뭐 하시는 거예요?"

미라벨의 물음에 마가렛이 창백하게 질린 얼굴로 더듬더듬 사죄의 말을 꺼냈다.

"아, 이, 이런 실수를……."

그 모습이 마치 자신의 실수를 어쩔 줄 모르는 것 같아 보였다.

이레나는 별로 대수롭지 않은 일이라 여기고 말을 건넸다.

"이쪽으로 쏟아진 것도 아니니 괜찮아요. 영애야말로 뜨거운 찻물에 데지 않았나요?"

"저, 저는 괜찮아요."

"그럼 다친 사람도 없으니 됐네요."

아무렇지 않게 넘겨 버리는 이레나의 행동에 왜인지 마가렛의 얼굴이 더욱 울상이 되어 버렸다.

처음엔 마치 중대한 실수라도 한 것처럼 새하얗게 질렸다가, 나중에는 미안한 기색이 역력한 마가렛이 의아하게 느껴질 수밖에 없었다.

여기는 티 파티의 가장 끄트머리에 있는 테이블이었다.

이레나와 미라벨은 둘만의 세계에서 재밌게 놀고 있었

지만, 이 테이블에 배정받은 다른 영애들은 어떻게든 다른 곳에 끼려고 벌써 자리를 옮긴 상태였다.

그래서 현재 이곳에는 이레나와 미라벨, 그리고 갑작스레 찾아온 그들 세 명뿐이라서 다른 사람에게 피해를 끼친 것도 아니었다.

뭔가 이상하다는 생각이 들었을 때, 엘렌이 미소 띤 얼굴로 입을 열었다.

"어쨌든 우리가 오면서 찻잔을 쏟았으니, 다시 잔을 채워 주도록 하죠."

누가 들어도 참 예의 바르게 들리는 말이었다.

그러자 옆에 서 있던 사라가 재빨리 뒤편에서 찻주전자를 가지고 왔다.

그리고 미리 준비라도 한 것처럼, 이레나와 미라벨 앞으로 새로운 찻잔을 놓고는 곧바로 그 안을 가득 채워 주었다.

이레나가 뭐라고 입을 열기 전에, 엘렌이 먼저 선수를 쳐서 말했다.

"그럼 로렌스 영애가 많이 죄송스러운 모양인데, 사죄의 의미로 다 같이 차라도 한잔 마시죠."

엘렌은 손짓만으로 자연스럽게 멀리 있는 시종을 불러서 그녀들이 방금 전까지 마시고 있던 찻잔을 가지고 오게 했다.

그리고 그 자리에서 우아한 자세로 찻잔을 들었다.

미라벨은 처음부터 엘렌에게 좋은 감정을 갖고 있지 않았기 때문에 대놓고 못마땅한 표정을 짓고 있었다.

하지만 사죄의 의미로 건네는 차를 대놓고 거부할 수는 없었다.

“괜찮다고 하는데도 굳이 셀비 영애가 사죄까지 하시겠다니…… 뭐, 어쩔 수 없이 우리가 받아 줘야겠네요. 그치, 언니?”

미라벨이 잔뜩 비꼬는 말을 내뱉자, 순간 엘렌의 얼굴이 딱딱하게 굳어졌다.

그걸 만족스럽게 쳐다보며 미라벨이 먼저 사라가 따라 준 찻잔을 들었다.

그런데 그때…….

이레나의 기억 속에 잠들어 있던 한 장면들이 떠올랐다.

과거에도 이 티 파티를 참석했었다. 다만 당시에는 미라벨이 곁에 없었으며, 시간이 촉박해서 드레스를 손보지 못했지만 지금과 똑같은 것을 입고 왔었다.

파노라마처럼 과거의 기억들이 떠오르며, 엘렌과 같이 차를 마시던 모습이 생각났다.

이레나는 차를 입에 머금자마자 소금이 엄청나게 들어간 걸 알았지만, 그걸 이 자리에서 흉하게 뱉어 낼 수 없었다.

자칫 잘못하면 사교계의 실세인 마리사에게 실례가 되는 행동이었기 때문이다.

자신이 하는 수 없이 소금이 잔뜩 들어간 찻물을 아무렇지 않게 삼키는 걸 보며, 엘렌이 득의양양하게 웃던 모습이 또렷하게 떠올랐다.

그때 마침 이레나의 눈에 막 찻잔을 입가로 가져가는 미라벨의 모습이 보였다.

휘익!

이레나는 한 치의 망설임도 없이 미라벨이 마시려 하는 찻잔을 손으로 쳐냈다.

그리고 그 과정에서 부득이하게 찻잔이 바닥으로 떨어지며 완전히 깨져 버렸다.

와장창창—

그 요란한 소리에 왁자지껄하던 티 파티가 한순간 적막에 휩싸였다.

모든 귀부인과 영애들의 시선이 가장 끄트머리에 있던 이 테이블로 향했다.

예상치 못한 사람들의 주목에 엘렌은 당황할 수밖에 없었다. 하지만 그 순간 경직된 마리사의 얼굴이 눈에 들어왔다.

이 티 파티가 사교계의 실세인 마리사가 주최하는 것이란 사실을 잊어서는 안 되었다.

이 자리를 엘렌이 직접 엉망으로 만든다는 건 절대로 있을 수 없는 일이었다.

뜻밖의 상황 전개에 당황해서 정신을 못 차리는 사라와 마가렛과는 달리, 엘렌은 재빠르게 머리를 굴렸다.

갑자기 이레나가 왜 찻잔을 쳐냈는지 이해가 되진 않았지만, 이왕 이렇게 된 거 가볍게 골탕을 먹이려던 처음의 계획을 전면 수정했다.

아예 이 자리에서 블레이즈 자매들을 사교계에서 매장시켜 버리리라.

안 그래도 방금 전, 감히 자신을 향해 건방진 말을 내뱉은 미라벨이 마음에 들지 않던 차였다.

어린애 장난같이 소금물 조금 먹이고 물러나기엔 오늘 자신이 받은 수모가 너무 컸다.

찻잔이 깨지고 처음엔 사방이 쥐 죽은 듯 고요했지만, 곧이어 사람들의 웅성거리는 목소리가 들려오기 시작했다.

모두의 관심이 쏠리자, 이 티 파티의 주최자인 마리사가 어찌 된 영문인지 알아볼 겸 상황을 정리하기 위해 그들에게 가까이 다가왔다.

막 이레나의 뒤편에 도착해서 무슨 일인지, 물어보려 할 때였다.

"……흐윽."

갑자기 엘렌이 울음을 터뜨렸다.

그 눈물을 보고 여기서 제일 당황한 것은, 우습게도 사라와 마가렛이었다.

마리사가 딱딱하게 굳은 표정으로 이 테이블에 모여 있는 이레나와 미라벨, 그리고 사라와 마가렛을 한차례 훑어봤다.

후작 영애인 엘렌이 사교계 모임에서 눈물까지 흘렸다는 건 절대로 작은 일이 아니었다.

"이게 무슨 일이죠?"

마리사의 질문에 엘렌이 흐느끼는 목소리로 가장 먼저 대답했다.

"로렌스 영애가 실수로 찻잔을 쏟아서, 저는 블레이즈 영애들에게 사죄의 의미로 다 같이 차를 마시자고 한 것밖에 없는데…… 흑."

양손으로 입가를 가린 채, 눈물만 뚝뚝 흘리는 엘렌의 모습은 누가 보아도 안쓰러워 보였다.

그 모습에 마리사가 가지고 있던 손수건을 엘렌에게 서둘러 건네며 달래듯이 말했다.

"이런, 일단 눈물부터 그쳐요. 영애."

"그런데, 그런데, 블레이즈 영애가 제가 건넨 찻잔을 바닥으로 던져 깨트려 버리니…… 저는, 너무 당황스럽고 마음이 아파서……."

엘렌은 마리사가 건넨 손수건을 받아들고서 쉴 새 없이 흐르는 눈물을 닦아 냈다.

그리곤 일부러 울음을 참는 척, 잠시 시간 차를 두고 다시금 입을 열었다.

"제가, 블레이즈 영애한테, 무얼 잘못한 게 있나요?"

엘렌이 말을 하면서도 가슴이 아프다는 듯, 눈물을 닦지 않는 한 손으로 심장 부근을 움켜쥐었다.

그 모습이 그렇게 가녀리게 보일 수가 없었다.

처음엔 무슨 일인지 궁금해하던 주변 사람들의 호기심 가득했던 시선도 이젠 이레나와 미라벨을 향해 못마땅하게 변해 있었다.

마리사조차 방금 전보다 싸늘해진 표정으로 이레나를 향해 물었다.

"블레이즈 영애, 이 말이 사실인가요?"

상황이 이렇듯 유리한 방향으로 흘러가자, 처음에는 어쩔 줄 몰라 하던 사라와 마가렛의 얼굴에 안심하는 기색이 역력했다.

오직 미라벨만이 순식간에 급변하는 분위기가 심상치 않아 얼굴빛이 흐려졌다.

"어, 언니……."

그 불안해하는 목소리에 이레나가 슬쩍, 미라벨의 작은 손을 잡아 주었다.

그리곤 눈앞에 서 있는 사라와 마가렛, 그리고 엘렌을 똑바로 쳐다봤다.

처음에 이 사건을 바로 기억하지 못했던 이유는, 이조차도 이레나가 백작 영애 시절 겪었던 추억이었기 때문이다.

미래에 이레나는 가문이 망하고 아주 힘든 시절을 보냈다.

누군가의 골탕으로 소금물을 마셨던 기억 같은 건, 그저 헛웃음 한 번 새어 나올 법한 그런 추억일 뿐이었다.

이레나가 용병으로 일했을 때는 입에 조금만 대도 목숨을 잃는 독약이 사방에 난무했다.

심지어 그런 독에 당해서 거의 죽을 뻔한 적도 있었다.

이런 소금물 한 잔 마시는 건 정말이지, 이레나에게 아무것도 아니었다.

만약 혼자서 소금물을 먹고 끝낼 수 있는 자리였다면, 그때 그 시절을 추억하며 웃으며 넘겼을지도 모르겠다.

하지만…….

미라벨만은 안 된다.

눈에 넣어도 아프지 않을 동생에게 이런 걸 먹이려고 하다니 결코 용서할 수 없었다.

만약 이곳이 검을 쓸 수 있는 자리였다면, 이레나는 망설임 없이 모두를 힘으로 제압해 버렸을 것이다. 그리고 최소한 팔 하나씩은 잘라서 앞으로 다시는 이런 몹쓸 장난을 치지 못하도록 따끔하게 혼을 내줬을 거다.

하지만 안타깝게도 여기는 사교계였고, 이 자리에선 이레나가 지닌 검술 실력이 전혀 도움이 되지 않았다.

이럴 때는 차라리 정정당당하게 실력으로만 겨루던 여기사 시절이 편했다.

오랜만에 겪어 보는 사교계의 암투에 이레나는 다시 한 번 환멸을 느꼈다. 하지만 그렇다고 해서 예전처럼 호락호락하게 당해 줄 생각은 없었다.

지금은 사람들의 입이, 가끔은 칼보다 더 무섭다는 걸 너무나도 잘 알고 있었으니까.

눈에는 눈, 이에는 이.

엘렌이 눈물을 이용해서 언론 플레이를 하려 한다면, 이레나도 똑같은 방법으로 그녀를 상대해 줄 것이다.

"셀비 영애의 말은, 사실이 아닙니다. 부인."

차분한 이레나의 대답에 의아함을 느낀 마리사가 막 궁금증을 물어보려는 찰나였다.

하지만 그보다 엘렌의 말이 더 빨랐다.

"사실이 아니라고요? 그럼 제가 지금 거짓말이라도 하고 있다는 건가요?"

"다 같이 차를 마시자고 한 건 맞지만, 저희한테 따라 준 건 찻물이 아니었어요."

옆에서 두 사람의 이야기를 듣고 있던 마리사가 참지 못하고 중간에 끼어들었다.

“그건 또 무슨 말이죠? 찻물이 아니라니요?”

엘렌의 얼굴이 삽시간에 굳어졌다.

이레나가 찻잔을 쳐냈을 때부터 혹시 자신들의 계획을 알아차린 건 아닌가, 의심이 들었던 건 사실이다.

하지만 어떻게 알았지?

찻잔에 든 소금물을 마셔 보지도 않고 어떻게 알 수 있었는지 납득이 가질 않았다.

아무리 생각해 봐도 도무지 어느 부분에서 들켰는지 이해가 되지 않았지만, 그래도 전혀 예상하지 못한 전개는 아니었다.

‘하긴 뭔가 이상하다는 낌새가 있었으니까, 제 동생이 마시려던 걸 막은 거겠지.’

가능하면 이레나가 사람들의 시선에 당황해서 제대로 반박조차 못 하고 당하기를 바란 게 사실이다.

하지만 이레나가 자신의 계획을 알아차리고 이렇게 나온 거라면, 엘렌은 이 사태를 어떻게 해결할지까지 벌써 머릿속에 그려 놓은 상태였다.

‘네가 큰소리를 칠 수 있는 것도…… 여기까지야.’

사람들이 이레나의 말에 귀를 기울일 때, 엘렌은 억울하단 표정으로 한 걸음씩 뒷걸음질 치기 시작했다.

어차피 이레나가 내세울 수 있는 증거는 소금물이 담긴 찻주전자다.

그리고 반대로 말하자면, 찻주전자만 없애 버리면 이레나가 결백을 증명할 방법은 없었다.

엘렌이 실수를 가장해서 찻주전자만 바닥으로 엎질러 버린다면, 이레나가 아무리 억울함을 호소한대도 진실을 밝힐 수는 없을 것이다.

사람들은 가십거리를 좋아한다.

블레이즈가에 대한 안 좋은 소문이 한 번 퍼지기 시작하면 쉽사리 막을 수 없었다.

나중에는 그게 진실인지 거짓인지도 중요하지 않게 되어 버린다.

사교계란 그런 곳이었고, 엘렌은 그 누구보다 영악하게 그것을 주도할 자신이 있었다.

더군다나 누구든 울고 있는 여자에게는 마음이 약해지기 마련이다. 엘렌은 처음부터 그것을 노리고 억지 눈물을 짜냈고, 그 결과 지금도 이레나보다 더 많은 동정 어린 시선을 받고 있었다.

힘겨운 얼굴로 뒤로 한 발, 한 발 물러나던 엘렌은 계획대로 실수를 가장해서 뒤편에 있는 테이블과 부딪쳤다.

그리곤 어설펐던 마가렛과 달리, 엘렌은 자연스럽게 한 손으로 테이블보를 쭈욱 잡아당겼다.

테이블 위에 놓여 있던 찻주전자가 순식간에 흔들리며, 그대로 바닥을 향해 곤두박질치기 일보 직전이었다.

드르르륵—

타악!

그 짧은 순간, 얕은 바람 소리와 함께 의자 한 개가 빠른 속도로 날아왔다.

그리곤 의자의 등받이가 정확하게 바닥으로 떨어지려 하는 찻주전자를 막아 냈다.

금방이라도 떨어질 것처럼 흔들리던 찻주전자가, 결국 중심을 잡고 테이블 끝자락에 멈춰 섰다.

마치 서커스의 묘기와도 같은 그 장면에 엘렌의 눈이 커졌다. 이런 일이 벌어질 거라고는 전혀 예상치 못했기 때문이다.

엘렌의 놀란 눈동자가 천천히 의자가 날아온 방향을 향해 움직였다.

그러자 거기에는 무표정한 얼굴로 서 있는 이레나가 보였다.

멀리 떨어진 사람들은 무슨 일이 벌어진 건지 알아차리지 못했지만, 가까이에 있었던 미라벨과 마리사, 그리고 사라와 마가렛은 똑똑히 보았다.

이레나가 고양이처럼 날렵한 동작으로 옆에 있던 의자를 쥐어서 순식간에 엘렌이 있는 방향으로 밀어 버린 장면을.

아무것도 모르는 그들이 보기에도 전문적으로 훈련을 하지 않는 한, 절대로 나올 수가 없는 그런 민첩함이 느껴졌다.

하지만 놀라운 것은 그뿐만이 아니었다.

사람들이 뭐라고 말을 꺼내기도 전에, 엘렌은 재빨리 아슬아슬하게 매달려 있는 찻주전자를 깨트리기 위해 다시 손을 들었다.

발작하듯이 쳐낸 찻주전자가 바닥에 닿기 직전, 어느샌가 다가간 이레나가 가볍게 한 손으로 낚아채며 막았다.

"이, 이……!"

엘렌은 말을 끝까지 내뱉지 못한 채, 분노에 부르르 떨었다.

이레나는 그런 엘렌에게 태연하게 찻주전자에 든 소금물을 가득 따라서 건네주었다.

마치 물 흐르듯이 자연스럽게 이어지는 동작들이 이런 상황에서조차 우아하였다.

"이게 동생과 저한테 따라 주었던 차죠. 정말 이 안에 아무것도 안 들었다면 셀비 영애가 직접 마셔 보실래요?"

그 말에 엘렌은 재빠르게 머리를 굴렸다.

하지만 아무리 생각해도 이 찻잔을 거부한다는 것 자체가, 이 안에 무언가가 들어 있다는 사실을 밝히는 것이나 다름없었다.

엘렌은 사람들의 호기심 어린 시선이 점점 자신에게 쏠리는 게 느껴졌다.

어차피 증거인멸을 하지 못했다면, 아무렇지 않게 마셔서 자신은 정말 아무것도 몰랐다는 걸 보여 주는 수밖에 없었다.

일단 그렇게 위기를 넘긴 후에, 다시 기회를 봐서 찻주전자를 깨트려 버리면 된다.

엘렌은 가늘게 떨리는 손으로 이레나가 건네주는 찻잔을 받아들고 아무렇지 않은 척 말했다.

"다, 당연하죠. 이 안에는 아무것도 들지 않으니까요."

하지만 말과 달리 엘렌은 이 안에 소금이 얼마나 들어갔는지 알고 있었다.

이걸 마신다는 게 끔찍했지만, 그렇다고 이제 와서 물러설 수는 없었다.

엘렌은 두 눈을 질끈 감은 채, 찻잔에 들어 있는 소금물을 꿀꺽꿀꺽 마셨다.

"우웁…… 풉!"

어떻게든 참아 보려고 안간힘을 썼지만, 결국 몰려오는 짠맛을 견디지 못하고 엘렌은 입 안에 머금었던 소금물을 바깥으로 뿜어내고 말았다.

귀하디귀한 후작가의 영애로 자라 온 엘렌이 이런 헛구역질 나는 음식을 참을 수 있을 리가 만무했다.

새빨개진 얼굴로 서둘러 입가에 흘러내린 소금물을 닦아 내려 했지만, 이미 늦었다.

많은 사람들 앞에서 돌이킬 수 없는 추태를 보이고 만 것이다.

"흐음."

이레나는 그 모습을 우아한 자세로 바라보고 있었다.

티 파티에 모인 사람들도 그것을 보고 수군거리는 소리가 적나라하게 들려왔다.

처음부터 이레나는 과거에 자신이 마셨고, 지금은 미라벨이 마실 뻔했던 그 소금물을 엘렌에게 직접 먹여서 복수를 할 계획이었다.

엘렌이 찻주전자부터 없애려 할 것을 예상하고 계속 예의 주시하고 있었는데, 역시나 그녀가 짐작대로 움직이자 그것을 막아 내고 오히려 한 방 먹인 것이다.

설령 찻주전자 안에 소금물이 들어 있었다고 해도, 엘렌이 자신이 한 게 아니라고 딱 잡아떼면 계속해서 추궁하기가 어려울 정도로 셀비 후작가의 영향력은 컸다.

누군가는 엘렌을 뒤에서 손가락질하겠지만, 결국 확실한 범인이 밝혀지지 않으면 이 일은 묻히고 말 것이다.

이레나는 그렇게 쉽게 놓아줄 생각이 없었다.

그래서 어떻게든 찻주전자를 깨트리려고 하는 엘렌의 모습을 모두에게 보여 준 것이다.

만약 그렇지 않았다면, 지금과 같이 엘렌을 궁지에 몰아넣긴 힘들었을지도 모른다.

이레나는 조금 전 엘렌이 했던 것처럼, 천연덕스럽게 양손으로 입가를 가리며 놀란 척 말했다.

"어머, 대체 그 안에 뭐가 들어 있었기에…… 아까 셀비 영애가 아무것도 안 들어 있는 차라고 하지 않았나요? 혹시 독은 아니겠죠?"

그 한마디가 가지고 온 파장은 컸다.

"독?"

"설마……."

사람들의 웅성거림이 더욱 커지는 것을 느끼면서, 이레나는 겁먹은 표정으로 마리사를 돌아보았다. 그리곤 잔뜩 애처로운 표정으로 다시금 입을 열었다.

"부인, 셀비 영애의 건강이 걱정되네요. 혹시 모르니 의사를 불러 줘요."

마리사는 본인이 주최한 티 파티가 완전히 망가졌음을 직감하고 무시무시한 표정을 짓고 있었다.

그 분노가 향하는 곳은 바로 엘렌이었다.

누구라도 계속해서 찻주전자를 깨트리려는 엘렌의 모습을 봤다면, 이 사건의 범인이라고 생각할 수밖에 없었다.

주변의 반응에 엘렌의 표정도 볼썽사납게 일그러졌다.

지금 상황이 자신에게 불리하게 흘러가고 있다는 걸 너무나도 잘 알기 때문이다.

귀족에게 명예는 목숨만큼 중요했다.

오늘 벌어진 일에 대해서 안 좋은 소문이 퍼지면, 엘렌은 앞으로 남부 사교계에서 얼굴을 들고 다닐 수가 없었다.

이레나를 골탕 먹이려다가 도리어 엘렌이 당하고 만 꼴이었다.

억울함에 이가 으드득, 갈렸지만 지금 중요한 것은 그게 아니었다.

엘렌은 서둘러 옆자리에 새하얗게 질린 얼굴로 서 있던 마가렛을 손가락으로 가리켰다.

"영애, 대체 이 안에 뭘 넣은 거죠?"

"네? 그, 그게 무슨……."

"설마 블레이즈 영애를 골탕 먹이려고 날 이용한 거예요? 난 그런 줄도 모르고……."

엘렌이 다시 순진한 표정을 연기하며 자신의 죄를 마가렛에게 뒤집어씌웠다.

그러자 가뜩이나 겁에 질려있던 마가렛은 당황해서 어쩔 줄 몰라 했다.

"지, 지금 무슨 말씀 하시는 거예요? 저는 셀비 영애가 시키는 대로……."

"영애, 그렇게 안 봤는데 심보가 아주 고약하군요. 안 그래요?"

엘렌이 어서 동조해 달라는 듯이 재빨리 사라에게 눈짓을 보냈다.

그러자 눈치 빠른 사라가 그 뜻을 알아차리고 서둘러 입을 열었다.

"그러게요, 저희 둘한테 블레이즈 영애가 앉아 있는 테이블로 가자고 했던 건 로렌스 영애예요. 일부러 찻잔을 엎질러서 골탕을 먹일 생각을 하다니 정말 무섭네요."

사라가 편을 들어주자, 엘렌의 표정이 조금 전보다 한결 가벼워졌다.

금방이라도 타깃을 바꿔서 가장 약한 사람을 궁지로 몰아넣는 그들의 모습에 이레나는 더 이상 상대할 가치도 없다는 듯 몸을 돌렸다.

이 일을 꾸민 범인이 엘렌이라는 건 처음부터 알고 있었다.

하지만 굳이 이레나가 나서서 진실을 밝혀 줄 생각은 없었다.

이유야 어찌 됐건, 엘렌이 시키는 대로 따랐던 사라와 마가렛에게도 죄가 있었으니까.

원래의 자리로 되돌아온 이레나의 눈에 새하얗게 질려 있는 미라벨의 얼굴이 들어왔다.

이레나는 조금 전 엘렌을 궁지로 몰아넣을 때와는 전혀 다른 목소리로 다정하게 물었다.

"미라벨, 괜찮니?"

"으, 으응."

하지만 괜찮다는 대답과 달리, 미라벨은 방금 전의 일 때문에 아직도 놀란 듯 보였다.

이레나는 말없이 미라벨의 작은 손을 슬그머니 잡아 주었다. 놀란 마음을 진정시키라는 작은 배려였다.

미라벨로서는 처음 겪는 일이었다.

사교계의 경험이 별로 없기도 했지만, 아무 생각 없이 먹을 뻔한 찻물에 무언가가 타져 있었다니 정말로 상상도 못 했다.

더군다나 한순간이지만 사람들에게 악의가 담긴 시선을 정면으로 받았다.

그 순간 온몸의 털이 삐죽 서고, 어떻게 해야 할지를 몰랐다.

그런데 그런 자신과 달리 태연하게 대처하는 이레나가 새삼 대단하게 느껴졌다.

"……언니."

"응?"

"아까 그 차에 뭐가 들어 있다는 걸 어떻게 알았어?"

이레나는 이 상황을 모면하기 위해 발악하는 엘렌의

모습을 가만히 구경하고 있다가 미라벨의 물음에 고개를 돌렸다.

이레나의 작은 얼굴과 오뚝한 코가 만들어 낸 옆모습이 마치 깎아 낸 조각상처럼 아름다웠다.

잠시 고민하던 이레나가 나지막한 목소리로 대답했다.

“……비밀.”

“치.”

미라벨은 그 말을 듣고 입술을 삐죽거렸다.

그리곤 곧 다른 사람들에게 보이지 않도록 엄지를 치켜세우며 조그맣게 속삭였다.

“너무 멋있었어.”

지금까지 미라벨이 알고 있던 이레나와는 조금 달랐지만 굳이 그런 말은 하지 않았다.

어디서나 당당히 제 할 말을 하는 이레나의 모습이 더욱 좋아 보였기 때문이다.

이레나는 아무에게도 보여 주지 않는 근사한 미소를 지으며 미라벨을 향해 나지막이 말했다.

“이제부터 시작이야.”

한낱 후작가의 영애에게 당할 정도라면, 미래를 바꾼다는 것은 꿈도 꾸지 말아야 했다.

지금부터 이레나가 상대해야 할 적은 미래에 황가를 뒤집고 반왕으로 올라선 파벨루크였다.

그런 파벨루크의 앞길을 막기 위해서라면 이레나는 기사로서도, 또 레이디로서도 절대 부족함이 있어선 안 되었다.

필요하다면 엘렌처럼 눈물을 흘리는 것뿐만 아니라 그보다 더한 것도 할 수 있었다.

그만큼 그 누구보다 영악하게 행동해야 했다.

문득 칼라일이 찾아오기로 한 날짜가 코앞으로 다가왔다는 사실이 떠올랐다.

이레나는 그가 엘렌처럼 조금이라도 단순했으면 좋겠다는 생각이 들었다.

칼라일은 도대체 지금 무슨 생각을 하고 있을까?

정답이 없는 고민에 이레나는 혼자서 작은 한숨을 내쉴 뿐이었다.

* * *

티 파티의 다음날.

엘렌 일행이 벌인 일은 남부 사교계에 파다하게 퍼졌다.

소문은 마가렛이 선동해서 엘렌과 사라를 끌어들였다고 났지만, 사실 웬만한 사람은 그 범인이 엘렌이라는 걸 알아차렸다.

마가렛의 성격이 워낙 내성적이라는 걸 알고 있었기 때문이다.

하지만 다들 뒤에서만 수군거릴 뿐 대놓고 입을 열지는 못했다.

그러기엔 엘렌의 뒷배경인 셀비 후작가가 너무나도 강력했으니까.

그 사건으로 이레나는 원치 않았음에도 불구하고 어느새 논란의 중심에 서 있었다.

많은 사람들의 입에서 이레나의 이름이 한 번씩 오르내렸지만, 정작 이레나가 신경 쓰는 건 단 한 가지였다.

바로 황태자가 어떻게 자신을 찾아오느냐 하는 것이었다.

'설마, 당당하게 블레이즈 성을 방문하는 건 아니겠지?'

대내외적으로 칼라일과 이레나는 서로 접점이 없었다. 그런데 공식적인 방문을 한다는 건 여러모로 말이 되질 않았다.

지금 세간에서 가장 많은 관심을 갖는 게 바로 칼라일 황태자의 행보였다.

차기 황제이자, 전장에서 혁혁한 공을 세운 황태자에게 당연히 갖게 되는 궁금증이기도 했다.

그래서 그가 처음으로 모습을 드러내는 무도회에 참석하기 위해 벌써부터 온 사교계가 떠들썩거렸다. 아마 남부 지방에서도 수많은 영애들이 그곳에 가기 위해 마차를 타고 수도로 향할 것이다.

그런 그가 이레나를 찾아온다면 쓸데없이 주목을 받게 될 것이 분명했다.

칼라일이 직접 찾아오겠다고 했기에 기다리곤 있었지만, 혹시라도 그사이에 무슨 일이 생긴 건 아닌지 걱정도 들었다.

"마차를 준비시켜 줘. 잠깐 나갔다 와야겠어."

아무래도 직접 외출을 해서 칼라일에게 접근할 기회를 주는 게 더 나을 듯싶었다.

갑작스러운 이레나의 말에 옆에 서 있던 하녀 메리가 군소리 없이 대답했다.

"네, 아가씨."

하지만 메리와 달리, 소피는 질투에 어린 표정으로 한마디를 덧붙였다.

"아가씨의 외출 준비는 제가 도와드리겠습니다."

이레나는 그 말에 힐끗 소피를 쳐다보았다.

소피는 글렌의 결혼식에 간다고 핑계를 대고 실제로 황태자를 구하러 갔을 때, 이레나의 알리바이를 만들어 준 하녀였다.

그 부분에 대해서 금전적으로 보상을 해 줬음에도 불구하고 소피는 그 후부터 마치 자신이 뭐라도 되는 양 행동하기 시작했다.

이레나는 소피의 이런 행동이 마음에 들지 않았기에 무뚝뚝한 표정으로 대꾸했다.

"됐어. 외출 준비도 메리가 맡아 줘."

"알겠습니다, 아가씨."

간결한 대답과 동시에 부지런히 움직이는 메리와 다르게 소피는 억울하다는 눈빛으로 이레나를 쳐다보았다.

하지만 이레나는 그런 시선을 깔끔하게 무시하며 메리의 야무진 손길을 받고 준비를 마쳤다.

언제 한 번 소피의 이런 태도를 고쳐 줘야겠단 생각이 들었지만, 지금은 칼라일에 대한 것만으로도 머리가 꽉 차서 다른데 신경 쓸 겨를이 없었다.

칼라일이 어떤 식으로 찾아올지 알 순 없었지만, 최소한 자신에게 사람 하나 정도는 붙여 두지 않았을까?

그렇다면 이레나는 자신의 위치를 확인하게 만든 뒤, 바깥에서 만나는 것이 좋겠다고 판단했다.

아무래도 사람들의 눈이 많은 블레이즈 성 안보단 그 편이 훨씬 안전할 것이다.

이레나가 서둘러 성 바깥으로 나오자, 준비된 마차 앞에는 나이 든 집사 노스만이 기다리고 있었다.

"지금 아가씨를 호위할 기사들이 오고 있으니, 잠시만 기다려 주시면……."

"멀리 가는 게 아니니, 오늘은 혼자 움직이도록 할게요."

"하, 하지만, 아가씨!"

말을 마친 이레나는 재빨리 마차에 몸을 실었다. 곧이어 마부가 그녀를 향해 물었다.

"아가씨, 어디로 모실까요?"

"번화가로."

접근이 쉽도록 사람들이 가장 많은 곳으로 가야 했다.

5
황후가 되고 싶습니다

남부 지방 최고의 번화가 거리에 도착한 이레나는 마부에게 저녁에 다시 데리러 와 달라고 말한 뒤, 마차를 돌려보냈다.

그렇게 길거리를 얼마 걷지 않았을 때, 누군가가 뒤쫓아 온다는 걸 알아차렸다.

'……역시 내 예상이 맞았나?'

자신을 미행하는 사람을 굳이 따돌리기보다는 잠시 번화가를 배회하고 있으면, 언젠가 칼라일이 나타나지 않을까 하는 생각에 여기까지 나온 것이었다.

그런데 문제는, 뒤쫓아 오는 사람이 한두 명이 아니라는 사실이다.

뭐가 이렇게 많아?

이레나는 자신을 따라다니는 사람들이 이렇게나 많다는 게 뭔가 이상했다.

뒤를 쫓아오는 사람들의 정확한 숫자를 파악할 겸 일부러 인적이 드문 골목으로 걸어갔다.

그러자 예상대로 몇몇 사람들이 따라오기 시작했다.

'하나, 둘, 셋…… 일곱?'

대충 파악한 숫자만 해도 일곱 명이었다.

왠지 불길한 예감이 들었다. 이들이 전부 칼라일이 보낸 사람들일 리가 없다.

누군가에게 원한을 산 적이 있었나 고민하다가, 문득 엘렌의 얼굴이 떠올랐다.

설마 엘렌이 자신을 노리기까지 하겠냐는 생각이 들었지만, 그래도 최근에 이레나에게 악감정을 품을 만한 사람은 그녀뿐이었다.

'……귀찮게 시리.'

이레나는 사람들의 눈에 잘 띄지 않는 더욱 깊은 사각지대로 들어갔다.

그리곤 풍성한 치맛자락에 가려져 보이지 않는 발목에 가죽끈으로 묶어 놓은 작은 단검 하나를 꺼내 들었다.

혹시 모를 상황에 대비해 미리 챙겨 온 것이었다.

이런 상황을 맞닥뜨리게 될 줄은 몰랐지만 말이다.

'뭐, 누가 날 미행하라고 시킨 건지는 곧 알게 되겠지.'

자신을 쫓아오는 자들을 직접 잡아서 물어보면 될 일이었다.

물론 그들이 진실을 말하기까지의 과정은 그렇게 아름답지 않겠지만.

이곳은 남부 지방 최대의 번화가였지만, 조금만 길을 잘못 들면 한낮에도 서늘한 기운이 느껴질 만큼 으슥한 장소가 나왔다. 우습게도 화려한 장소만큼이나 더럽고 추악한 곳도 없는 셈이었다.

이레나는 주저 없이 더 어두운 골목을 향해 성큼성큼 걸어 들어갔다.

미행하는 자들을 처리할 수 있는 장소를 물색하던 이레나의 눈에 마침 적당한 곳이 보였다.

조금의 망설임도 없이 그곳으로 발걸음을 옮길 때였다.

휘익—

갑자기 나타난 손 하나가 이레나의 어깨를 강하게 움켜쥐고는 칠흑 같은 어둠 속으로 끌어당겼다.

"……읏."

속절없이 어두운 골목 안으로 끌려 들어온 이레나는 곧바로 손에 쥐고 있던 단검을 상대방을 향해 휘둘렀다.

쌔애애애액, 예리한 칼날이 어둠 속에서 섬광처럼 번쩍거렸다.

터억!

상대방은 본인의 목을 노리는 이레나의 단검을, 재빨리 그녀의 손목을 움켜쥐면서 가로막았다.

연이어 다음 공격을 가하려는 이레나의 귓가에 나지막한 목소리가 들려왔다.

“쉿.”

짧은 말이었지만, 어디선가 들어 본 적이 있는 목소리였다.

이레나는 결국 그 작은 말소리에 움직임을 멈추고 말았다. 자신의 기억이 맞는다면 상대는…….

점차 어둠 속에 익숙해진 이레나의 시선이 조금씩 자신을 끌어안다시피 한 상대방의 얼굴을 향해 움직였다.

단단한 가슴팍, 넓은 어깨, 그리고 툭 튀어나온 목울대까지.

천천히 고개를 들면서 자신보다 머리 하나는 더 큰 남자의 얼굴을 쳐다봤다.

깎아 놓은 듯한 날카로운 턱 선과, 그 위에 한 치의 흐트러짐도 없는 솟은 콧날. 그리고 마지막으로 시리도록 푸른 홍채가 가느다랗게 이레나를 내려다보고 있었다.

마치 흑백 화면 속에서 푸른 눈동자만이 불꽃처럼 빛을 내고 있는 것 같았다.

“……전하.”

그는 바로 칼라일 황태자였다.

상대방의 정체를 깨닫자마자 곧 그가 내뱉는 뜨거운 숨결이 이마에 닿을 정도로 가깝게 붙어 있다는 사실을 알아차렸다.

자신의 어깨를 감싸고 있는 커다란 손과 고개를 들어야만 시선이 마주칠 정도로 큰 키. 그리고 맞닿은 부위를 통해 그의 탄탄한 몸매가 생생히 느껴졌다.

이레나는 숨조차 크게 내쉬지 못할 정도로 이 갑작스러운 접촉이 불편했다.

하지만 신중하게 주변을 살펴보고 있는 그를 보자니, 나름대로 이유가 있는 것 같아서 얌전하게 기다리는 수밖에 없었다.

그렇게 잠시의 적막이 흐른 뒤였다.

"……큭."

난데없이 들려오는 칼라일의 낮은 웃음소리에 이레나는 의아한 눈동자로 그를 올려다보았다.

그러자 그 시선에 담긴 이레나의 의문을 느낀 건지, 칼라일이 나지막한 목소리로 설명해 주었다.

"의도한 건 아니었으나, 생각보다 이 상태가 나쁘지 않은 것 같아서."

그 낮은 목소리가 마치 귓가에 속삭이듯이 가깝게 들려서, 이레나는 저도 모르게 얼굴이 조금 붉어지고 말았다.

"무슨 상황인지 모르겠지만, 이제 그만 놓아주시죠."

차가운 이레나의 말에 칼라일이 내심 아쉽다는 듯 그녀의 어깨에서 손을 떼면서 입을 열었다.

"계획적인 접촉은 아니었으니, 그렇게 쳐다보진 말아줬으면 좋겠군."

"제가 전하를 어떻게 쳐다봤다고요."

"불한당 보듯이 쳐다보고 있잖아. 그새 잊었나 본데 내게 먼저 칼을 들이밀면서 다가온 건 그대였어."

이레나도 그 말엔 반박할 수 없었다. 단검이 워낙 짧았기에 단숨에 숨통을 끊기 위해서 가까이 다가간 것이었다.

물론 그 자세에서 멈추게 될 줄은 몰랐지만 말이다.

"그대의 인기가 많아서 어쩔 수 없었다고 해 두지. 블레이즈 성에서 나오자마자 사람들이 주렁주렁 따라붙었거든."

그러고 보니 이레나가 이 골목으로 들어오고 난 후에 곧이어 그녀를 따라온 몇 사람의 발자국 소리가 들려왔다.

하지만 지금은 주변에서 아무런 기척도 느껴지지 않는 상태였다.

"혹시 저를 쫓아온 이들의 정체도 아시나요?"

"일단은 자리를 좀 옮기지."

그 말을 끝으로 칼라일이 먼저 움직였다. 굳이 더 설명하지 않아도 따라오라는 뜻이라는 걸 알 수 있었다.

그렇게 칼라일의 뒤를 따라 걷다 보니, 곧 두 사람은 멀지 않은 곳에 위치한 허름한 주택에 도착할 수 있었다.

오늘 이레나와 만날 것을 대비해 칼라일이 미리 준비해 놓은 안전한 장소인 것 같았다.

겉모습은 어디서나 볼 수 있는 평범한 집이었지만, 내부는 신경 써서 관리한 것처럼 깔끔하게 정돈되어 있었다.

칼라일은 안에 들어서자 테이블 앞으로 이레나를 인도했다. 그리곤 이레나가 앉을 수 있도록 먼저 의자를 빼준 후에 반대편으로 돌아갔다.

몸에 배어 있는 행동인지 모르겠지만, 여자를 상대하는 매너가 훌륭했다.

"그대를 미행했던 자들의 정체 말고는 더 궁금한 게 없나?"

"그때 다치신 건 괜찮으십니까?"

"보다시피."

이전에 만났을 때 칼라일의 등에는 화살까지 박혔었다.

고작 열흘이란 시간 동안 그때 다친 상처가 다 회복됐을 리는 없다. 하지만 칼라일은 전혀 부상을 입지 않은 사람처럼 행동하고 있었다.

마치 그런 상처쯤이야 아무렇지도 않다는 것처럼.

이레나는 눈으로만 그의 상태를 훑다가 다시 본론으로 들어갔다.

"……전하는 언제부터 저를 감시하고 있었던 거죠?"

"감시라기보단 영애가 나와 헤어지고 난 후부터 보호를 하고 있었다고 표현하지."

칼라일이 사람을 붙였을 거라고 짐작하긴 했지만, 헤어지고 난 직후부터라면 예상했던 것보다 훨씬 빠른 시기였다.

그동안 소리 없이 자신을 쫓아다녔을 눈동자들을 생각하니 조금 께름칙한 마음이 들었다.

하지만 황태자비가 되기로 한 이상, 어쩔 수 없는 일이라는 것 또한 잘 알고 있었다.

"만약 저를 쫓던 자들을 잡아서 고문하실 거라면 제가 직접……."

"그대가 나설 필요는 없어. 내가 영애를 이곳으로 데리고 온 이유는, 그들 중에 당신 가문의 기사들도 포함이 되어 있었기 때문이야."

"네?"

이레나는 그제야 자신을 보호하기 위해 가문의 기사들이 뒤늦게 따라붙었을지도 모른다는 가능성을 떠올렸다.

만약 아까 칼라일이 제지하지 않았다면, 이레나는 가문

의 기사들에게 검을 쓴다는 사실을 들켰을지도 모른다.

그리고 비밀을 유지하기 위해 부득이 피를 묻혀야 하는 상황이 찾아왔을 수도 있다.

칼라일은 가능하면 이레나의 검술 실력을 감추라고 말했었다. 그리고 그 말대로 그녀가 실력을 감출 수 있게 도와준 것이었다.

더 자세한 설명을 듣지 않아도, 대충 상황 파악이 된 이레나는 칼라일을 향해 가볍게 고개를 숙이며 말했다.

"고맙습니다. 전하 덕분에 곤란한 일을 피할 수 있었어요."

그때였다.

칼라일이 불쑥 손을 뻗어 왔다.

그리고 이레나의 턱을 한 손으로 감싸 쥐곤, 다시금 원래대로 고개를 똑바로 들 수 있게끔 만들어 주었다.

"함부로 머리 숙이지 마."

"아, 이건……."

"그대가 누구의 여자가 될 사람인지 잊은 건가?"

이레나는 덕분에 칼라일의 푸른 홍채를 정면에서 마주보게 되었다. 그의 눈동자 안에는 기이한 열기가 담겨 있었다.

분명 서늘하다고 느껴질 정도로 차가운 푸른색이었는데, 마치 불을 품은 것처럼 뜨거운 불꽃 같다고 느껴졌다.

"나를 포함, 앞으로 그 누구에게도 그대가 고개를 숙일 필요는 없어."

그 말에 이레나는 새삼 지금 눈앞에 있는 남자가 루퍼드 제국에서 가장 고귀한 혈통을 이은 존재라는 걸 깨닫게 되었다.

다음 대에 황제가 될 남자.

설령 그렇다고 해도 엄청 자신만만하게 들리는 말이었지만, 그는 이상하게도 이런 말이 제 옷처럼 잘 어울렸다.

이레나는 슬쩍 자신의 얼굴을 감싸 쥐고 있는 그의 뜨거운 손을 피하며, 애써 아무렇지 않은 척 말을 이어나갔다.

"……알겠습니다."

"그대 가문의 기사들을 제외하면, 그 밖에는 내가 붙여 놓은 자들과 셀비 후작가에서 고용한 심부름꾼들이더군."

이레나는 설마 했던 자신의 예상이 맞았다는 걸 알았다.

후작 영애인 엘렌이 얼마나 지독한 마음으로 그들을 고용했는지 알 수 없다.

이레나가 아무한테나 쉽게 당할 실력은 아니었지만, 그들의 목적이 자신의 목숨이었는지 아니면 단순한 감시였는지 짐작이 가지 않아서 신경이 쓰였다.

한마디로, 귀찮았다.

'……잘못을 저지른 게 누구인데, 감히 복수를 하려고 드는 거야.'

먼저 건드린 건 엘렌이었다. 그런데 본인의 뜻대로 되지 않았다고 앙심을 품다니 정말이지 어처구니가 없었다.

이레나가 잠시 혼자만의 생각에 빠져 있을 때였다.

가만히 그녀를 쳐다보고 있던 칼라일이 나지막이 물었다.

"더 궁금한 건 없나?"

"어떤 거요?"

"궁금한 게 있다면, 뭐든 물어봐도 좋아."

"……글쎄요. 딱히 지금 생각나는 질문은 없네요."

이레나의 답변에 왜인지 칼라일의 표정이 미묘하게 변했다.

"미래에 남편이 될 나에 대해서, 궁금한 게 하나도 없어?"

"아! 그러고 보니 한 가지 묻고 싶은 게 있었어요. 저희가 대내외적으로는 얼굴 한 번 마주친 적이 없는 사이잖아요. 그런데 갑자기 결혼을 한다고 하면 주변에서 좀 이상하게 생각할 것 같아요. 다른 사람들이 납득할 만한 스토리를 좀 만들어야겠어요."

이레나는 사실 칼라일과 대화를 나누기 전까지 혹시 그의 마음이 바뀌었으면 어떡하나, 하는 걱정이 들었었다.

그런데 다행히도 칼라일은 이레나와의 결혼을 파기할 생각이 없어 보였다.

그렇다면 지금부턴 서둘러서 일을 진행해야 했다. 한시라도 빨리 그와 결혼식을 올리고 황실로 들어가야 마음이 놓일 것 같았다.

"그래. 그런 거 말고는…… 내게 궁금한 게 없단 말이지."

"네. 뭐, 지금은요."

칼라일의 눈썹이 무언가가 마음에 안 든다는 듯이 꿈틀거렸다.

하지만 이레나는 그런 분위기를 눈치만 챘을 뿐, 정확히 어떤 부분이 거슬렸는지는 알 수가 없었다.

자신이 설마 칼라일의 취향이나 성격, 그리고 뭘 좋아하고 싫어하는지 그런 사소한 질문들을 할 거라고 기대한 건 분명 아닐 텐데…….

잠시 할 말을 잃은 것처럼 보이는 칼라일을 향해 이번엔 이레나가 먼저 질문을 던졌다.

"일단 저희 결혼에 대한 계약 사항을 정리해 보려고 하는데, 혹시 저한테 이건 꼭 지켜 줬으면 좋겠다 하고 바라는 게 있으세요?"

"……글쎄. 그대를 보고 있으면 아무것도 필요 없다고 느끼다가도, 가끔 참을 수 없는 욕심이 생기곤 해."

"아……."

이레나는 뭐라고 대답해야 할지 몰라 말꼬리를 흐렸다.

칼라일은 처음 만났을 때부터 묘하게 애정이 담긴 것 같은 말을 간혹 이레나에게 내뱉었다.

다시 한 번 우리가 과거에 만난 적이 있냐고 물어보고 싶었지만, 저번에도 가르쳐 주지 않았던 걸 지금이라고 대답해 주진 않을 것 같아서 참았다.

그리고 만에 하나 자신이 모르는 새에 마주친 적이 있었다고 치자. 그렇다고 달라지는 게 있나?

한 번 스치듯이 만난 누군가에게 칼라일이 원치도 않는 결혼을 승낙할 정도로 강한 애정을 가질 리는 없었다.

이레나의 머릿속에서 가장 현실적인 가설이 하나 세워졌다.

'……혹시 바람둥이인가?'

칼라일은 어린 시절부터 전장에서만 지냈다고 알려져 있었지만, 실상은 여자의 마음을 쥐락펴락하는 그런 남자일지도 몰랐다.

실제로 칼라일의 외모만 해도 그렇다. 얼굴만으로도 벌써 꽤 많은 여성들을 울렸을 것 같았다.

다른 사람의 외모에 대해서 전혀 신경을 쓰지 않는 이레나조차도 가끔 그의 시선을 받으면 깜짝깜짝 놀랄 정도다.

물론 그가 황제가 되면 여러 명의 여자를 거느리게 될 테니, 설령 그렇다고 해도 간섭하고 싶지는 않았다.

두 사람이 사랑하는 사이라면 모를까.

서로의 이득에 따라 이루어지게 된 계약 결혼으로서 이레나는 가능한 그런 사적인 부분은 건드릴 생각이 없었다.

하지만 결혼 초부터 다른 여자를 만나는 건 허락할 수 없었다. 어느 집안이든 여자의 권력은 남편의 전폭적인 지지를 통해 나온다.

황태자인 칼라일이 이레나를 귀하게 대해 주지 않는다면, 말 그대로 이름뿐인 황태자비일 뿐이었다.

가능하다면 이레나는 칼라일의 유일한 황태자비가 됨으로써 얻게 되는 권력에도 욕심이 났다.

잠시 머릿속으로 생각을 정리한 이레나가 칼라일을 똑바로 쳐다보며 입을 열었다.

"당장 떠오르는 게 없다면 저한테 어떤 조건을 제시할지 더 생각해 보세요. 그동안 제가 원하는 것부터 먼저 말씀드릴게요."

칼라일은 그 말에 흥미롭다는 듯 눈을 빛내면서 팔짱

을 꼈다.

"말해 봐."

그의 치명적인 푸른색 눈동자를 마주하며, 이레나가 또박또박한 목소리로 재차 말을 이었다.

"황제 폐하가 되실 때까지는 저를 사랑하는 척 연기해 주세요."

"……하."

칼라일로선 전혀 생각하지 못한 조건이었는지, 그가 한 박자 늦게 낮은 웃음을 터뜨렸다.

하지만 이레나는 눈 하나 깜빡하지 않았다.

지금부터 계약 사항을 정하는 거라면, 할 수 있는 한 원하는 내용은 전부 다 쟁취해야만 했다.

자신의 인생에서 앞으로 최소한 몇 년, 아니. 그보다 더 긴 세월을 좌지우지할 만큼 중요한 내용이었으니까.

전혀 양보할 생각이 없는 이레나를 향해 칼라일이 나지막이 물었다.

"왜 그런 조건이 필요하지?"

"처음에 말씀드리지 않았나요? 저는 전하가 황제 폐하가 되시기를 바라고 있어요. 전하도 마찬가지로 제가 황후가 되는 것에 대해선 불만이 없다고 하셨잖아요."

"그 말은, 권력이 갖고 싶다는 건가?"

"네."

이레나는 숨기지 않고 야망을 과감히 드러냈다.

어차피 칼라일은 그러려고 만난 사이였다. 함께 파벨루크를 상대하고, 같이 정상의 자리까지 올라갈 수 있도록 도와주는 파트너 같은 관계.

"……좋아, 받아들이지."

칼라일의 흔쾌한 대답에 순간 이레나의 얼굴에 감출 수 없는 기쁨이 어렸다.

"하지만, 나도 조건이 있어."

어차피 모든 계약이라는 게 하나씩 주고받는 것이었다.

칼라일이 이레나의 의견을 받아 주었으니, 이레나도 웬만한 건 다 수용해 줄 마음이 들었다.

뭐든 말해 보라는 표정을 짓는 이레나를 바라보며 칼라일이 낮은 목소리로 말했다.

"다들 정략결혼이라고 해서 실제로 부부 생활을 안 하는 건 아니야."

"그렇죠."

"난 허울뿐만이 아니라 진짜를 원해."

뭔가 대화의 뉘앙스가 묘하게 흘러간다는 생각에 이레나가 잠시 주춤할 때였다.

칼라일의 뒷말이 이어졌다.

"같이 한 침대를 쓰는 거로 하지."

그 말에 이레나는 생각보다 입이 먼저 움직였다.

"그건 싫습니다."

"왜지?"

"왜냐면……."

칼라일의 질문에 이레나는 저도 모르게 입술을 꾸욱 깨물었다.

분명 생각을 안 한 부분은 아니었다. 말 그대로 정략결혼이라고 해서 잠자리를 갖지 않는 건 아니었으니까.

견고한 권력을 위해서는 장차 미래에 황위를 물려받을 황태자를 낳는 게 가장 좋았다. 잘 알고 있었다. 하지만 이레나가 진정으로 원하는 것은 그런 탄탄한 황후의 자리가 아니라는 게 문제였다.

정확히는 칼라일의 옆에서 가문의 멸망을 막아 내는 것이 목표였다. 그러기 위해 가장 좋은 자리가 황후였을 뿐이다.

알고 보면 온갖 추문이 많은 귀족 사회에서 이레나는 보기 드물 정도로 순수하게 자랐다.

가문이 망하고 난 뒤에는 복수를 위해 인생을 송두리째 걸었기 때문에 남자들과 어울릴 시간적인 여유가 없었다.

그래서 의도치 않게 이레나는 남자 경험이 단 한 번도 없었다.

그 흔한 연애조차도 해 본 적이 없는데, 누군가와 잠자리를 같이 한다고 생각하니 본능적으로 거부 반응이 일어났다.

꾸욱—

이레나는 탁자 아래에서 주먹을 세게 쥐었다가 피며 이성적으로 생각하기 위해 노력했다.

정략결혼을 먼저 제안한 것은 자신이었고, 당연히 넘어가야 할 문제를 칼라일이 먼저 꺼냈을 뿐이다.

지금은 감정적이기보단 냉정하게 판단을 내려야 할 때였다.

"……제 의견만 가지고 드리는 말씀이 아닙니다. 객관적으로 생각해 봤을 때 아직은 그럴 때가 아니라고 생각해요."

"그럴 때라는 게 무슨 말이지?"

"제가…… 온전히 전하의 아내로서만 살 수는 없다는 뜻이에요. 전하께선 왜 저와의 결혼을 승낙하셨는지 모르겠지만, 저는 황후가 되고 싶어서 이런 제안을 드린 겁니다. 그러니 그때까지는 제가 가진 능력을 썩히고 싶지 않아요."

칼라일은 잠자코 이레나가 하는 말을 가만히 듣고 있었다.

무표정한 그의 얼굴에서 어떤 감정도 읽을 수가 없었

기에 이레나는 다시 한 번 그를 설득하기 위해서 입을 열었다.

“저는 황후가 될 때까지 전하의 아내이기보단, 전하의 비밀 병기이고 싶습니다. 혹시 지금 이 결정으로 인해 나중에 다른 여자에게서 낳은 아이가 황태자가 된다고 해도 절대 원망하지 않겠습니다. 원하신다면 계약서라도 쓸게요.”

과거로 돌아온 후 매일같이 체력 단련을 한 것은 칼라일을 황제로 만들기 위해서였다.

이레나는 칼라일의 가장 날카로운 검이 될 것이다.

그가 일으키는 전쟁마다 가장 선봉에 서서 그의 앞길을 가로막는 정적들을 무찌를 사람은 바로 이레나, 자신이었다.

그런데 매일 밤 그를 위해 단장하고, 그가 돌아오는 것을 기다리며, 그와 같이 잠자리에 드는 평범한 삶은 이레나에게 어울리지 않았다.

그러려고 황후가 되고자 한 것이 아니었다.

그때까지 조용히 듣고만 있었던 칼라일이 처음으로 입을 열었다.

“……그렇게까지 황후가 되고 싶은가?”

그 질문에 이레나는 문득 칼라일의 눈에 자신의 모습이 어떻게 비칠까 궁금해졌다.

아마 지독하게 욕심이 많은 귀족 영애 정도로 보일 게 분명했다.

하지만 권력에 목숨을 건 정신 나간 여자로 보여도 상관없었다. 눈앞에 있는 칼라일을 황제로만 만들 수 있다면, 그래서 가족들의 안전을 내 손으로 지켜 낼 수만 있다면 말이다.

"네, 저는 황후가 되고 싶습니다."

칼라일은 그 대답을 듣고 또다시 침묵을 지켰다. 덕분에 이레나는 속으로 마른침만 꿀꺽 삼킬 뿐이었다.

어떤 계약이라도 서로의 양보가 필요한 법이거늘 이레나는 상대적 약자이면서도 자신이 원하는 것만 계속해서 주장하고 있었다.

칼라일의 입장에서는 기분이 좋을 리가 없는 상황이었다.

그런데 그의 입에서 전혀 생각지 못한 말이 흘러나왔다.

"그대 때문에, 내가 황제가 되어야 하는 이유가 하나 더 늘었군."

"그 말은……."

"영애의 생각이 그렇다면, 그 제안도 받아들이겠어."

"아, 감사합니다. 전하."

이레나의 얼굴이 눈에 띄게 환하게 밝아졌다.

혹시라도 칼라일이 거절하면 어떡하나, 머릿속으로 온갖 걱정이 다 들던 참이었다.

'……다행이다.'

이레나가 속으로 안도의 한숨을 내쉬려는 순간이었다. 아직 끝나지 않은 칼라일의 말이 연이어 흘러나왔다.

"하지만 그건 영애를 황후로 만들어 줄 때까지만이야. 그 후로는 안 돼. 원하던 황후가 되면 그때부턴 오로지 내 여자로서만 살아."

"아……."

칼라일이 많은 걸 양보해 주고 있는 상황이란 것을 안다. 하지만 이레나는 그 말에 선뜻 대답이 나오지 않았다.

어차피 자신은 누군가와 결혼을 해야 되는 입장이었고, 그렇기에 가장 이득이 되는 남자를 선택한 것뿐이었다.

사실 이 결혼 생활은 칼라일이 황제가 되는 순간까지만 그려져 있는 미래였다.

그 후에는 칼라일이 다른 여자들을 만나느라 바빠서 이레나에게 소홀해질 가능성도 있었다. 그래서 상대적으로 자유로운 황후 생활을 누리다가 조용히 생을 마감할지도 모른다.

또 목적을 이룬 칼라일이 이레나를 황후 자리에서 쫓아낼 수도 있었고, 반대로 칼라일이 너무 악독한 정치를 한다면 이레나가 다른 사람으로 갈아 치워 버릴 수도 있었다.

그중 어떤 앞날을 살게 되더라도 상관이 없다고 생각했다.

하지만 지금 칼라일이 제안하는 것은, 지금까지 단 한 순간도 생각해 본 적이 없는 미래였다.

앞으로도 쭉 그의 여자로서 산다는 말이 뭔가 많은 함축적인 의미가 담겨 있는 것 같아서 쉽사리 입이 떨어지지 않았다.

그런 이레나의 심정을 꿰뚫어 본 것처럼 칼라일이 다시 입을 열었다.

"이것도 싫은가? 그렇다면 그대는 황후가 되기 위해 나를 이용만……."

"아뇨. 그러겠습니다. 황후가 되면 전하의 여자로만 살겠습니다."

그의 입에서 '이용'이라는 단어가 나오는 순간, 이레나는 생각을 멈추고 재빨리 대답했다.

미안하지만, 나중에 지키지 못할 약속이라도 당장은 해야 했다.

칼라일은 벌써 많은 것을 양보해 줬고, 앞으로도 그의 도움이 절실히 필요한 상황이다. 그러니까 이 정도는 이레나가 들어줘야만 하는 게 순리였다.

조금 양심에 찔렸지만 지금은 이것 외에 다른 어떤 대답도 내놓을 수가 없었다.

하지만 칼라일은 이레나가 마지못해 한 대답이라는 걸 모르는지, 아니면 알면서도 그러는 건지 무척 만족스러운 표정을 짓고 있었다.

그의 웃음기를 머금은 푸른 눈동자가 가늘어졌다.

"말했잖아, 그대는 가끔 나를 욕심쟁이로 만든다고."

"……."

"그대가 나중에 내 아이를 낳아 줬으면 좋겠어. 그대와 같은 금발에, 그대와 같은 붉은 눈동자라면 아무리 내 자식이라 해도 사랑스러울지 모르지."

"……네?"

이레나는 저도 모르게 반문하고 말았다.

마치 이레나를 닮지 않으면 자식을 사랑할 수 없다는 것처럼 들렸기 때문이다.

하지만 칼라일은 그에 대해서 설명할 생각이 없는 듯, 자연스럽게 다른 이야기를 꺼내면서 화제를 돌렸다.

"내가 지금까지 영애의 의견을 많이 들어주려 했다는 사실을 알 거야."

"아, 그렇죠. 감사하게 생각하고 있습니다."

"그렇다면 지금부터는 내가 원하는 것을 말하도록 하지."

"네 말씀하세요."

이제 본격적으로 칼라일이 계약 결혼에 대한 조건을 제시할 때였다.

이레나가 긴장감으로 인해 침을 꿀꺽 삼킬 때였다.

"카릴이라고 불러."

"네. 네에?"

전혀 생각지도 못한 제안에 이레나는 바보처럼 입을 벌리고 말았다.

갑자기 칼라일의 애칭을 부르라고?

왜에에?

이레나가 도무지 영문을 모르겠다는 표정으로 쳐다보자, 칼라일이 아무렇지 않은 얼굴로 재차 말을 이어나갔다.

"사랑하는 척해 달라면서. 그런데 앞으로도 계속 나를 전하라고 부를 셈인가? 그대의 남편이 될 사람인데?"

"하, 하지만……."

부부라고 해서 무조건 애칭을 허락하는 것은 아니었다.

정략결혼이 많은 귀족 사회에서 죽을 때까지 서로에게 극존칭을 사용하는 부부도 많았다.

애칭은 정말이지, 연인 사이에서나 사용할 법한 아주 친근한 단어였다.

이레나는 입속에서 많은 말들이 맴돌았지만, 단호한 칼라일의 표정을 보고 있자니 이내 고개를 끄덕거릴 수밖에 없었다.

"알겠습니다. 그렇게…… 부르도록 할게요."

그래. 전하든 카릴이든, 뭐라고 부르는 게 무슨 상관이냐.

이레나는 자신이 원하는 조건만 다 가져올 수 있다면 그를 주인님이라고 부르라 해도 그렇게 부를 수 있었다.

"하지만 처음부터 애칭을 사용하기에는 주변의 시선들도 있으니, 대외적인 상황에서는 눈치껏 행동할게요. 이 부분은 양해해 주세요."

"그건 그대의 판단에 맡기도록 하지. 다만 단둘이 있을 때는 편하게 불러."

"네, 전…… 아니, 카릴."

그 말에 칼라일의 입가에 그림 같은 미소가 걸렸다.

장난을 치거나, 기가 막힌다거나, 불쾌함을 담은 미소가 아닌 정말로 기분이 좋아서 나오는 웃음은 지금이 처음이었다.

이레나는 저도 모르게 멍하니 쳐다보다가 곧이어 정신을 차렸다.

'……이게 뭐야.'

애칭 한 번 불러 줬다고 이렇게 웃는 사람이 어디 있는지 모르겠다.

평상시에 웃음이 많은 편도 아니면서 고작 애칭 한 번 부른 게 뭐 그리 대수라고.

하지만 거기서 끝이 아니었다.

“매끼 식사는 함께하지. 특별한 일정이 잡혀 있지 않는 한 말이야.”

그 말은 매일 꼬박꼬박 얼굴을 보자는 뜻이나 다름없었다.

보통 정략결혼을 한 부부들은 식사를 각자 해결하는 경우가 많았기에, 꼭 같이 참석해야 하는 중대한 자리가 아닌 이상 얼굴을 마주치지 않는 사이도 많았다.

물론 이레나의 경우엔 칼라일의 신변을 보호해야 해서 가능한 옆자리에서 멀리 떨어질 생각은 없었다.

하지만 이런 조건을 그가 먼저 제안할 거라고는 상상조차 해 본 적이 없었다.

“아, 알겠습니다. 그 조건도 받아들이죠.”

굳이 나쁠 게 없는 조항이었기 때문에 곧바로 수긍은 했지만, 정말로 그가 원하는 게 무엇인지 모르겠다는 의문이 짙게 남았다.

잠시 고민하던 이레나가 혼란스러운 생각을 멈추고 칼라일을 향해 말했다.

“계약 사항이 늘어가고 있는데, 혹시 종이와 펜을 좀 가져다주실 수 있을까요?”

그 말에 칼라일은 순순히 자리에서 일어나 펜과 종이를 테이블 앞에 놓아 주었다.

그러자 이레나는 천천히 지금까지 서로 합의했던 계약 사항들을 하나씩 종이에 적어 나갔다.

왠지 긴 하루가 될 것 같았다.

*　　　*　　　*

소피는 화가 났다.

이레나가 여행 중에 배가 아프다는 핑계를 대고, 남자를 만나러 나가는 것도 이해하고 감싸 줬던 게 바로 자신이다.

금화가 탐난 것도 사실이지만, 그런 비밀을 공유하는 사이가 됐는데도 이레나가 이토록 자신을 홀대할 줄 몰랐다.

여행을 다녀와서 달라진 게 아무것도 없었다.

당연히 자신을 더욱 귀히 여겨서 하녀로서의 직책도 올려줄 거라 생각했는데, 그런 대우를 해 주기는커녕 전보다 더 꺼리는 느낌이었다.

'칫, 한밤중에 남자를 만나러 몰래 나갈 정도로 발랑 까진 주제에. 내가 비밀을 밝힐까 봐 두렵지도 않은 모양이지?'

소피가 치밀어 오르는 화를 참지 못하고, 빨랫감을 거친 손길로 널고 있을 때였다.

어느새 그런 소피 옆으로 다가온 메리가 바구니에 담겨 있는 빨랫감을 같이 널어 주며 한마디 했다.

"너 요즘 왜 그래?"

"내가 뭘?"

"여행 다녀온 후로 아가씨한테 너무 건방지게 구는 거 아니야?"

"하! 건방지다고? 내가?"

소피는 그 말에 뜨거운 콧김이 뿜어져 나올 정도로 분노했다.

이레나는 자신에게 이렇게 대하면 안 된다.

그날 밤 아무것도 모르는 척 눈 감아 줬던 사실을, 고작 금화 하나로 무마하려고 하다니 기가 막힐 노릇이었다.

"메리, 넌 아무것도 모르면서 함부로 말하지 마. 나는 아가씨한테 받아야 될 빚이 있는 사람이야."

"뭐? 빚? 네까짓 게 이레나 아가씨한테 무슨 빚을 받는다고. 그러다가 큰코다치지 말고 얌전하게 굴어. 다 너를 생각해서 하는 말……."

"네가 뭘 안다고 그래? 이레나 아가씨가 얼마나 남자를 밝히는 줄 알아?"

"뭐, 뭐?"

소피는 저도 모르게 튀어나온 말에 스스로도 움찔했지만, 그렇다고 해서 다시 주워 담고 싶은 생각은 없었다.

어차피 지금의 생활과 달라질 게 하나도 없다면 굳이 이레나의 비밀을 지켜 줄 필요는 없었다.

설령 이레나가 의심한다고 해도 소피가 자신이 한 말이 아니라고 딱 잡아떼면 그만이다. 막말로 소피가 소문낸 거라고 밝혀낼 방법은 없었으니까.

그 비밀에 대한 대가가 고작 금화였다면, 그건 이미 챙긴 후였으니 손해 볼 것도 없었다.

"그게 대체 무슨 소리야?"

"사실은 저번에 나랑 같이 글렌 아가씨의 결혼식에 간다고 여행을 떠났잖아. 그때 한밤중에 이레나 아가씨가 남자를 만나러 나가서는 아침이 될 때까지 돌아오지 않았어."

"뭐, 뭐라고? 진짜야?"

"내가 뭐 하러 너한테 거짓말을 해. 나한테 사랑하는 남자라고 직접 그랬다니까."

"말도 안 돼……."

도무지 믿지 못하겠다는 표정을 짓고 있는 메리를 향해, 소피가 손가락 하나를 세워 입가에 가져다 대며 나지막이 말을 이어나갔다.

"너한테만 몰래 말해 주는 거니까, 너만 알고 있어. 알겠지?"

"아, 알겠어. 그럼 설마 지금까지 네가 아가씨 시중을 드는 밤마다 그랬던 거야?"

이레나가 한밤중에 자리를 비운 적은 그때 딱 한 번뿐이었지만, 소피는 저도 모르게 고개를 끄덕이고 말았다.

"응, 그렇다니까."

"그걸 지금까지 너만 알고 있었어?"

"그래. 그런데 이레나 아가씨는 그런 내 공로도 모르고 나를 홀대하니까, 내가 비밀을 지켜 주고 싶겠니?"

"이레나 아가씨가 그러다니, 믿을 수가 없네."

"다시 한 번 말하는데, 이건 너 혼자만 알고 있어야 돼."

사실 소피는 거듭 메리 혼자만 알고 있으라고 당부했지만, 한편으론 얼마 안 가서 이 소문이 눈덩이처럼 불어날지도 모른다는 걸 알았다.

하지만 이걸로 무슨 큰일이야 생기겠나 싶었다.

소피는 그저 이레나가 곤란해지는 상상을 하며 속으로 웃음을 삼켰다.

지금까지 자신을 소홀하게 대한 대가였다.

* * *

[계약 사항

1. 두 사람은 대외적인 자리에서 사랑하는 척한다.

2. 황후가 되기 전까진 같이 잠자리를 갖지 않는다.

3. 애칭을 부른다.

4. 특별한 일이 없는 한, 매끼 식사를 함께한다.]

막상 종이에 적으니 몇 줄밖에 되지 않는 내용이었다. 하지만 이레나는 이 내용들이 앞으로의 결혼 생활에 얼마나 큰 영향을 끼칠지 잘 알고 있었다.

칼라일을 만나러 오기 전, 이것만큼은 꼭 계약 사항에 넣어야겠다고 다짐한 것들이 몇 가지 있다.

지금까지는 그나마 이레나가 원하는 방향대로 흘러갔지만, 앞으로도 그러리란 보장은 없었기에 아직은 긴장의 끈을 놓을 수 없었다.

이레나는 종이에 모든 내용을 다 기재하고는 칼라일을 똑바로 쳐다보며 말했다.

"어쩌다 보니, 서로가 원하는 것을 똑같이 두 가지씩 들어주게 되었네요."

사실 이레나가 원한 건 누가 봐도 계약 결혼에 어울리는 것이었고, 칼라일이 말한 내용은 뭔가 구속하고 싶은 연인에게나 할 법한 내용들이었다.

그래서인지 상대적으로 이레나가 제시한 것들보다 칼라일이 말한 내용들이 들어주기가 쉬웠다.

하지만 이레나는 뻔뻔한 얼굴로 두 가지씩 조건을 들어주었다고 밸런스를 똑같이 맞춰 버렸다.

칼라일은 그것을 아는지 모르는지, 그저 감정을 읽을 수 없는 얼굴로 나지막이 말할 뿐이었다.

"그렇군. 원하는 게 있으면 더 말해 봐."

"제가 아까 비밀 병기로 살고 싶다고 말씀을 드렸죠. 그에 대해서 구체적으로 설명해 드리자면, 저는 황태자비가 된 이레나 블레이즈가 아닌 또 다른 이름의 인물을 만들 계획이에요."

"그게 무슨 소리지?"

"가명을 하나 만들어서 밤에는 전하를 호위하는 기사로 활동하고 싶다는……."

"안 돼."

이레나가 길게 말을 꺼내기도 전에 칼라일이 단호하게 거부했다.

하지만 이건 이레나도 순순히 양보할 수가 없었다. 황태자비인 그녀가 드레스를 입고 활동할 수 있는 범위는 너무나도 한정적이었다.

이레나는 황태자비가 아닌, 기사로서도 칼라일에게 힘이 되어 주고 싶었다.

더군다나 이레나가 없는 곳에서 그가 혹시라도 암살을 당하진 않을까, 걱정이 되어서 한시라도 눈을 뗄 수가 없었다.

생각보다 파벨루크가 반역을 일으키는 시기는 얼마 남지 않았다.

그때까지 만반의 준비를 해 놓아야 했다.

"이 부분은 방금 전에도 말씀드렸던 거예요."

"나는 그대가 스스로의 몸을 보호하는데 실력을 발휘하거나, 피치 못한 상황에 검을 드는 것을 허락한 것이지 밤마다 갑옷을 입고 기사가 되라고 한 것은 아니야."

"제 검술 실력이 어떤지 아시잖아요. 그런데도 제 능력을 썩히고 싶으세요?"

"난 분명히 안 된다고 말했어."

너무나도 단호한 칼라일의 반응에 이레나는 순간 머리가 복잡해졌다.

너무 자신의 입장만 얘기하는 것 같아서 미안했지만, 결론적으로는 이게 다 그를 황제로 만들기 위한 것이었다.

칼라일을 오래 겪어 본 건 아니지만 그가 한 번 내뱉은 말을 쉽게 번복하는 성격이 아니라는 것쯤은 이미 이레나도 알아차렸다.

'……어떡하지?'

아무리 이성적으로 대화를 시도하려고 해도 그에겐 왠지 씨알도 먹히지 않을 것 같다는 예감이 들었다.

문득 방금 전 그의 애칭을 불렀을 때, 칼라일이 지었던 미소를 떠올리며 '에라, 모르겠다.'라는 심정으로 입을 열었다.

"카릴…… 제발요."

설마 이 방법이 먹힐까 의심했지만, 예상외로 그의 눈동자가 미세하게 흔들리며 동요하는 것이 보였다.

"……난 그대가 위험해지는 건 바라지 않아."

딱딱했던 그의 목소리가 어딘가 조금은 풀어진 느낌이었다.

이레나는 지금까지 살면서 단 한 번도 이런 방법으로 자신에게 유리한 상황을 만들어 본 적이 없었다.

애교를 부린다는 생각만으로도 팔뚝에 오소소 소름이 돋는 것만 같았지만, 이게 먹히기만 한다면 이보다 더한 것도 할 수 있었다.

이레나는 눈을 딱 감고 다시 입을 열었다.

"무슨 말씀이신지 알아요. 하지만 제가 직접 카릴을 호위하고 싶어요. 제발, 이것만큼은 허락해 주세요."

간절하게 애원하듯이 제발, 이라는 단어를 강하게 강조하며 두근거리는 마음으로 칼라일의 답변을 기다렸다.

잠시 고민하는 듯한 그가 조금 누그러진 표정으로 대답했다.

"그래도……."

"카릴, 제발이요."

다시 한 번 이레나가 양손까지 가지런히 모으고 말을 할 때였다.

"……큭."

갑작스러운 칼라일의 웃음소리에 이레나는 눈을 동그랗게 뜰 수밖에 없었다.

직감적으로 '당했다.'라는 생각이 머릿속을 가득 메웠다.

"쉽게 볼 수 없는 장면 같아서 더 장단을 맞춰 주고 싶지만, 아쉽게도 더 이상하면 그대가 정말 화를 낼 것 같아서."

이레나는 속으로 으드득, 어금니를 갈며 애써 아무렇지 않은 표정으로 말했다.

"사람을 가지고 노시는군요."

"아니야. 정말 그대의 부탁이라면 뭐든지 들어주고 싶어질 것 같아서 큰일이군. 내가 생각했던 것보다 더 위험한 여자인지도 모르겠어."

"그렇게 제 부탁이 들어주고 싶으셨다면, 이것까지만 합의해 주세요."

"말했잖아, 안 돼. 그대가 위험해질 수도 있는 일을 묵인할 수는 없어."

칼라일의 단호한 태도에 이레나는 조급함을 느낄 수밖에 없었다.

그녀가 가능한 꺼내지 않으려고 했던 말을 내뱉었다.

"당신과 처음으로 결혼하는 여성은 불행할 거라는 신탁까지 감수하고 진행하는 결혼이에요. 그런데 저한테 이 정도는 양보해 주셔도 되지 않을까요?"

"그 말은 이 결혼을 통해 얻게 되는 이득이 내가 그대보다 더 많다는 뜻인가?"

"맞아요."

"그럴지도 몰라. 하지만 이 결혼을 원한 건 내가 아니라 그대였지. 그날 내게 먼저 다가온 것은 그대라는 사실을 잊지 말라고, 분명 말했을 텐데."

인정에 호소해 보고 싶었지만 칼라일에겐 씨알도 먹히지 않았다.

애교도, 인정도 답이 없다면 남은 방법은 적당한 대가를 주고 협상을 하는 것뿐이었다.

과연 이게 먹힐지 모르겠지만, 이레나는 어쩔 수 없이 입을 떼었다.

"이 조건만 들어주시면, 제가 나중에 카릴이 원하는 일을 한 가지 할게요."

"……뭐든지?"

"네, 살인이나 도의에 어긋나는 일이 아니라면요."

칼라일은 잠시 본인의 날카로운 턱을 쓸면서 생각에 잠겼다.

이레나는 생각보다 더 칼라일의 구미를 당기게 한 건지도 모르겠다는 생각이 들었다.

어쩌면 충분히 그럴만한 일인지도 몰랐다. 칼라일이 손해 볼 일은 하나도 없었으니까.

앞으로 어떤 변수가 되어서 돌아올지 모르는 일이었지만, 그에게 기사로서 활동하는 것을 허락받지 못하는 것보단 나을 것이다.

"……좋아. 다만 내게서 멀리 떨어지는 건 안 돼."

"그럼요. 가능한 옆에 꼭 붙어 있도록 할게요."

이레나는 그의 마음이 바뀌기 전에 재빨리 다섯 번째 계약 사항을 종이에 기재했다.

[5. 이레나 블레이즈가 밤마다 정체를 감추고 기사로 활동하는 걸 허락한다. 대신 나중에 카릴이 원하는 일을 한 가지 들어준다.]

종이에 하나씩 적히는 글자들을 보며 칼라일이 벌써부터 후회한다는 표정으로 나지막이 중얼거렸다.

"……보험 하나 든 것치곤 비싸군."

그렇게 크고 작은 몇 가지의 내용들이 더 추가가 되었다.

이런저런 대화를 나누면서 계약 사항을 정하다 보니 생각보다 꽤 시간이 흐른 상태였다.

이레나는 가문에서 보낸 기사들을 따돌린 상태라 혹시 집안에서 걱정하는 사람이 생기진 않았을까 걱정이 되었다.

"그럼 일단 이렇게만 정해 놓고, 더 필요한 사항이 생기면 앞으로 하나씩 추가해 나가는 방향으로 해요. 지금까지 정한 내용들도 바꾸게 될 경우에는 서로의 동의가 필요한 것으로 하고요."

"그렇게 하지."

이레나는 계약서의 맨 아래에다가 서로의 동의하에 내용을 더 추가하거나 삭제할 수 있다는 항목을 기재했다.

중요하다고 생각한 웬만한 내용들은 벌써 정리가 되었기 때문에 앞으로 추가가 되는 것들은 지금 정한 계약들을 세부적으로 다듬는 내용이 될 것이다.

그리고 이제는 최종적으로 계약 불이행 시 받게 될 피해에 대해 결정해야 될 때였다.

"만약 이 계약 사항들을 지키지 못할 경우엔 어떻게 하실 거예요?"

"글쎄…… 내가 어떻게 해 줬으면 하지?"

사실 계약서의 많은 부분들이 이레나에게 더 유리했다.

마음에 걸리는 것은 황후가 되고 난 후에 칼라일의 여자로서 살기로 했다는 것과 그가 원하는 건 뭐든지 한 가지 들어준다는 조건, 딱 두 개뿐이었다.

칼라일도 그것 말고는 크게 어려운 조건을 제시한 것도 없으면서, 이레나만큼이나 이 계약이 지켜지지 않는 상황이 싫은 모양이었다.

"저야말로 가진 게 없어서 어떤 걸 걸어야 만족하실지……."

"흐음—, 하나만 약속해 줘. 그대가 약속을 이행하지 않을 경우 내가 어떤 짓을 해도 원망하지 않겠다고."

"네? 그건……."

"자신 없어?"

팔짱을 낀 채로 비스듬히 앉아 있는 칼라일은 어딘가 위험해 보였다.

이레나의 본능이 그렇게 경고를 하고 있었다. 이건 뭔가 불길하다고.

어떻게 보면 단순한 조건일 뿐인데, 어쩐지 이레나는 목숨을 거는 것보다도 더 꺼림칙한 마음이 들었다.

세부적인 사항 없이 그저 어떤 짓을 해도 원망하지 않겠다는 내용이라, 더 상상의 나래를 펼치게 되는 것인지도 몰랐다.

'도대체 무슨 짓을 할 생각이지?'

하지만 그런 불안함을 무시한 채 이레나는 곧이어 고개를 끄덕거렸다.

"그럴게요. 카릴이 무슨 짓을 해도 원망하지 않을게요."

어차피 이레나가 이 계약을 파기할 일은 없었다.

그보다 칼라일이 이 계약 사항들을 지키지 않을 때가 더 걱정이 되었다.

"카릴은요? 만약에 계약 사항을 이행하지 못하면 어떻게 하실 거죠?"

"영애가 원하는 대로."

이레나는 제법 빼곡하게 적힌 계약 사항들을 내려다보며 잠시 생각에 잠겼다. 그리곤 마음에 결정을 내린 뒤 차분한 목소리로 대답했다.

"저희 가족들을 목숨 걸고 지켜 주세요."

"뭐?"

생각지도 못한 내용인지 칼라일이 의아한 표정을 지었다.

그의 입장에선 그럴 수밖에 없을 것이다. 하지만 이레나는 혹시 모를 상황에 대비해 칼라일에게 무언가를 빼앗아 오기보단 원래의 목적을 이루는 데 사용하고 싶었다.

"제게 아버지, 오라버니, 그리고 여동생이 한 명 있어요. 그들이 전하보다 먼저 죽게 하지 않겠다고 약속해 주세요. 만약 그 약속을 지키지 못한다면 황족으로서 가지고 있는 모든 것을 포기하겠다고요."

그가 제시한 두루뭉술한 조건보다 훨씬 더 구체적이고 무서운 내용이었다.

과연 칼라일이 허락할지 모르겠다는 생각을 하고 있을 때, 그는 의외로 가볍게 고개를 끄덕이며 대수롭지 않다는 듯 말했다.

"그러지."

이레나는 순순히 수긍하는 그의 의도가 궁금했지만, 생각은 거기까지만 하기로 했다.

지금까지 그랬던 것처럼 이레나는 칼라일이 마음을 바꾸기 전에 서둘러 그 내용들을 종이에 적느라 바빴다.

처음부터 어떻게 하면 이 계약을 더 유리한 방향으로 끌고 갈 수 있을지가 고민이었다. 칼라일이 무슨 생각을 하고 있는지는 중요하지 않았다.

이레나가 꼼꼼하게 정리된 계약서의 종이를 칼라일에게 내밀면서 말했다.

"아래 빈 곳에 사인해 주세요."

칼라일은 망설임 없이 펜을 들고 계약서 끝부분에 사인을 휘갈겼다.

선명하고 날카로운 글씨체가 마치 그를 닮았다는 생각이 들었다.

마지막으로 이레나까지 사인을 마치고 난 뒤, 서로 계약서를 한 부씩 나눠 가졌다.

"아, 그리고 다른 사람들이 저희의 결혼을 납득할만한 스토리를 좀 만들자고 했잖아요. 첫 만남은 이번에 열리는 무도회로 하는 게 어떨까요?"

"좋은 생각이야."

"그럼 그 무도회에서 서로 첫눈에 반했다는 설정으로 할까요?"

그 말에 칼라일이 재미있다는 듯이 눈꼬리를 접었다.

"그거 나쁘지 않군."

"네, 그렇게 생각하신다니 다행이에요. 그럼 다음 만남은……."

"계약 이야기가 다 끝났다고 곧바로 돌아가려는 건가?"

"가문의 기사들까지 따돌린 상황이라 집안에서 걱정을 하고 계실 것 같아요. 늦지 않게 돌아가 봐야겠어요."

"다른 사람의 눈치를 보면서 만나야 한다니 귀찮군. 이럴 바엔 결혼식을 하루라도 빨리 치루는 게 좋겠어."

"아…… 네."

결혼식을 빨리하고 싶은 건 이레나도 마찬가지였다. 하지만 칼라일의 말투는 마치 헤어지고 싶지 않다는 것처럼 들렸다.

'……역시 바람둥이인가.'

그는 아무렇지 않게 내뱉는 것 같은데, 가만히 듣고 있자면 여자의 마음을 설레게 만드는 포인트를 아주 잘 알고 있는 것 같았다.

혹시 습관적으로 여자에게 작업을 거는 건가, 라는 생각을 하며 이레나는 성의 없이 고개를 끄덕거릴 뿐이었다.

"그대도 무도회에 참석할 생각이라면, 곧 수도로 올라오겠군."

"네, 그럴 예정이에요."

"그럼 서둘러서 올라와. 나도 수도에서 끝내야 하는 일이 있어서 곧 떠나야 해."

"아, 그럴게요."

이레나는 혹시라도 칼라일이 위험에 처하면 지켜 줘야겠단 생각에 한시라도 빨리 수도로 이동하는 계획을 세웠다.

하지만 칼라일은 이레나의 생각과 정반대의 말을 내뱉었다.

"그대 혼자만 이곳에 남겨 두긴 불안하군. 그러니까 다음번엔 빠른 시일 안에 수도에서 다시 보는 거로 하지."

"……그러죠."

이레나는 그 걱정 어린 말투에 마땅한 대답을 찾지 못해서 그저 알겠다고 수긍할 수밖에 없었다.

이레나가 먼저 자리에서 일어나려고 하자, 칼라일도 덩달아 몸을 일으켰다. 그리곤 말없이 앞장서서 바깥으로 에스코트했다.

무뚝뚝한 칼라일의 배려에 이레나는 그저 얌전히 뒤를 따라 걸을 뿐이었다.

"그대가 돌아가기 전에 소개해 줄 사람이 있어."

"누군데요?"

"내 수하 중 한 명인데 능력이 제법 쓸 만하지. 그대는 타인 앞에서 실력을 감춰야 하는 입장이니, 오늘처럼 누군가가 따라붙으면 직접 상대하지 말고 그를 이용하도록 해."

"그렇게까지 신경 써 주실 필요는……."
"누구라도 미래의 부인에게 이 정도는 해."
이레나는 그의 과한 친절을 거절하려고 했지만, 칼라일은 단 한마디 말로 그녀의 거부를 사전에 가로막았다.
사실 이레나에겐 상당히 좋은 제안이었기 때문에 결국 그가 주는 호의를 받아들을 수밖에 없었다.
"알겠어요. 신경 써 주신 점 잊지 않을게요."
"꼭 그러도록 해."
보통은 빈말이라도 그럴 필요 없다고 겸손을 떨 텐데, 칼라일은 정반대로 자신의 호의를 절대 잊지 말라고 당부했다.
그런 점이 그답기도 하고, 조금 우스워서 이레나는 저도 모르게 희미하게 웃고 말았다.
문득 그 순간 칼라일이 멈칫, 한 것처럼 느껴졌지만 그의 표정에서 드러나는 감정은 없었다.
그래서 이레나는 자신의 착각이라고 생각하고 대수롭지 않게 넘겼다.
그때였다.
어느새 두 사람 앞에 나타난 한 명의 남자가 있었다.
짙은 블루블랙 머리카락이 언뜻 보면 검은색 같아 보였다. 눈을 거의 가릴 정도로 긴 앞머리 때문인지, 창백한 피부에 잿빛 눈동자가 묘하게 음울해 보였다.

조목조목 뜯어보면 준수한 얼굴이었는데 이상하게 한 눈에 시선을 확 사로잡는 것이 아닌, 사람들에게 쉽게 묻히는 평범한 인상이었다.

전생에서 오랫동안 검술을 익혀 온 이레나의 감으로 표현하자면, 마치 날카롭게 날이 선 한 자루 검 같은 남자였다.

그가 이레나를 향해 무표정한 얼굴로 말을 건넸다.

"처음 뵙겠습니다."

높낮이 없는 목소리가 어딘가 굉장히 독특해 보였다. 얼굴을 드러내고 활동하는 기사라기보다 왠지 어둠 속에서 숨어 있는 암살자 같달까.

"인사해. 이쪽은 쿤 카샤. 아까 말했던 내 수하야."

"안녕하세요, 카샤 경. 저를 호위해 주실 분이라고 들었습니다. 저는 이레나 블레이즈라고 해요."

"……."

이레나의 인사에도 쿤은 무감각한 눈빛으로 빤히 쳐다만 볼 뿐, 아무런 대꾸도 없었다.

첫인상이 좋게 말하면 거침이 없어 보였고, 나쁘게 말하자면 조금 건방져 보인 달까.

그 순간.

퍼억, 하는 둔탁한 소리가 들렸다.

눈 깜짝할 사이에 칼라일이 사정없이 그의 정강이를

걷어찬 것이다.

"제대로 해. 앞으로 영애의 옆에서 떨어지는 순간, 넌 죽는다."

"명심하겠습니다, 장군."

쿤 카샤라고 소개받은 남자는 이런 일이 익숙한지, 앓는 소리 한 번 내지 않았다.

칼라일의 한기가 뚝뚝 떨어질 것 같은 싸늘한 말투에 이레나는 새삼스러운 눈빛으로 그를 올려다볼 수밖에 없었다.

방금 전 자신과 대화를 나눌 때와는 전혀 딴판이었다.

칼라일도 그런 이레나의 시선을 느꼈는지 딱딱하게 굳혔던 표정을 조금 풀면서 다시 말했다.

"내 수하 중에는 가끔 말로만 하면 안 듣는 놈들이 있어서."

"아…… 네."

마음 같아선 '그거 지금 변명이라고 하는 거예요?'라고 묻고 싶었지만, 도움을 받는 입장으로선 그저 고개를 끄덕일 뿐이었다.

"말수는 적어도 실력은 괜찮은 놈이라 곁에 두기 편할 거야. 블레이즈 성 안까지 잠입할 수는 없겠지만 계속 근처에서 대기하고 있을 테니까 필요하면 쿤을 불러."

"알겠어요."

방금 전 칼라일에게 정강이를 한 대 맞은 덕분인지 쿤은 나지막이 한마디 끼어들었다.

"그럼 마차를 부르겠습니다."

칼라일은 그 말에 대꾸조차 없이 슬쩍 고개만 끄덕거렸다.

전장에서만 자랐다더니 곱상한 외모와 달리 의외로 거친 부분이 있는 것 같았다.

곧이어 마차가 당도하자 이레나가 그곳에 올라타기 전에 칼라일을 향해 짤막하게 작별 인사를 건넸다.

"이만 가 볼게요."

이레나가 막 마차에 탑승하려고 발을 들어 올릴 때였다.

칼라일이 스윽, 손을 내밀었다.

그건 그녀가 마차에 쉽게 탑승할 수 있도록 잡아 주겠다는 뜻이었다.

머릿속으로 역시 매너가 좋다는 생각을 하며, 이레나가 자연스럽게 칼라일의 손을 잡고 마차 내부로 들어설 때였다.

이제 맞잡은 손을 놓아야 할 타이밍인데, 칼라일은 그럴 생각이 없어 보였다.

"……?"

이레나가 의아한 눈빛으로 고개를 돌렸다.

그러자 칼라일이 진득해진 눈동자로 이레나를 똑바로 쳐다보며, 천천히 그녀의 새하얀 손등을 위에 입술을 가져다 대었다.

귀족들 간에 흔히 할 수 있는 인사법이었지만, 이건 뭔가 달랐다.

단순히 황태자가 어지간한 귀족 영애에게 하지 않는 인사법이라서 그런 것이 아니었다.

칼라일의 입술이 닿은 부분이 마치 화상을 입은 것처럼 뜨거웠다.

놀란 이레나를 향해 칼라일이 근사한 얼굴로 말했다.

"조심해서 가."

* * *

이레나는 마차를 타는 내내 얼굴이 홧홧한 느낌이 들었다.

별거 아니라면 정말 별일 아니었지만, 칼라일이 손등에 입을 맞춘 게 신경이 쓰였다.

더군다나 그런 모습을 옆에서 쿤이 다 지켜보고 있었다는 사실이 더욱 그랬다.

하지만 이런 상황에서도 쿤은 한 마디도 먼저 말을 걸지 않았다. 말수가 적다는 칼라일의 말이 맞는 것 같았다.

괜히 민망한 마음에 이레나가 입을 열었다.

"전하는 원래 장난이 심한 분이신가요?"

오늘 자신이 애원하는 것을 바라보며 웃었던 점이나, 갑자기 손등에 입을 맞춘 것을 보아하니 상대방을 놀리는 것을 즐기는 듯했다.

그 질문에 한참 동안 이레나를 뚫어져라 쳐다보던 쿤이 나지막이 대꾸했다.

"장군에 대한 평가 중에, 장난기가 심하다는 것은 없습니다."

"아, 그런가요……."

뭔가 묘했다.

마치 이레나한테만 보여 주는 모습이라는 뜻 같아서.

6
미래가 바뀌었어

이레나는 블레이즈 성에 거의 도착할 무렵 마차를 미리 세웠다.

혹시라도 다른 사람이 발견하고 이상하게 생각할까 봐서였다.

번화가로 나가면서 마부한테 저녁에 다시 자신을 데리러 오라고 지시를 내린 상태였다. 그런데 쿤이 타인의 마차를 타고 돌아온 것을 보면 의아하게 여길지 몰랐다.

그리고 가능한 가문의 사람들에게 쿤의 얼굴을 알리고 싶지 않은 마음도 있었다.

그에게 어떤 일을 지시하게 될지 모르는 상황에서 이레나와 쿤이 연관되어 있다는 사실을 알려 봤자 좋을 게 없었다.

이레나가 마차를 세우자 지금까지 침묵으로만 일관하던 쿤이 처음으로 먼저 말을 건넸다.

"제게 분부하실 일이 생기시면 창문에 붉은색 손수건을 걸어 두십시오."

"그러면 어떻게 되는 거죠?"

"제가 직접 찾아뵙겠습니다."

이레나는 그 말을 듣고 가장 먼저 의심이 들었다.

우선은 자신의 방 위치를 그가 알고 있을지에 대한 의구심이다. 또한 그가 얼마나 빨리 손수건을 발견하고 찾아올지 알 수가 없었다.

손수건을 걸고 며칠이 지난 다음에야 그가 찾아온다면 그때는 아무 소용이 없을지도 몰랐다.

하지만 일단은 그를 실력이 괜찮은 놈이라고 소개한 칼라일을 믿기로 했다.

그리고 한편으론 쿤의 실력이 얼마나 좋은지 궁금한 마음도 있었다.

과연 칼라일의 수하 능력이 어떤지 한번 지켜볼 심산이었다.

"알겠습니다. 카샤 경이 필요한 일이 생기면 창문에 손수건을 걸어 두도록 하죠."

이레나는 쿤이 자신을 어떻게 찾아올 것인지에 대해

아무런 질문도 하지 않았다.

그런 이레나의 의도가 궁금할 법도 한데, 쿤은 여전히 처음과 똑같은 표정으로 묵묵하게 쳐다만 볼 뿐이었다.

칼라일이 지독한 포커페이스라면, 이쪽은 아예 감정이란 게 없는 사람 같았다.

이레나는 저도 모르게 고개를 절레절레 저으면서 마차에서 내렸다.

쿤은 말없이 뒤편에서 고개를 숙이며 인사를 대신했다.

또각또각—

마차에서 내린 이레나는 혼자 블레이즈 성을 향해 걷기 시작했다. 어두워진 거리에는 그녀의 발자국 소리만 뚜렷하게 울려 퍼졌다.

그렇게 얼마나 걸었을까?

이레나는 대낮처럼 환하게 불이 밝혀진 블레이즈 성의 입구를 바라보며 의아함에 고개를 기울였다.

조금씩 가까워지자 많은 사람들이 바깥에 나와 있는 모습이 보였고, 거기에는 이레나의 오라버니인 데릭도 있었다.

"……오라버니?"

데릭 역시도 이쪽을 향해 걸어오는 이레나를 발견하고 재빨리 다가왔다.

"괜찮은 거야?"

"네. 이게 다 무슨 일이에요?"

이레나의 질문에도 데릭은 일단 그녀가 어디 상한 곳이 없는지 위 아래로 살펴보고 난 뒤, 와락 미간을 찌푸리며 말했다.

"대체 어딜 갔다가 이제 돌아오는 것이냐? 가문의 기사들이 너를 놓쳤다기에 얼마나 걱정했는 줄 알아?"

"아……."

이레나는 그제야 자신에게 기사들을 붙인 사람이 누구인지 알아차렸다.

하지만 지금은 일단 적당한 변명거리를 둘러대야 했기 때문에 재빨리 머리를 굴리면서 생각에 잠겼다.

집에서 걱정하는 사람이 생겼을지도 모르겠다고 생각은 했지만, 이렇게 대낮처럼 불을 밝혀 놓고 자신을 기다리고 있을 줄은 몰랐다.

정말 조금 더 늦었더라면 이 일대가 자신을 찾기 위해 발칵 뒤집혔을지도 모르겠다는 생각이 들었다.

"그게…… 저는 바람이 쐬고 싶어서 길거리를 조금 구경하다가 들어온 것뿐이에요. 기사들이 저를 따라온 지도 몰랐는데, 저를 어디서 놓친 건지 제가 어떻게 알겠어요."

"네가 그냥 길을 걸었을 뿐인데, 기사들이 너를 놓쳤을

리가 있느냐?"

"번화가라서 사람이 많았으니까 그런 게 아닐까요? 저도 그게 의문이네요. 이게 어떻게 된 일인지 모르겠어요."

이레나가 아무것도 모른다는 순진무구한 표정으로 데릭을 올려다봤다.

그러자 데릭은 그 말을 완전히 믿은 건지, 더 이상 이레나에게 질문하지 않고 뒤편에 서 있는 기사들에게 무시무시한 눈빛을 날렸다.

몇몇 기사들이 매우 억울하단 기색을 띠었지만, 그렇다고 이레나에게 자초지종을 직접 따져 물을 수는 없는 노릇이었다.

이레나가 다시 입을 열었다.

"제가 걱정이 되어서 이렇게 나와 계셨던 거예요?"

"아니. 오늘 밤 대대적으로 훈련을 가질 예정이라 나와 있었던 것뿐이다."

그 말에 바깥에 나와 있던 모든 기사들의 표정이 전부 흙빛으로 변했다.

이레나는 그러면 안 된다는 것을 알면서도 왠지 웃음이 새어 나올 것 같았다.

누가 보아도 데릭은 이레나가 걱정되어서 기다리고 있었던 것이다. 그런데 그런 사실을 들킬까 봐 훈련을 핑계 대고 있었다.

예고에 없는 훈련을 받게 될 기사들에게 미안했지만, 이레나는 자신을 걱정한 데릭의 마음이 너무나도 절절히 느껴져서 기분이 좋았다.

"……고마워요, 오라버니."

그 말에 딱딱하게 굳어 있던 데릭의 표정이 조금이나마 풀어졌다.

그는 별다른 대꾸 없이 몸을 돌려서 다시 성 안을 향해 걸어갔다. 그리곤 무심한 목소리로 이레나에게 한마디 던졌다.

"날씨가 춥다. 쓸데없는 소리 말고 어서 들어가거라."

그렇게 데릭의 뒤를 따라 가문의 기사들도 전부 성 안으로 움직였다.

그들의 뒷모습을 바라보며 이레나는 결국 작게 웃음을 터뜨리고 말았다.

* * *

이레나가 방 안으로 들어오자, 이번엔 미라벨이 기다리고 있었다.

"미라벨, 너도 날 걱정하고 있었던 거야?"

"응? 웬 걱정? 무슨 일 있었어?"

아무것도 모르는 미라벨의 표정을 보면서 이레나는 데

릭이 아직 다른 가족들에겐 아무 말도 하지 않았다는 것을 눈치챌 수 있었다.

다행이었다. 온 가족에게 걱정을 끼쳤을까 봐 신경 쓰였는데.

"아니야, 아무것도. 혹시 내가 좀 늦어서 걱정했을까 봐 물어본 거야."

"뭐, 언니가 더 늦었으면 모르겠지만 아직은 그렇게 늦은 시간도 아닌데? 그리고 집에만 있으면 뭐해, 가끔 바람도 쐬고 스트레스도 풀어야지. 물론 나랑 같이 나갔다면 더 좋았겠지만."

이레나는 미라벨의 마지막 말에 약간의 서운함이 담겨 있다는 사실을 알아차렸다.

몸이 약한 미라벨은 성 바깥을 나가는 것조차 힘든데, 이레나는 칼라일을 만나기 위해 갖가지 핑계를 대면서 혼자서 외출을 하고 있는 상황이었다.

글렌의 결혼식부터 오늘의 외출까지.

과거로 돌아오고 근래에 이레나는 미라벨을 혼자 남겨 두고 집을 나가야만 하는 일이 꽤 잦았다.

전생에서는 한시도 떨어지지 않았던 두 사람이었는데, 오히려 시간을 되돌아오고 난 후에 미라벨을 혼자 두는 일이 더 많아졌다.

미라벨은 눈에 넣어도 아프지 않은 동생이었다.

그동안 얼마나 보고 싶었고, 얼마나 그리워했던 미라벨인데 어쩔 수 없이 비밀리에 행동해야 하는 일이 늘어서 미안했다.

칼라일과 결혼식을 치르고 나면 앞으로 더욱 함께할 시간이 모자라질 텐데…….

이레나가 슬픈 표정으로 미라벨을 향해 말했다.

"다음번에는 같이 나갈까?"

갑작스러운 이레나의 감정 변화에 미라벨이 크게 손사래를 치며 대꾸했다.

"언니, 지금 농담으로 던진 말을 진지하게 받아들였지? 난 물론 언니랑 같이 있는 게 너무 좋지만, 그렇다고 나한테 너무 얽매일 필요는 없어. 무슨 말인지 알지?"

"……응, 알아."

이레나는 곧장 미라벨이 앉아 있는 자리까지 다가와서 그녀를 소중히 끌어안았다.

가뜩이나 몸집이 작은 미라벨은 이레나의 품 안에 쏘옥 들어왔다.

"내가 미라벨 너를 얼마나 좋아하는지 말한 적이 있었나?"

"아이참, 됐어. 부끄럽게……."

이레나는 가족들이 옆에 있어서 정말로 행복했다.

지금처럼 미라벨이 자신의 곁에 있어 줘서 얼마나 고

마운지 몰랐다.

이레나는 미라벨을 세게 한 번 끌어안았다가 다시 놓아주며 입을 열었다.

“무슨 일로 날 기다리고 있었던 거야?”

“아, 이번에 보석을 하나 구입하는 게 어떨까 싶어서. 지금 사 두면 수도에서 열리는 무도회에 갈 때도 착용할 수 있고…… 그리고 언니한테 있는 건 다 너무 오래된 것들뿐이잖아.”

“보석?”

이레나의 눈에 그제야 미라벨이 열어 놓은 자신의 보석함이 들어왔다.

과거엔 워낙 치장에 관심이 없어서 백작 영애 시절 사용하던 액세서리는 열 개도 채 넘지 않았다.

언뜻 보이는 작은 보석함 안은 휑하게 느껴질 정도로 비어 있었는데, 그중에 유독 이레나의 눈에 띈 물건이 있었다.

바로 푸른색 구슬이 박힌 반지였다.

보통 귀족들은 화려한 액세서리를 좋아했다. 반지에 박힌 보석이 크면 클수록 자랑이었다.

그런데 이 반지는 아무런 장식 없이 밋밋한 은으로 이루어졌고, 정 가운데 푸른 구슬 하나만 포인트처럼 박혀 있었을 뿐이다.

좋게 말하자면 아주 심플한 디자인이었고, 나쁘게 말하자면 아주 저렴해 보이는 것이었다.

이레나는 그 반지를 발견하자마자 홀린 듯이 다가가선 꺼내 들었다.

'……이게 여기 있었구나.'

저번 생에서는 단 한 순간도 몸에서 떼어 낸 적이 없는 물건이었다.

가문이 망하고 난 뒤에 이레나는 블레이즈란 성을 숨긴 채 도망 다녀야 했다.

오랫동안 루퍼드 제국에는 발조차 붙일 수 없었다. 긴 도주 생활 동안 귀족의 신분을 감추고 아무것도 없이 떠돌아다니다 보니 가장 필요한 건 돈이었다.

처음엔 아무 생각 없이 입고 다니던 드레스와 당시에 가지고 있던 몇 안 되는 액세서리를 팔았다.

그중에서 가장 값이 형편없어서 팔지 못했던 게 바로 이 반지였다.

그 당시에 보석상 주인과 나눴던 대화가 떠올랐다.

—이 반지에 박혀 있는 건 보석이 아니에요. 싸구려 사파이어라도 됐으면 매입을 할 텐데, 이건 생전 듣도 보도 못한 구슬이네요. 지금까지 보석상을 하면서 이런 물건은 처음 봅니다.

지독히도 궁핍했던 시절이라 일단은 가지고 있다가 조금이라도 더 값을 쳐 주는 곳에 팔아치우려고 했었다.

그런데 어느 순간 보니, 백작 영애 시절 사용하던 물건이 이것 하나밖에 남지 않아서 간직하게 되었다.

여검사 이레나로 불리며 지독히도 외롭게 살았던 그 긴 시간 동안 이 반지는 가족들과 함께 있었던 시간을 추억하는 유일한 물건이었다.

우습게도 가장 가격이 저렴해서 간직할 수 있었던 반지.

"이 반지가 언제부터 여기 있었지?"

이레나의 혼잣말 같은 중얼거림에 옆에 있던 미라벨이 그것도 기억이 안 나냐는 듯 대답했다.

"그 반지 진짜 오래된 물건이잖아. 난 십 년 전에도 봤던 것 같은데."

"그래?"

확실한 건 어머니가 물려주신 물품은 아니었다. 도대체 언제부터 자신의 보석함에 자리하고 있었던 건지 모르겠다.

'그러고 보니, 내가 언제부터 이 반지를 간직하고 있었더라?'

이 반지를 어떤 경로로 갖게 되었는지 전혀 기억이 나지 않았다.

저번 생에서는 그저 가족들을 추억하는 용도로 사용했을 뿐. 언제부터 가지고 있던 반지인지는 한 번도 궁금한 적이 없었다.

곰곰이 생각하던 이레나의 머릿속에 불현듯이 떠오르는 목소리가 있었다.

—내가 찾으러 갈 때까지 가지고 있어. 반드시 돌려받으러 갈 테니까.

아직 어린 남자아이의 미성이었다. 그런데 이상하게도 그 말이 묵직하게 들렸던 순간이 떠올랐다.

도대체 누구지?

하지만 아무리 고민해 봐도 더 이상 기억나는 게 없었다.

이 반지를 어렸을 때 누구한테 받았던 건지 처음으로 의문이 들었다.

이레나는 가만히 푸른 구슬이 박힌 반지를 쳐다보다가, 익숙한 손놀림으로 다시 자신의 손가락에 끼워 넣었다.

과거에서는 긁히고 부딪쳐서 흠집이 많이 났었는데, 지금은 반들반들한 표면이 마치 이레나의 마음처럼 좋아 보였다.

정말 그리운 물건이었다.

어떻게 갖게 되었는지는 모르겠지만, 이제는 과거와 정반대로 외로웠던 여검사 시절을 추억하는 용도로 사용될 것만 같았다.

"언니, 그 반지 끼려고?"

"응, 오랜만에 보니까 마음에 드네."

"하지만 너무 평범하지 않아? 그 반지가 좋으면 내가 더 예쁜 거로 선물해 줄게."

"아니야, 난 이게 좋아. 오래 간직했던 거라서 정이 들었나 봐."

이레나는 힘들었던 과거를 추억하며, 앞으로 자기 자신을 자극하는데 좋은 물건이 될 것 같았다.

미라벨은 혹시라도 이레나가 그 반지로 만족할까 봐 지레 걱정이 돼서 서둘러 입을 열었다.

"그래도 그거랑 보석을 구입하는 건 별개의 문제야. 이번에 새로 보석상이 들어왔는데 좋은 물건이 많다고 그랬단 말이야."

"그런 말은 어디서 들은 거야?"

"하녀들이 말해 줬어."

"그래, 알겠어. 한번 생각해 볼게."

"정말? 정말이지?"

생각 외로 이레나가 긍정적인 반응을 보이자, 미라벨은 자신의 일처럼 뛸 듯이 기뻐했다.

이레나는 궁핍한 인생을 한 번 살아 봐서 그런지 어쩌면 지난날보다 더욱 돈을 아끼게 되었다. 하지만 그것과 반대로 한 가지 크게 깨우친 점도 있었다.

바로 돈은 있을 때 쓰자는 것이다.

어차피 죽어서 가져갈 것도 아니었고, 사치도 누릴 수 있을 때 누리는 거다.

더구나 이번엔 칼라일과 무도회에서 첫눈에 반했다는 설정을 만들어 놓은 상태였다. 그러려면 이레나도 어느 정도는 치장에 신경을 써야 한다는 뜻이다.

다행히 드레스는 무도회에 참석하기 위해 주문해 놓은 게 있으니, 거기에 보석 하나만 더 준비해 둔다면 충분할 것 같았다.

"보석상은 언제 갈까? 당장 내일이라도 가서 구경해 볼래?"

잔뜩 들뜬 미라벨이 신난다는 듯 얘기하자, 이레나가 자그맣게 웃으며 대답했다.

"일단 지금은 늦었으니 잠잘 준비부터 해야지."

"칫, 알겠어. 그럼 내일은 언제 갈지 확실하게 일정부터 정하는 거다? 그럼 내일 봐, 언니!"

미라벨은 이레나를 살포시 끌어안으며 작별 인사를 하고는 총총한 걸음으로 자신의 방을 향해 돌아갔다.

그 뒷모습을 흐뭇하게 바라보다가 이레나도 잠잘 준

비를 하기 위해 테이블 위에 놓여 있는 금색의 종을 들어 올렸다.

딸랑딸랑—

이 종은 바깥에서 대기하고 있는 하녀들을 부르기 위해 귀족들이 사용하는 것이었다.

사실 이레나는 뭐든지 혼자 하는 게 편했지만, 그런 모습이 도리어 다른 사람들에겐 이상하게 보일 수도 있어서 가능하면 하녀들의 손길을 받으려고 노력하는 중이었다.

지금 당장도 중요했지만, 나중에 황태자비가 된다면 더욱 신경을 써야 하는 부분이기 때문이다.

그런데 언제나 재깍재깍 나타나던 하녀들이 오늘따라 이상하게 늦었다.

'……뭐지?'

순간 의아한 생각이 들었을 때였다.

뒤늦게야 끼익, 문이 열리며 허겁지겁 하녀 메리가 방 안으로 들어왔다.

"부, 부르셨어요, 아가씨?"

평상시와 달리 메리는 말을 더듬거리며, 눈도 제대로 마주치지 못하고 있었다.

뭔가 이상하단 생각에 이레나가 무심코 말을 건넸다.

"무슨 일 있어?"

"아뇨, 아닙니다! 아무 일도 없었어요!"

강한 부정을 하는 게 묘하게 신경에 거슬리긴 했지만, 낮에 칼라일과 계약 사항을 조율하느라 계속 신경을 썼던 통에 피곤함이 몰려들었다.

이레나가 언제나처럼 묵묵히 메리에게 등을 내보이며, 드레스를 벗겨 달라는 몸짓을 취했다.

그러자 메리가 서둘러 다가와서 이레나의 꽉 조여진 허리 매듭부터 풀면서 조심스럽게 입을 열었다.

"아가씨, 혹시…… 오늘 더 외출하실 일정은 없으시죠?"

"그게 무슨 소리야?"

뜬금없는 질문에 이레나가 고개를 돌려서 쳐다보자, 메리가 화들짝 놀란 얼굴로 아무것도 아니라는 듯이 머리를 흔들 뿐이었다.

"죄, 죄송해요. 혹시 야밤에 외출 예정이 있으시면 어디까지 준비를 해 드려야 할지 몰라서……."

무언가 이상함을 감지한 이레나의 눈이 가늘어졌다.

"마지막으로 묻는 거야. 오늘 무슨 일 있었어?"

"아, 아, 아니요. 아무것도 없었……."

하지만 메리는 끝까지 말을 잇지 못하고 입을 다물고 말았다. 자신을 빤히 쳐다보는 이레나의 눈빛이 매서워졌기 때문이다.

메리의 머릿속에는 계속해서 이레나가 말한 마지막이라는 단어가 떠돌아다녔다.

이레나는 어떤 귀족 영애보다 착한 아가씨였지만, 그렇다고 마음이 약한 것은 아니었다.

고용인들이 얕잡아볼 만큼 이레나가 물렁한 성격이었다면, 지금처럼 블레이즈 백작가에 확실한 업무 체계가 잡혀 있을 리 만무했다.

절대 아무에게도 말하지 말라고 했던 소피의 당부가 떠올라서 메리는 입만 벙긋거린 채 식은땀을 삘삘 흘렸다.

'난 정말 바보야…….'

메리는 언제나 무언가를 감추는 게 능숙하지 않아서 거짓말을 하면 쉽게 탄로가 났다.

지금 이 상황을 어떻게 극복해야 할지 고민됐지만, 한편으론 자신이 직접 말하지 않아도 조만간 이레나의 귀에 들어갈 게 뻔한 내용이었다.

이레나가 밤마다 남자를 만나러 나간다는 소문은 불과 몇 시간 만에 이미 블레이즈 백작가에서 모르는 사람이 없었다.

고용인들 사이에서 순식간에 소문이 쫙 퍼졌기 때문이다.

원래 남을 칭찬하는 것보다, 남을 헐뜯는 말이 더 빠르게 퍼지기 마련이었다.

메리는 입술을 깨물며 잠시 망설이다 어쩔 수 없이 입을 열었다.

"저어, 사실 저도 다른 사람한테 주워들은 건데요. 아가씨가 바, 바, 밤마다 남자를 만나러 다닌다고……."

메리는 비밀을 지켜 달라는 소피의 부탁을 떠올리며, 그 소문을 퍼뜨린 당사자가 누구인지는 끝까지 함구할 생각이었다.

그녀 나름대로 같이 일하는 하녀끼리 의리를 지키려는 것이다.

"……뭐라고? 남자?"

그 말을 들은 이레나는 기가 막힐 수밖에 없었다.

무언가 메리의 행동이 이상하다는 것을 감지하긴 했지만, 그게 이런 말도 안 되는 소문 때문일 거라고는 예상치 못했다.

도대체 누가……!

하지만 곧 이레나의 머릿속에 떠오르는 한 사람이 있었다.

최근에 들어 자꾸만 눈에 거슬렸던 사람, 그리고 이런 황당한 이야기를 지어낼 수 있을 만한 가장 유력한 용의자가 말이다.

이레나가 차갑게 굳은 표정으로 말했다.

"소피가 너한테 그렇게 말했어? 내가 밤마다 남자를 만나러 다닌다고?"

"네에? 아, 아니에요. 저는 소피가 아니라 다른 사람한테 들었어요."

"그게 누군데?"

"그…… 그건……."

메리가 차마 대답을 못 하고 눈동자만 굴리고 있자, 이레나는 그 말을 끝까지 듣지 않아도 이미 알 것만 같았다.

저도 모르는 사이 입가로 가느다란 한숨이 새어 나왔다.

'……하아, 결국 이렇게 됐네.'

자꾸만 더 큰 보상을 원하는 소피를 보면서 언젠가 따끔하게 한번 말을 해야겠다고 생각을 했었다.

이런저런 상황 때문에 잠시 내버려 두었더니, 그새를 못 참고 비밀로 하기로 약속한 것을 어기고 사방에 떠들어댄 모양이었다.

차라리 글렌의 결혼식을 도우러 떠날 때 하룻밤 자리를 비웠다고, 사실대로 소문이 난 거라면 어떻게든 수습이 됐을지도 모르겠다.

당시에는 그런 최악의 상황까지 염두하고 움직인 것이었으니까.

그런데 지금 메리의 이야기를 들어보니, 이레나는 한 번만 나간 게 아니라 매일 밤 남자를 만나러 다녔다고 과장되어 있었다.

이것은 아직 결혼도 안 한 귀족 영애에게 너무나도 악질적인 내용이었다.

아니, 결혼의 유무도 중요하지 않았다. 이런 논란에 휩싸인다면 정숙한 귀부인이라 해도 구설에 오르기 십상이었으니까.

남 말하는 걸 좋아하는 사교계에서 절대로 놓치지 않을 소식이었다. 더구나 이레나는 곧 칼라일과의 결혼도 예정되어 있다. 그렇기에 더욱 치명적으로 느껴질 수밖에 없었다.

어찌 됐든 칼라일은 루퍼드 제국의 황태자였다. 이런 일로 계약 결혼에 흠집을 낼 수는 없었다. 절대로 발목이 잡히지 않으려면 최대한 깔끔하게 처리를 해 둬야 했다.

이레나는 피곤한 머리를 가볍게 감싸 쥐며, 메리를 향해 낮은 목소리로 말했다.

"당장 소피를 불러와."

*　　*　　*

이레나는 블레이즈 성의 외곽에 위치한 어두운 창고에서 소피를 기다렸다.

벗으려던 드레스를 그대로 입은 상태에서 커다란 두건이 달린 로브 하나만 걸쳤을 뿐인데, 방금 전까지 분위기와는 판이하게 달랐다.

두건으로 가려진 얼굴의 그늘만큼 이레나에게서 어두운 기운이 짙게 배어 나오고 있었다.

'내가 실수를 한 걸까?'

당시에 소피를 죽여서 입을 막을 수도 있었다.

아마 그랬더라면 이런 말도 안 되는 이야기가 새어 나갈 일은 없었을 것이다.

평범한 하녀인 소피는 이레나가 휘두르는 검을 제대로 막지도 못한 채 숨을 거뒀을 게 분명했다. 아무도 이레나가 검을 익힌 사실은 모를 테니 범인으로 지목을 받을 일도 없었다.

하지만…….

그렇게 손에 피를 묻히다 보면 끝이 없었다.

가족들을 위해서라면 지옥의 불구덩이라도 뛰어들겠다고 다짐했지만, 가문의 멸망과 직접적인 연관이 없는 일반 사람들의 목숨마저 빼앗는다면 살인자나 다름없다.

파벨루크의 앞날을 가로막기 위해서 많은 사람들의 피를 묻힐 각오를 했다. 하지만 거기에 평범한 사람들의 죽음까지 끼어 있는 건 아니었다.

그래서 최대한 살인이 아닌, 돈과 권력으로 무마해 보려고 했었다.

하지만 그 결과가 너무도 처참했다.

생각에 잠겨 있는 이레나의 귀에 점점 사람들의 발소리가 가까워지는 것이 들려왔다.

그리고 그 발자국 소리와 함께 누군가가 질질 끌려오는 게 느껴졌다.

"아가씨, 이레나 아가씨! 흐윽, 제가 소문낸 게 아니에요. 메리가…… 메리 그 계집이 말한 거지요? 다 거짓말이에요. 저는 정말 결백해요!"

소피는 이레나의 앞에 도착하기도 전에 벌써부터 멀리서 울음 섞인 비명을 지르고 있었다.

하지만 소피를 끌고 오는 다른 하녀들이나, 가만히 팔짱을 낀 채로 기다리고 있는 이레나나 소피의 말에 아무런 대답도 하지 않았다.

그런 무거운 분위기가 더욱 겁이 났는지 소피는 다시금 크게 울부짖었다.

"살려 주세요! 제가 다 잘못했어요. 제발, 살려만 주세요, 아가씨!"

소피의 양팔을 잡고 끌고 오던 하녀들이 이레나의 앞에 도착해서야 손을 놓아주었다.

그러자 소피는 힘없이 바닥에 주저앉으며 엉엉 울음을 터뜨렸다.

어둠 속에서도 소피의 얼굴이 눈물범벅이 되었다는 사실을 알아차릴 수 있을 정도였다.

"아가씨, 저는 정말 아무 말도 안 했어요. 이건 누군가 저를 모함한 거예요. 메리가 분명해요. 그 계집이 함정을 판 거라고요!"

이레나는 억울하다고 하소연하는 소피의 말을 잠시 듣고 있었다. 딱히 그 말에 대꾸할 말이 없어서이기도 했다.

지금 소피는 무언가 단단히 착각하고 있는 상태였다. 메리는 끝까지 소피가 소문낸 거라고 단 한마디도 하지 않았으니까.

전생에서도 소피가 허영심이 많고 가끔 농땡이를 부린다는 것을 알았지만, 이 정도로 제멋대로인 줄은 몰랐다.

여행을 마치고 블레이즈 성으로 다시 돌아온 후에 소피를 불러서 따끔하게 경고를 내뱉지 않은 게 후회됐다.

물론 아예 내색하지 않은 건 아니었다. 마차를 타고 오면서도 쓸데없는 호기심은 가지지 말라고 주의를 주었으니까.

'하긴 내가 더 충고를 했다고 해서 달라졌을까?'

저번 생에서 소피는 가문이 망하는 날까지 여기서 일한 하녀였다. 가족들이 전부 죽고, 이레나 또한 도망쳤기 때문에 그 후로 어떻게 되었는지 알 수는 없었지만.

그때의 정으로 얼마나 눈감아 주고 있는 건지 알까?

아무런 말도 하지 않는 이레나가 무서워서 소피는 누가

시키지 않았는데도 계속 혼잣말을 하듯이 입을 열었다.

"아가씨, 정말 하늘에 맹세코 제가 소문낸 게 아니에요. 저를 마지막으로 한 번만 믿어 주세요. 흑흑, 살려 주세요."

"……내가……."

이레나의 자그만 목소리에도 소피는 흐느끼던 숨을 멈추고 경청했다.

그러자 이레나의 나지막한 목소리가 천천히 이어졌다.

"……죽인다고 말하진 않았는데."

"아, 아가씨!"

"여기서 떠나거라. 이게 내가 너한테 해 줄 수 있는 최대한의 배려다."

이미 엎질러진 물을 주워 담을 수는 없었다.

설령 지금 소피를 죽인다고 해도 사람들에게 퍼진 소문을 돌이킬 수는 없다.

물론 괘씸해서 해코지하려고 마음먹었다면 못할 건 아니었지만, 그렇게까지 소피에게 보복하고 싶지는 않았다.

다만 이번 일로 인해 혼자서 움직이는 게 얼마나 힘든 건지 다시 한 번 깨달았다.

힘이 필요했다.

그것도 절실하게.

블레이즈 백작가의 영애만으로는 할 수 있는 일이 너무나도 적었다.

“아가씨, 제가 잘못했어요. 한 번만, 제발 한 번만 용서해 주세요. 날씨도 추운데 저 이렇게 쫓겨나면 길거리에서 얼어 죽어요.”

“이게 내가 해 줄 수 있는 최대한의 배려라고 말했을 텐데. 그때 준 금화를 다시 빼앗지 않는 걸 감사히 여기고 다른 일자리를 찾아봐. 신뢰가 깨졌으니 더 이상 내 집 안에 둘 수는 없구나.”

이레나는 그 말을 마치고 그대로 소피를 지나쳐서 걸어갔다.

소피가 억울하다고 울부짖는 소리가 꽤 오랫동안 들려왔지만, 이레나는 발길을 멈추지 않은 채 앞으로 걸어갔다.

* * *

다음 날.

이레나는 침대에서 일어나자마자 붉은색 손수건을 창문에 걸었다.

이렇게 빨리 칼라일이 붙여 준 쿤을 부르게 될 줄은 몰랐다. 하지만 어제 소피의 일로 크게 깨달은 바가 있었다.

'……미래가 바뀌었어.'

원래대로라면 소피는 가문이 망하는 날까지 여기서 일할 운명이었다. 하지만 이레나가 되돌아온 이후 그녀를 쫓아내게 되었다.

그 말은 즉, 이레나가 기억하는 과거와 앞으로 벌어질 미래가 마냥 똑같지만은 않을 수 있다는 뜻이었다.

더구나 자신이 바꾼 가장 큰 일은 바로 죽었어야 할 칼라일을 살려 낸 것이다.

그로 인해 얼마나 많은 미래가 바뀌었을까?

궁금했다.

그러니 알아야만 했다.

오로지 기억에만 의존하는 게 아니라 현재 황실이 어떻게 돌아가고 있는지 새롭게 분석을 해야 할 것만 같았다.

이런저런 정보를 얻으려면 바깥에 나가야 했는데, 어제의 경험상 귀족 영애인 이레나가 마음껏 바깥을 돌아다니긴 힘들었다.

또한 목적이 뭔지는 모르겠지만, 칼라일을 만나러 번화가로 나갔을 때 엘렌이 붙인 사람들이 자신을 미행했었다.

지금은 가능한 몸을 사리는 게 안전할 것 같았다.

무엇보다 쓸데없이 퍼진 소문을 잠재우기 위해서라도

집 안에 있는 게 나왔다.

그래서 생각해 낸 정답이 쿤이었다.

쿤을 이용해서 바깥의 있는 정보를 구해 오는 것이 가장 좋은 방법이었다.

'카릴의 말대로 능력이 좋은 사람이면 좋을 텐데…….'

잠시 걱정스러운 시선으로 바깥을 쳐다보다가 이레나는 다시 고개를 돌렸다.

오늘도 해야 할 일이 많았다.

부지런히 아침 운동을 마친 이레나는 일찍부터 고용인들을 전부 불러 모았다.

가장 넓은 중앙 홀에 블레이즈 백작가에서 일하는 하녀와 시종들이 모두 한자리에 모여 발 디딜 틈이 없었다.

이레나는 가장 앞에 나와서 모여 있는 고용인들의 얼굴을 하나하나 훑어보았다. 그리곤 위엄 있는 목소리로 말했다.

"어제 기가 막힌 소문을 한 가지 들었습니다."

그 말만 했을 뿐인데도 고용인들이 서로 시선을 피하며 어쩔 줄 몰라 하는 모습이 보였다.

반응을 보아하니, 어떤 소문인지 굳이 설명하지 않아도 모두가 아는 분위기였다.

이레나도 어차피 길게 말할 생각이 없었기에 곧바로 본론부터 꺼내 들었다.

“저에 대해 악담을 퍼뜨린 소문의 당사자는 어제 바로 가문에서 쫓아냈습니다.”

그제야 조금씩 웅성거리기 시작했지만, 이레나는 가볍게 손을 들어 주위를 조용히 시켰다.

“이 자리에서 분명히 말씀드리지만, 블레이즈 백작가에서 계속 일할 생각이라면 말도 안 되는 소문에 현혹되지 마세요. 한 번만 더 이런 이야기가 내 귀에 들려온다면 모두 짐 쌀 각오를 하셔야 할 겁니다.”

정중하지만 결코 흘려들을 수 없는 경고였다.

한순간 모두가 쥐 죽은 듯이 조용해졌을 때, 가장 먼저 나이 든 집사가 대답했다.

“알겠습니다, 아가씨. 안 그래도 제가 직접 말씀드리려고 했는데 잘 처리하셨군요. 이런 얘기를 하는 아랫것들이 보인다면 곧장 아가씨께 고하겠습니다.”

“네 그렇게 해 주세요. 저한테 보고만 하시고, 그 자리에서 바로 해고해 주시면 됩니다.”

“그렇게 처리하겠습니다.”

이레나는 불안한 눈동자로 자신을 쳐다보는 고용인들을 향해 똑똑히 말했다.

“분명히 경고했으니, 더 이상 자비는 없습니다.”

그 말을 들은 고용인들은 전부 고개를 숙이며 한목소리로 대답했다.

"네 알겠습니다, 아가씨."

그 우렁찬 목소리를 들으며 이레나는 미세하게 고개를 끄덕였다.

협박을 하고 싶진 않았지만 사람의 입이란 게 어지간한 일로는 단속이 되지 않았다. 더군다나 이렇게 많은 사람들의 입을 막으려면 말이다.

일단은 외부로 새어 나가기 전에 최대한 수습해야겠다는 생각을 하며 이레나는 고개를 숙인 고용인들을 향해 다시 입을 열었다.

"그럼 해산하세요."

그 말이 떨어지자마자 고용인들은 일사분란하게 각자의 자리로 돌아갔다.

어느 누구도 이 자리를 벗어나며 수군거리지 않았다. 혹시라도 입을 열었다가 무심결에 어제 들었던 소문에 대해 말이 나올까 봐서였다.

그 모습을 조용히 지켜보던 집사가 이레나에게 말했다.

"잘하셨습니다, 아가씨."

"별말씀을요. 옆에서 도와줘서 고마웠어요. 혹시라도 떠드는 사람이 있다면 방금 말한 것처럼 처리해 주시고, 더 이상 소문이 퍼지지 않도록 집사도 신경 써 주세요."

"네, 명심하겠습니다."

그렇게 오늘 블레이즈 백작가의 하루가 시작되었다.

이레나는 간단하게 아침 식사를 마치고, 일찍부터 책상에 앉아 처리해야 할 서류를 뒤적거렸다.

미라벨이 보석상에 가자고 했으니 현재 여유 자금이 얼마나 있을지도 확인해 봐야 했고, 나름대로 서류를 정리하면서 얻게 되는 정보도 있었다.

수도권이 아니었기에 블레이즈가의 서류에는 황실에 관한 이야긴 없었지만, 대신에 남부 지방에 대한 내용은 많았다.

아무 생각 없이 보았던 내용들을 다시 살펴보니, 예전엔 몰랐던 남부 지방의 사정에 대해서 새롭게 알 수 있었다.

그때였다.

똑똑—

누군가 노크를 하는 소리가 들려왔다.

딱히 이 시간에 자신을 방해할 사람은 없었기에 이레나는 의아한 표정을 지으면서 대답했다.

"들어와."

그 말이 끝나자마자 끼익, 문이 열리면서 한 남자가 방 안으로 들어섰다.

짙은 블루블랙 머리에 창백한 피부가 돋보이는 남자.

바로 쿤이었다.

이레나는 잠에서 깨자마자 그를 부르기 위해 창문에 손수건을 묶었던 걸 기억하며 저도 모르게 입을 벌리고 말았다.

지금은 손수건을 묶은 지 몇 시간도 채 지나기 전이었다.

그리고 무엇보다 그가 블레이즈 백작가 안에 있다는 사실이 믿겨지지 않았다.

"여긴…… 어떻게 들어왔어요?"

쿤은 대답보다 먼저 절도 있는 동작으로 방문을 닫고 이레나의 앞까지 다가왔다.

그녀의 놀란 눈빛을 쳐다보며 쿤이 낮은 목소리로 말했다.

"잠입하는 것이 제 전문입니다."

"뭐, 뭐라고요? 그 말은 여기까지 몰래 들어왔다는 건가요?"

"정확히는 블레이즈 백작가에 식료품을 운반하는 곳으로 위장 취업했습니다. 그걸 한마디로 말씀드리자면 그렇습니다."

이레나는 조금 전보다 더 놀란 얼굴로 쿤을 다시 쳐다볼 수밖에 없었다.

블레이즈 백작가는 제국 내 소문난 기사 가문이었다.

성 안에서 훈련을 하고 있는 기사들의 숫자는 여타 다른 가문들보다 월등하게 많았다.

아무리 위장된 신분으로 성 안에 들어왔다고 해도, 백작 영애인 이레나의 방 안까지는 모두의 눈을 피해 접근해야만 했다.

그런데도 잠입에 성공했다는 건 여러 가지 의미로 받아들일 수 있었다.

먼저 칼라일의 말대로 쿤의 능력이 출중하다는 것이다.

하지만 그것을 마냥 놀라고 기뻐할 수만은 없는 게 만약 쿤이 노린 것이 이레나의 목숨이었다면 어떻게 되었을까?

이레나가 지금처럼 검술에 능하지 않고, 과거의 평범한 백작 영애였다면 충분히 위험한 일을 당할 수도 있는 상황이었다.

괜스레 등골이 오싹해졌다.

"하나만 더 묻죠. 카샤 경, 당신이 이런 식으로 접근해서 누군가를 암살해 본 적이 있나요?"

"제가……."

이레나는 괜스레 쿤의 입술이 움직이는 모양이 느릿하게 느껴졌다.

곧이어 높낮이 없는 그의 목소리가 내뱉은 말은 꽤 충격적이었다.

"……가장 잘하는 거죠."

가뜩이나 범상치 않아 보이는 쿤이 가장 잘하는 게 암살이라니…….

이레나는 일순 머리가 아파 왔지만, 한편으론 '역시'라는 생각이 들었다.

처음 만났을 때부터 기사보단 어둠 속에서 활동하는 암살자가 더 어울릴 것 같다고 생각했다.

이레나는 칼라일이 도대체 무슨 생각으로 이런 수하를 자신에게 붙였을까 궁금했지만, 그 질문에 대답해 줄 당사자는 눈앞에 없었다.

그래서 대신 쿤을 향해 다른 질문을 던졌다.

"단도직입적으로 물어볼게요. 만약 카샤 경의 임무가 내 암살이었다면 블레이즈 성 안에서 나를 죽이고 도주할 수 있나요? 성공 가능성이 몇 프로나 되죠?"

"위장 신분으로 성에 침투해서 몰래 대화를 나누는 것과 상대방을 목숨을 앗아 가는 건 엄연히 다릅니다. 계산해야 될 변수가 기하급수적으로 늘어나죠. 다른 곳도 아닌 블레이즈 성 안에서라면 성공 확률이 그리 높진 않습니다. 더구나 암살 후에 저까지 살아서 도주하기란 거의 불가능에 가깝죠."

이레나는 그 대답을 듣고 저도 모르게 피식 웃음을 흘렸다.

"그 말을 다른 뜻으로 해석한다면, 카샤 경이 목숨을

걸고 그럴 경우 저를 해치울 수도 있다는 거네요?"

물론 쿤은 아직 이레나의 검술 실력을 모르고 있었다. 하지만 이곳에서 암살을 성공할 확률이 있다는 것만으로도 대단했다.

이 질문에 쿤은 처음으로 아무런 대답도 하지 않았다.

그리고 이레나는 그게 무언의 긍정이라는 사실을 알아차렸다.

과연 지금의 쿤처럼 대답할 수 있는 암살자가 루퍼드 제국 안에 몇 명이나 될까?

쿤 카샤.

저번 생에서는 들어보지도 못한 이름이었다.

그런데 이레나의 귀에는 그가 하는 말이 허언으로 들리지 않았다.

도대체 칼라일은 어떻게 이런 유능한 수하를 얻게 된 건지 부러웠다.

"마지막으로 하나만 더 물어볼게요."

"처음에도 저한테 하나만 더 물어보신다고 하셨습니다."

쿤은 여전히 무표정했지만 이레나의 계속된 질문이 마음에 들지 않았던 듯 조용히 반박했다.

생각해 보니 틀린 말은 아니었다. 이레나는 하나만 물어보겠다고 한 뒤에 끊임없이 질문을 던지는 중이었다.

그렇지만 그 사실은 신경 쓰지 않은 채 이레나가 다시 입을 열었다.

“제가 물어보는 질문에 왜 이렇게 대답을 잘해 주는 거죠?”

쿤을 여러 번 만난 것은 아니었지만, 한눈에 보아도 그가 어떤 성격을 지녔는지 알 수 있었다.

그런데 그답지 않게 꼬박꼬박 질문에 대답을 해 주는 이유가 궁금했다.

이레나의 물음에 쿤은 지금까지처럼 무미건조한 목소리로 대답했다.

“장군께서 아가씨가 하는 말이라면 무조건 따르라고 하셨습니다.”

“아…….”

이레나는 그제야 새로운 사실을 깨달을 수 있었다.

이런 세밀한 부분까지 신경 써 줄 거라 기대하진 않았는데, 생각보다 칼라일은 자신에게 호의를 베풀고 있었다.

새삼 칼라일에게 고마운 감정이 들었다. 아직 그를 완전히 믿는 것은 아니었지만 지금까지 나름 도움을 주고 있는 건 사실이었으니까.

쿤이 계속 칼라일을 전하가 아닌 장군이라고 부르는 게 조금 이상하게 느껴졌지만 그런 건 전혀 상관없었다.

은근슬쩍 올라가려는 입꼬리를 누르며 이레나가 말했다.

"그렇다는 건, 제 말은 뭐든 들어준다는 거군요."

그 말을 들은 쿤의 얼굴에 처음으로 못마땅하다는 감정이 떠올랐지만, 이레나는 개의치 않은 채 계속 말을 이어나갔다.

"안 그래도 부탁하고 싶은 게 있었는데 잘됐네요. 지금 황실의 사정이 어떻게 돌아가고 있는지 알아봐 줘요. 그리고 수도권 귀족들의 권력 구도도요."

"……알겠습니다."

"최대한 빨리 알아봐 주세요."

쿤이 잠시 고민하더니, 곧 나지막한 목소리로 물었다.

"제가 야심한 시각에 방문해도 되겠습니까? 지금처럼 낮에 찾아오려면 시간적 제한이 있어서요. 오늘도 그것 때문에 조금 늦었습니다."

생각보다 너무 빨리 찾아와서 놀라울 지경이었는데, 정작 당사자인 쿤은 그걸 늦었다고 생각하고 있었다.

이레나는 쿤의 빠른 일 처리가 벌써부터 마음에 들 것 같았다.

"늦게 방문해도 상관없어요. 정보가 모이는 데로 저한테 전달해 주세요."

"알겠습니다. 그럼—"

쿤은 저번처럼 절도 있는 동작으로 고개를 숙이며 인사를 대신했다. 그리곤 들어올 때와 마찬가지로 조용히 방을 나섰다.

발걸음 소리 하나 들리지 않는 그의 뒷모습을 바라보며, 이레나는 저도 모르는 새에 흡족한 표정을 짓고 있었다.

적군이었다면 조금 까다로웠을지 모르겠지만, 다행히도 쿤은 아군이었다.

그리고 이런 아군을 붙여 준 칼라일의 능력도 높이 평가했다. 생각했던 것보다 더 능력이 출중한 남자인지도 모르겠다.

새삼 그와 계약 결혼을 진행하길 잘했다는 생각이 들었다.

이레나는 책상 위에 펼쳐 놓은 서류들로 다시 시선을 돌리며, 과거와 달리 조금 더 세밀하게 읽어 보기 시작했다.

* * *

"언니, 여기야! 여기!"

미라벨이 새로 생긴 보석상의 입구를 가리키며 크게 소리쳤다.

환하게 웃는 모습이 얼마나 신났는지 보기만 해도 알 것만 같았다.

"조심해. 그러다가 넘어질라."

이레나는 서둘러 앞장서서 걸어가는 미라벨을 향해 다가갔다.

쿤이 다녀간 이후에 이레나는 간단히 서류 정리를 마치고, 오랜만에 미라벨과 바람도 쐴 겸 바깥으로 나왔다.

해야 할 일이 산더미처럼 많았지만, 그렇다고 해도 이런 시간들을 포기하고 싶지 않았다.

이레나가 고생하는 모든 이유들은 바로 이런 행복을 지키고 싶어서였으니까.

딸랑—

맑고 경쾌한 소리와 함께 보석상의 문을 열었다.

새로 생긴 보석상이라고 했던 미라벨의 말처럼 새 가구, 혹은 새 제품에서 풍기는 냄새들이 기분 좋게 풍겼다.

이레나는 먼저 안으로 걸어가는 미라벨의 모습을 바라보며 곧이어 고개를 돌렸다.

뒤편에는 그들을 따라오는 열댓 명의 기사들이 있었다.

저번에 이레나를 놓친 사건으로 데릭이 더욱 신경 써서 평소보다 뒤따르는 기사들의 수를 늘린 상태였다.

이레나도 혹시 엘렌 측에서 사람을 붙여 놓았을지도 모르기에 이번엔 거부하지 않고 순순히 호위를 받고 있는 중이었다.

"여기서 잠시만 기다리세요."

"네, 아가씨."

이레나의 명령에 기사들은 군말 없이 보석상 앞에 꼿꼿이 서 있었다.

그 모습은 누가 봐도 군기가 꽉 잡힌 기사들의 표본이었다.

이레나는 새삼 블레이즈 기사들의 수준이 썩 나쁘지 않다는 생각을 하며, 미라벨을 따라 보석상 안으로 들어갔다.

그곳의 내부는 전체적으로 어두운 톤이었다. 하지만 진열장 안에 있는 갖가지 보석들은 오히려 다른 가게들보다 화려한 조명을 받고 있었기 때문에 상대적으로 보석들이 더욱 반짝거리는 느낌을 주고 있었다.

이레나가 잠시 소리 없이 주변을 살피고 있을 때였다.

"저건 무슨 보석이에요?"

먼저 들어간 미라벨의 목소리가 들리는 곳으로 시선을 돌리니, 가게의 중앙에 위치한 목걸이가 한 개 보였다.

펜던트에 붉은색 보석이 엄지손톱만 한 크기로 박혀 있었는데, 그게 멀리서도 시선을 확 잡아끌었다.

자칫 루비 같아 보이기도 했지만, 빛이 비치는 각도에 따라 오묘한 빛을 띠고 있는 게 뭔가 신비로운 느낌을 풍겼다.

"역시 보는 눈이 있으시네요. 이건 최고급 다이아몬드로 만들어진 목걸이랍니다."

설명을 하는 점원은 검은색의 깔끔한 유니폼을 입고 있었다. 복장만 봐도 이 보석상의 주인이 가게에 얼마나 공을 들였는지 알 것만 같았다.

이레나는 조만간 이곳이 남부 지방에서 가장 유명한 보석상이 될지도 모르겠단 생각이 들었다.

그때 미라벨의 목소리가 연이어 들려왔다.

"이게 붉은색 다이아몬드라고요?"

"네. 이렇게 붉은색을 띠는 건 정말 흔치 않죠. 원래 투명한 다이아몬드보다 색이 들어간 게 더 값어치가 있지만, 이 펜던트에 달린 다이아몬드처럼 선명한 붉은색은 최상품 중에서도 특급으로 분류가 된답니다."

"아아……."

미라벨의 감탄처럼 이레나도 새삼스러운 눈빛으로 목걸이를 쳐다봤다.

색이 들어간 다이아몬드가 더 귀하다는 건 익히 알고 있었지만, 이렇게나 선명한 것을 직접 눈으로 보는 건 처음이었다.

미라벨이 궁금했던 모양인지 재차 질문을 던졌다.

"이런 목걸이는 얼마예요?"

"아, 금액은 여기에 같이 적혀 있습니다."

뒤편에서 이야기를 듣고 있던 이레나도 자연스럽게 점원이 가리킨 방향의 액수를 보고 숨을 삼킬 수밖에 없었다.

그건 블레이즈 백작가의 일 년 치 생활비와 맞먹는 금액이었다.

보석에 따라 값이 천차만별이라는 건 알고 있었지만, 저 목걸이 같은 경우에는 정말 상상을 초월하는 액수였다.

미라벨도 그 가격을 보고 깜짝 놀랐는지 눈을 동그랗게 떴다.

이레나는 서둘러 미라벨에게 다가가서 말을 건넸다.

"여기서 뭐 해? 안으로 들어가서 다른 물건들도 봐야지."

"아, 응. 언니 왔어?"

이레나는 미라벨과 눈이 마주치자 저도 모르게 따뜻한 웃음을 지어 주었다.

눈치가 빠른 점원은 이레나를 바라보면서 서둘러 입을 열었다.

"어서 오십시오. 그럼 안으로 안내해 드리겠습니다. 이쪽으로 따라오시죠."

점원의 뒤를 따라 이레나와 미라벨은 보석상의 더 안쪽으로 향했다.

방금 전 이레나는 붉은색 다이아몬드가 박힌 목걸이에서 자연스럽게 화제를 전환하려고 한 것이었지만, 점원도 그런 점을 당연하게 여기는 것 같았다.

하긴 당연한지도 몰랐다. 저런 가격을 주고 목걸이를 살 수 있는 귀족은 흔치 않을 테니까.

점원의 안내를 받으며 이레나와 미라벨은 긴 복도를 지나서 작은 룸 안으로 들어왔다.

푹신해 보이는 고급스러운 소파와 테이블이 놓여 있는 세련된 방이었다.

원래 귀족들은 무엇을 쇼핑할 때 다른 사람들의 이목을 신경 쓰지 않는 프라이빗한 공간에서 차를 마시면서 느긋하게 고르는 것이 보통이었다.

물론 귀족들의 직위나 재력에 따라서 그 룸의 크기가 달라지긴 했지만 말이다.

이레나는 주변을 슥 둘러보면서 이 정도면 보통은 되는 것 같다고 판단했다.

"원하시는 물건이 있으신가요?"

"음— 딱히 생각하고 온 물건이 있는 건 아니라서 전체적으로 한 번 보여 주세요."

"네, 알겠습니다. 차는 어떤 거로 하시겠습니까?"

점원의 질문에 이레나가 고개를 돌려서 미라벨에게 먼저 물었다.

“마시고 싶은 거 있어?”

“난 밀크티.”

“그럼 밀크티랑 홍차로 주세요.”

“네. 잠시만 기다려 주세요.”

점원은 잠시 바깥으로 나가더니 금방 모습을 드러냈다.

그가 양손 가득 들고 온 보석의 수는 상당했다.

익숙한 동작으로 테이블에 가지고 온 보석을 펼쳐 놓으며 그가 설명하기 시작하기 시작했다.

“여기서 마음에 드시는 보석을 고르시고 제작을 맡기실 수 있고요. 아니면 완제품으로 구입을 하실 수도 있습니다. 두 가지 방법을 다 설명해 드릴 테니 더 원하시는 방향으로 말씀해 주세요.”

점원이 막 가지고 온 보석과 액세서리에 대해 입을 떼려고 할 때였다.

똑똑—

작은 노크 소리와 함께 한 남자가 더 들어오더니, 정중하게 밀크티와 홍차를 테이블 위에 놓아주고 나갔다.

잠시 말을 멈췄던 점원은 다시 말을 이어나가기 시작했다.

"보편적으로 요즘에 가장 많이 찾으시는 건 토파즈랍니다. 지금 보여드리는 게 토파즈이고, 옆에 있는 게 사파이어, 또 이쪽이 루비, 다이아몬드 순입니다. 최근 유행하는 디자인 같은 경우에는……."

새로 생긴 보석상이라고 하더니 점원의 말솜씨는 훌륭했다.

이런 쇼핑을 별로 해 본 적이 없는 이레나조차도 이해하기가 쉽다고 느껴질 정도였다.

따로 금액을 굳이 묻지 않아도 될 정도로 아래에 가격이 세밀하게 적혀있었다. 준비해 온 예산에 맞는 쇼핑을 할 수 있었기에 더욱 만족스러웠다.

조용히 점원의 말을 경청하고 있었던 이레나가 처음으로 입을 열었다.

"이 노란색 토파즈요. 아까 설명해 준 머리 장식으로 제작하려면 얼마나 걸릴까요?"

"아, 나비 모양 머리 장식 말씀하시는 건가요?"

"네 그거요."

"한 일주일 정도 걸릴 것 같습니다만."

"곧 수도로 올라갈 예정이라 그쪽으로 배달을 해 주실 수도 있나요?"

"물론 가능합니다. 배송비가 별도로 들고, 그만큼 기간이 늘어나긴 하지만요."

옆에서 가만히 이야기를 듣고 있던 미라벨이 의아하다는 듯 물었다.

"언니가 나비 모양 머리 장식을 하려고?"

"아니, 너한테 잘 어울릴 것 같아서."

그 말에 미라벨의 얼굴이 순식간에 붉게 변했다.

"아, 아냐! 난 언니 거 골라 주려고 온 건데 갑자기 내 걸 왜 사는 거야?"

"내 것도 살 거야. 그런데 온 김에 같이 사려고."

"난 이런 거 필요 없는데……."

"저번에 글렌의 결혼식 갔다 오면서 선물 사 오기로 했는데 약속 못 지켰잖아. 그래서 이번 기회에 같이 고르려고 했었어. 내가 사 주고 싶어서 그러는 거니까 받아 둬."

이레나는 애정이 가득 담긴 시선으로 미라벨을 바라보며, 그녀의 머리를 가볍게 쓰다듬어 주었다.

보석상에 오기 전 그동안 자신이 모아 왔던 금액을 전부 계산해 봤다.

정식으로 칼라일과 계약 결혼을 진행하기 전에 미라벨에게 무엇이라도 하나 사 주고 싶은 마음이었다.

"하지만……."

미라벨은 여전히 거부를 하려고 하다가 이레나의 강한 눈빛을 보더니 다시 입을 꾹 다물었다.

그리곤 자그마한 목소리로 다시 입을 열었다.

"……고마워, 소중하게 간직할게."

"그래."

이레나는 빙긋 웃으면서 점원에게 미라벨의 나비 모양 머리 장식을 주문했다.

그러자 미라벨이 옆에서 서둘러 입을 열었다.

"그럼 이번엔 언니 거 고르자!"

이레나는 미라벨이 골라 준 에메랄드 귀걸이를 한 쌍 구입하기로 했다.

그것은 따로 주문 제작할 필요가 없는 완제품이었기에 점원은 바로 포장을 해 주었다.

구입한 액세서리의 금액 계산을 마치고 막 나가려는 찰나였다.

"그런데…… 특이한 반지를 하고 계시군요."

"아, 이거요?"

이레나는 그가 말하는 게 자신이 이전 생 내내 끼고 있던 푸른색 구슬 반지라는 걸 알았다.

아까부터 힐끔힐끔 손을 쳐다본다고 생각했는데, 예상이 맞은 모양이었다.

"실례가 안 된다면, 자세히 한번 볼 수 있을까요?"

딱히 거절할 이유가 없었기에 이레나는 반지를 낀 손을 조금 더 앞으로 갖다 대었다.

그러자 점원은 고개를 숙여서 유심히 반지를 들여다보니 곧 입을 열었다.

"이런 구슬 종류를 본 적이 없는데 신기하네요. 괜찮으시다면 제가 관찰을 좀……."

"아뇨. 판매할 물건이 아니라 괜찮습니다."

"아…… 네."

점원이 아쉽다는 듯 멋쩍게 웃었다.

이레나는 이미 흔치 않은 종류의 구슬이라는 이야기를 들은 적이 있었다.

그래서 점원의 말을 별로 대수롭지 않게 여기며, 그가 포장해준 에메랄드 귀걸이를 들고 자리에서 일어났다.

"미라벨, 우리 집으로 돌아가기 전에 제과점이라도 들릴까?"

"우와, 정말?"

"응. 저번에 티 파티에서 먹었던 것만큼 맛있는 걸 찾아보자."

그렇게 이레나와 미라벨은 손을 꼭 잡은 채, 즐겁게 대화를 나누면서 보석상을 나갔다.

딸랑—

들어올 때와 마찬가지로 경쾌한 소리를 내며 문이 닫혔다.

하지만 그럼에도 그들의 뒷모습을 빤히 쳐다보는 시선

은 사라지지 않았다.

그 시선의 주인공은 바로 방금 전까지 그녀들에게 보석에 대해 설명을 해 주던 점원이었다.

그는 창가에서 우두커니 서서 이레나와 미라벨의 모습이 사라질 때까지 지켜보았다. 그리곤 조금 전과 달리 딱딱하게 굳은 표정으로 턱을 어루만지면서 생각에 잠겼다.

"……그냥 지나치기엔 너무 비슷한데."

고민하던 그는 곧이어 보석상의 가장 안쪽으로 걸어갔다.

화려한 내부와 달리 그가 걸어가는 길은 점점 더 음침해지기 시작했다.

그가 어느 한 지점에 멈춰 서서 벽에 장식되어 있는 시계를 오른쪽 방향으로 돌리자, 생각지도 못한 일이 벌어졌다.

끼이익—

막다른 벽인 줄만 알았던 공간이 열리면서 숨겨진 장소가 드러난 것이다.

점원은 그 칠흑같이 어두운 공간을 향해 나지막한 목소리로 말했다.

"대공 각하께 전해라. 찾으시던 물건과 비슷한 게 나타났다고."

그러자 신기하게도 그 컴컴한 어둠 안에서 누군가의 대답이 들려왔다.

"명 받들겠습니다."

점원은 곁눈질로 방금 전까지 이레나와 미라벨이 머물던 방향을 쳐다보면서 혼잣말을 중얼거렸다.

"……의심스러운 건 확실하게 해 두는 게 좋겠지."

7

짧은 밤 나들이

며칠이 지났다.

이레나는 무도회가 열리는 날짜보다 더 앞당겨서 수도에 올라갈 계획이었다.

칼라일이 빨리 오라고 권유를 하기도 했지만, 그가 있는 곳에 가는 건 당연한 일이었다.

자신이 없는 곳에서 혹시라도 그에게 무슨 일이 생길까봐 불안했으니까.

하지만 그러기 위해선 먼저 이레나가 오랫동안 자리를 비워도 블레이즈 백작가가 문제없이 잘 돌아가도록 만들어 놔야 했다.

그동안 밀린 서류와 앞으로 결재해야 될 내용까지 서둘

러서 처리하고, 자신이 없을 때를 대비해 고용인들의 역할을 분담해 놓는 게 생각보다 시간을 많이 잡아먹었다.

그 덕분에 이레나는 요 며칠 동안 늦은 새벽녘이 돼서야 겨우 잠자리에 들 수 있었다.

"으음."

자고 일어났음에도 불구하고 여전히 뻑뻑한 눈을 비비며 이레나가 침대에서 일어났다.

어젯밤에도 늦게 잠들었지만, 일어나는 시간은 창밖으로 서서히 해가 뜨는 것이 보일 정도로 이른 아침이었다.

오늘 하루도 부지런히 보내야지만 한시라도 빨리 미라벨과 수도로 출발할 수 있었기에 늦장을 부릴 시간이 없었다.

이레나는 곧바로 테이블 위에 놓인 종을 울렸다.

띠링띠링—

그 종소리를 들은 하녀 메리가 방 안으로 들어왔다.

"아가씨, 일어나셨어요?"

"응. 바로 씻을 거니까 준비해 줘."

"네, 아가씨."

메리는 야무진 손놀림으로 이레나가 편히 씻을 수 있도록 도왔다.

소피가 쫓겨나고 한동안 메리는 우울한 기색을 보였지만, 다행히도 금방 기운을 차려서 지금은 평상시와 같은 모습이었다.

아마도 메리는 본인 때문에 그런 일이 벌어진 게 아닐까 자책을 하는 듯했다.

소피가 끝까지 메리를 원망했던 모습과 너무나도 다른 반응이었다.

어찌 됐든 블레이즈 백작가를 소란스럽게 만들었던 이레나에 관한 소문은 며칠 사이 많이 사그라진 상태였다.

외부에도 크게 새어나가지 않아서 다행히 사교계까지 퍼지지 않고 조용히 마무리가 될 것 같았다.

이레나의 시중을 들던 메리가 갑자기 생각났다는 듯 입을 열었다.

"참, 아가씨. 백작님은 간밤에 수도로 먼저 떠나셨습니다. 급한 일이 생겨서 가신다고 전해 달라고 하셨어요."

"……그랬구나."

알포드는 황실의 제 4 기사단장이었기 때문에 대부분의 시간을 수도에 있는 저택에서 보냈다.

이번엔 운 좋게 타이밍이 맞아서 이레나와 미라벨이 수도로 올라갈 때, 가능하면 일정을 맞춰서 같이 이동할 예정이었다.

하지만 아쉽게도 그새 급한 일이 생긴 모양이었다.

바쁜 알포드와 오랜만에 함께 있을 수 있는 기회를 놓친 것 같아 서운했지만, 제 4 기사단에 관련된 일이라면 어쩔 수 없었다.

이레나는 간단히 아침 준비를 마치고, 곧장 책상에 앉아서 밀린 업무를 보기 시작했다.

식사도 방 안에서 해결하며 정신없이 일에 몰두하다 보니 시간은 금방 지나갔다.

틈이 날 때마다 꾸준히 운동도 했기 때문에 더욱 그렇게 느껴지는지도 몰랐다.

사각사각, 방 안에 이레나가 펜을 움직이는 소리만 가득할 때였다.

똑똑.

짧고 간결한 노크 소리가 들려왔다.

누군가의 인기척에 이레나는 자연스럽게 고개를 들고 방문을 바라봤다.

딱히 자신을 방해할만한 사람이 없었기에 누군지 짐작 가는 사람이 있었다. 그렇지만 혹시 모를 상황을 대비해 평소 하인을 대하듯 입을 열었다.

"들어와."

그러자 끼익, 작은 마찰음과 함께 서서히 문이 열리더니, 정말로 이레나가 기다렸던 남자의 얼굴이 시야에 들어왔다.

짙은 블루블랙 머리에 창백하게 느껴질 정도로 하얀 피부를 지닌 그는 바로 쿤이었다.

"어서 와요, 카샤 경. 제가 부탁한 건 알아봤나요?"

이레나는 이미 한 차례 겪어 본 상황이었기 때문에 쿤이 어떻게 여기까지 잠입했는지 더 이상 궁금하지 않았다.

"네. 확인해 보시죠."

쿤은 언제나처럼 군더더기 없는 동작으로 이레나를 향해 다가와서는 손에 들고 있던 서류를 내밀었다.

그는 왜 이런 정보가 필요한 건지에 대해 단 한 마디도 묻지 않았다.

그리고 이레나는 쿤의 그런 점이 꽤 마음에 들었다. 물론 일을 시키기가 무섭게 처리하는 능력이 가장 만족스러웠지만 말이다.

"수고했어요."

그에게 건네받은 종이의 두께만 봐도 안에 담긴 내용이 상당히 많다는 사실을 알 수 있었다.

이레나는 서류를 받자마자 재빠르게 내용을 한 번 훑어봤다.

전체적인 맥락을 한차례 살펴보는 것이었지만, 그래도 중요한 내용들은 쏙쏙 눈에 들어왔다.

쿤이 준 종이에는 이렇게 적혀 있었다.

현재 루퍼드 제국에서 가장 강력한 권력을 지니고 있는 사람은…… 바로 황후 오펠리아라고.

'이런…….'

이레나로서는 전혀 생각지도 못한 내용이었다.

저번 생에서는 가문이 멸망하기 전까지 딱히 정치에 관심을 두지 않았기 때문에 짐작조차 못 했었다.

이레나가 지금껏 알지 못한 새로운 내용들에 저도 모르게 어느 부분에선 정독을 할 수밖에 없었다.

황후 오펠리아는 황제 설리반이 병석에 누워 있는 동안 자신의 세력을 키웠다.

황권이 강한 루퍼드 제국에서 그것을 가능하게끔 만들어 준 배경은 바로 황후의 친정이었다.

아니타 가문.

오랜 전쟁으로 인해 힘이 곧 권력이 된 루퍼드 제국에서 뛰어난 장군을 셀 수도 없이 배출해 낸 명문가.

더욱 놀라운 사실은 그 아래에 적혀 있었다.

'뭐라고? 파벨루크가 황후의 세력으로 분류가 되어 있어?'

이레나는 순간 실소를 머금을 수밖에 없었다.

그 이유는 바로 미래에 황후 오펠리아를 죽인 당사자가 파벨루크였으니까.

그런 두 사람이 지금은 같은 편이라는 사실이 기가 막힐 뿐이었다.

어찌 됐든 여기서 중요한 사실을 하나 깨달았다.

파벨루크는 처음부터 정권을 잡고 있던 게 아니었다.

황후 오펠리아의 옆에서 기생하고 있다가 기회가 왔을 때 황위를 찬탈한 것이다.

종이를 읽어 내려가는 이레나의 눈동자가 빨라지기 시작했다.

그만큼 그동안 몰랐던 내용들이 흥미로웠기 때문이다.

지금 루퍼드 제국을 지탱하는 권력들을 10이라는 숫자로 나눈다면, 황제가 3, 황후가 4, 그리고 파벨루크가 1이었다.

그리고 나머지 2는…….

크라우스 가문이 가지고 있었다.

크라우스란 이름은 루퍼드 제국의 사람이라면 누구나 알 정도로 유명했다.

제국 내에서 크라우스가의 인장이 찍힌 물건을 구매하지 않은 사람이 없을 테니까.

그만큼 아주 유명한 상단을 운영하고 있었다.

전쟁 때문에 항상 척박했던 루퍼드 제국이 그나마 이만큼이라도 유지됐던 이유는 바로 그들이 가진 상권 때문이었다.

물론 현 황제 설리반이 통치를 하고 난 다음부터 백성들이 살기가 전보다 편해지긴 했지만, 오랫동안 사람들에게 식료품을 구매할 수 있는 길을 만들어 준 건 누가 뭐래도 크라우스 가문이었다.

한마디로 그들이 지닌 재력을 무시할 수는 없었다.

하지만 크라우스가는 말 그대로 상인일 뿐, 제국 내에서 벌어지는 정치적인 일들에 대해 전혀 관심이 없었다.

이레나는 글을 읽어 내리는 것과 동시에 빠르게 머리를 회전시켰다.

자신의 목적은 황태자 칼라일을 황제로 만드는 것이었다.

어차피 현 황제 설리반이 가지고 있는 권력은 자연스럽게 그 다음 대인 황태자 칼라일에게 승계되도록 되어 있다.

그렇다면 가장 손쉽게 황후 오펠리아와 파벨루크를 견제할 수 있는 방법은, 크라우스 가문의 지지를 얻는 거였다.

쿤이 가져온 정보를 끝까지 읽은 이레나는 흡족한 표정으로 고개를 들었다.

이레나 혼자 조사했다면 절대로 알아내지 못할 내용들이 수두룩했다.

자신은 미래를 겪어 봤기 때문에 현 황제 설리반이 건강 상태가 안 좋다는 사실을 이미 알고 있었다.

하지만 지금은 소수의 상위 귀족밖에 모르는 이 내용이 버젓이 정보 안에 적혀 있었다.

그런 비밀이 담겨 있다는 것만 봐도 이 정보에 대한 신뢰도가 자연스레 높아질 수밖에 없었다.

"대단하네요. 이 짧은 기간 안에 이토록 많은 정보를

가지고 오다니."

"……."

칭찬에 인색한 이레나가 하는 말임에도 쿤은 별다른 기색을 보이지 않았다.

워낙 무뚝뚝하다는 걸 그동안 겪어 봐서 알고 있었기에 이레나는 신경 쓰지 않고 하고 싶은 말을 계속 이어 나갔다.

"이 내용들, 칼라일 전하도 전부 알고 계신가요?"

"그렇습니다."

쿤의 대답을 듣자마자 이레나는 기분이 무척이나 좋았다.

예상했던 것보다 칼라일은 훨씬 더 똑똑한 남자일지도 모른다.

정말로 그가 암살당하지 않았더라면 파벨루크가 황제가 되는 일은 없었을지도 모른다는 사람들의 말이 맞을 가능성이 컸다.

다시 한 번 다른 누구도 아닌 칼라일의 손을 잡아서 다행이라고 느껴졌다.

이레나가 탁탁, 종이를 일정하게 정리하며 말했다.

"이 정보들은 제가 가지고 있다가 나중에 다시 살펴보도록 하죠. 이걸 알아보느라 고생했겠지만 한 가지 더 부탁할게요."

"말씀하십시오."

"크라우스 가문에 대해 더 자세히 알아봐 줘요."

그 말에 쿤이 잠시 멈칫하더니, 곧 낮은 목소리로 대답했다.

"원하시면 알아보긴 하겠지만, 크라우스가에 대한 정보는 자세히 얻기가 어렵습니다."

"그래요? 그럼 되는 데까지만 알아봐 주세요."

"알겠습니다."

이레나는 쿤의 깔끔한 답변이 마음에 들어서 희미하게 웃고 말았다. 그리고 마침 떠오른 생각에 다시 입을 열었다.

"카샤 경도 알고 있겠지만, 저는 곧 수도로 이동할 예정이에요. 그때도 지금처럼 아무도 모르게 제 곁을 맴도실 건가요?"

"네. 아가씨를 보호하는 게 제가 받은 가장 중요한 임무니까요."

"그렇다면 크라우스가에 대한 정보도 이동하는 중에라도 괜찮으니 최대한 빨리 가져다주세요."

"알겠습니다. 더 분부하실 일은 없으십니까?"

이레나가 막 고개를 끄덕이려는 찰나였다.

때마침 누군가가 방문을 두들기는 소리가 들려왔다.

쿵쿵.

오늘따라 더 커다랗게 들리는 그 소리에 이레나와 쿤의 시선이 동시에 문을 향했다.

"언니, 잠깐 들어가도 돼?"

바깥에서 미라벨의 가냘픈 목소리가 들려왔다.

자연스레 문 쪽을 향했던 이레나와 쿤의 시선이 다시 서로를 향해 움직였다.

쿤이 말하지 않아도 이 상황을 어떻게 해결할지 결정해야 하는 순간이라는 게 느껴졌다.

"미라벨, 잠시만 기다려."

이레나는 일단 그렇게 말한 뒤, 잠시 고민에 빠졌다.

여기는 기사들이 득실대는 블레이즈 가문이었다. 바깥에 미라벨이 와 있는 이상 쿤이 다른 곳으로 빠져나가긴 힘들었다.

여러모로 고민해 봤을 때 미라벨에게 대충 이 상황을 둘러대는 게 가장 낫겠다는 판단을 내릴 때였다.

스윽―

쿤이 말없이 눈짓으로 이레나 방의 창문을 가리켰다.

처음에는 그 의미를 몰라서 쳐다봤지만, 곧이어 그가 재킷 안쪽에서 밧줄을 꺼내는 걸 보고 그게 무슨 뜻인지 알아차릴 수밖에 없었다.

"아……."

이레나가 뭐라고 말을 꺼내기도 전에 쿤은 밧줄을 단

단한 곳에 연결하더니, 일말의 망설임도 없이 창밖으로 뛰어내렸다.

깜짝 놀란 이레나가 서둘러 창문가로 뒤따라 움직였을 때였다.

잠시 밖에서 기다리던 미라벨이 슬그머니 문을 열면서 빼꼼 고개를 내밀었다.

"언니 뭐해? 바빠?"

"아, 아니야. 들어 와. 미라벨."

이레나의 허락이 떨어지자 미라벨은 방문을 열고 안으로 들어왔다.

어색한 표정을 짓고 있던 이레나가 힐끔 창밖으로 눈동자를 굴렸다.

그러자 어느새 이 높이를 다 내려간 것인지, 벌써 바닥에 도착한 쿤이 아무렇지 않은 표정으로 이레나를 올려다보고 있었다.

허공에서 서로의 눈이 마주치자, 쿤은 언제나처럼 고개를 숙이며 짤막하게 인사를 건넸다.

그리곤 아무렇지 않게 뒤돌아서 걸어가는 모습을 지켜보고 있자니, 되려 이레나가 헛웃음이 튀어나왔다.

'저 사람도 정말 예측이 안 되는 남자네.'

어떻게 보면 쿤은 자신의 정체가 밝혀지는 상황을 이레나보다도 더 꺼려하는 듯했다.

창밖을 쳐다보고 있는 이레나의 옆으로 미라벨이 다가왔다.

"왜? 밖에 무슨 일 있어?"

이레나를 따라서 무심결에 창밖을 살피는 미라벨의 진녹색 눈동자에 반듯한 걸음걸이로 걸어가는 쿤의 뒷모습이 비쳐졌다.

미라벨이 쿤의 정체를 알 리가 없는데도 정확하게 그를 손가락으로 가리키며 말했다.

"앗! 언니, 저 남자 좀 봐."

당황한 이레나가 힐끔 창밖으로 연결되어 있는 밧줄을 곁눈질하며 조심스럽게 대꾸했다.

"저 남자가 왜?"

"내 곰돌이 인형이랑 똑같은 색깔의 머리카락이야."

"아, 그러네."

이레나는 잠시 잊고 있던 미라벨의 곰돌이 인형을 떠올리며 고개를 끄덕거렸다.

벨벳 느낌의 짧은 털이 특이하게도 블루블랙으로 이루어진 곰돌이 인형.

그건 돌아가신 어머니가 미라벨이 태어나면 주려고 갖고 있던 물건이라 나중에는 유품이 되어 버려서 더욱 소중해졌다.

미라벨이 아주 어렸을 때는 그 인형이 없이는 잠도 자

지 못할 정도였으니까.

"……그러게. 신기할 정도로 닮았구나."

이레나와 미라벨은 약속이라도 한 것처럼 점차 멀어지는 쿤의 뒷모습을 바라보고 있었다.

하지만 곧 이레나는 창밖으로 연결된 밧줄이 신경 쓰여서 재빨리 질문을 던졌다.

"그런데 무슨 일로 찾아온 거야?"

"아, 그게 수도에 올라갈 때 어떤 짐을 챙길지 언니한테 한 번 물어보려고……."

미라벨은 말을 하면서도 쿤의 뒷모습에서 쉽사리 눈을 떼지 못했다.

아마도 곰돌이가 살아 있다면 저런 느낌이 아닐까, 하는 생각이 들었기 때문이다.

* * *

"조심해서 다녀오너라."

데릭은 딱딱한 표정과 달리 걱정스러운 눈빛으로 작별 인사를 건넸다.

성 입구에는 데릭과 집사 노스만, 그리고 다른 고용인들까지 전부 나와서 수도로 떠나는 이레나와 미라벨을 배웅하고 있었다.

"저희는 건강히 다녀올 테니 걱정 마세요."

이레나는 꽤 많은 기사들을 붙여 줬음에도 불구하고 여전히 마음을 쓰는 데릭을 안심시키기 위해 대답했다.

그리곤 곧이어 데릭의 옆에 서 있는 집사 노스만을 향해 다시 입을 열었다.

"제가 없는 동안 블레이즈 성을 잘 부탁해요."

"아가씨야말로 마음 편히 다녀오십시오. 워낙 꼼꼼히 신경 써 주신 덕분에 한동안 자리를 비우셔도 거뜬하답니다."

"그렇다면 다행이고요. 혹시라도 무슨 일이 생기면 서신을 보내세요."

옆에서 가만히 지켜보던 미라벨이 점점 작별 인사가 길어지자 안 되겠는지 이레나의 손을 잡아끌었다.

"그만하면 됐어. 며칠 동안 그렇게 신경을 썼으면 할 만큼 한 거야. 더구나 오라버니도 있는데 무슨 걱정이야."

"그래도……."

"자자, 얼른 가자. 그럼 돌아올 때 선물 사 올게요!"

미라벨이 이레나를 이끌어 마차에 탑승하고는 곧 바깥에 서 있는 데릭을 향해 손을 흔들었다.

그러자 데릭은 짧게 고개를 끄덕이며 나지막이 대꾸했다.

"더 늦기 전에 어서 출발하거라."

미라벨은 그 말이 떨어지기 무섭게 마부를 향해 입을 열었다.

"들었죠? 어서 가요."

"네, 작은 아가씨."

마부가 말을 몰기 시작하자 마차도 서서히 앞을 향해 나아갔다.

데릭이 시야에서 완전히 사라지기 전까지 미라벨은 편안하게 손을 흔들었고, 이레나는 살짝 고개를 숙이는 것으로 마지막 인사를 대신했다.

말이 달리는 속도가 점점 빨라지자, 그에 따라 마차의 창밖으로 보이는 아름다운 풍경도 빠르게 지나갔다.

블레이즈 성에서 별로 나온 적이 없는 미라벨은 기대에 찬 표정으로 창밖을 쳐다보며 중얼거렸다.

"헤에, 언니랑 이렇게 멀리 떠나는 건 처음이라 기대된다."

이레나도 새삼 칼라일을 구하기 위해 혼자 떠났던 길을, 지금은 미라벨과 함께 간다고 생각하니 더없이 기분 좋았다.

"분명 재밌을 거야. 즐겁게 놀다 오자."

그렇게 말하며 이레나는 행복하게 웃었다.

수도에서 그들을 기다리고 있는 게 무엇인지 모른 채 말이다.

*　　*　　*

비교적 따뜻한 남부 지방을 벗어나니, 상대적으로 날씨가 춥게 느껴졌다.

이레나는 미라벨에게 한 겹의 이불을 더 덮어 주며 걱정스러운 목소리로 물었다.

"어때? 많이 추워?"

"아니야, 이젠 괜찮아."

지금은 수도와 남부 지방 사이의 중간 지점 정도에 도착한 상태였다.

아무래도 몸이 약한 미라벨과 함께하는 여행이다 보니 서둘러 떠나긴 했어도 이동하는 속도가 현저히 늦어질 수밖에 없었다.

그래도 무엇보다 중요한 건 미라벨의 건강이었기 때문에 이레나는 서두르지 않고 천천히 움직이고 있었다.

"방의 온도를 더 높여 주겠다고 했으니 조금만 지나면 괜찮아질 거야. 난 금방 나갔다가 올 테니까, 피곤하면 먼저 자고 있어."

"응. 내 물건 찾으러 가는 건데, 언니 혼자만 보내서 미안."

"별소리를 다 하네."

이레나가 설핏 웃으면서 침대에 누워있는 미라벨의 머

리를 부드럽게 쓸어 주었다.

블레이즈 성을 벗어난 지 얼마 되지 않아 보석상에서 연락이 왔다.

지난번에 구매했던 나비 모양 머리 장식이 예정보다 빨리 완성이 되었으니, 혹시라도 먼저 받아 보기를 원하면 중간 지점에서 받을 수 있게 배달을 해 주겠다고 말이다.

굳이 날짜를 뒤로 미룰 필요가 없었기에 이레나는 시간을 앞당겨서 약속을 잡았고, 그게 바로 오늘이었다.

원래라면 둘이서 함께 외출해 받아 올 계획이었지만, 미라벨의 컨디션이 좋지 않아 이레나 혼자서만 서둘러 다녀올 생각이었다.

"그럼 푹 쉬고 있어."

이레나는 마지막으로 미라벨이 덮고 있는 이불을 목 끝까지 올라오도록 끌어당겨 주고는 자리에서 일어났다.

어차피 약속 장소는 여관에서 멀지 않은 곳이었기에 오래 걸리지 않을 것이다.

달칵—

미라벨의 졸음을 방해하지 않도록 이레나는 조심스럽게 문을 닫고 나왔다.

그리곤 바로 옆에 위치한 자신의 방으로 걸음을 옮겼다.

출발하기 전에 나비 모양 머리 장식을 샀을 때 받은 영수증을 챙겨야 때문이다.

그런데…….

자신의 방에 들어서자마자 누군가의 미세한 기척이 느껴졌다.

불도 하나 켜 놓지 않은 어두운 방 안.

이레나는 잠시 숨을 죽인 채로 몰래 숨어든 자의 위치를 파악하기 위해 집중했다.

느릿하게 방 안을 훑어보는 이레나의 붉은 눈동자 안에 커다란 창문 바로 옆쪽에 놓인 높은 장식장이 들어왔다.

이레나가 막 그곳을 향해 한 걸음을 내디딜 때였다.

갑자기 칠흑 같은 어둠 속에서 낮은 남자의 음성이 들려왔다.

"제가 여기 숨어 있는 걸 어떻게 아셨습니까?"

단순히 질문이라고 하기엔 이레나가 자신이 숨어 있는 위치를 정확히 파악했다는 걸 이미 눈치챈 어투였다.

그 목소리를 듣자마자 이레나는 상대방의 정체를 알아차릴 수 있었다.

바로 쿤이었다.

"남의 방에 몰래 숨어서 뭐 하는 거죠?"

"아가씨가 방에 안 계셔서 잠시 몸을 감추고 있었습니다. 그런데 제가 여기 있는 걸 어떻게 아신 겁니까?"

쿤은 이레나가 자신의 위치를 감지해 냈다는 사실이 꽤나 의외였는지 다시 한 번 물어왔다.

이레나는 그 질문에 뭐라고 대답해야 할지 몰라서 잠시 망설였다.

그가 잘못 안 거라고 대충 둘러대기엔 속아 넘어가 줄 것 같지가 않았다.

"……글쎄요, 그건 카샤 경의 상상에 맡기죠."

사실대로 밝히기도, 그렇다고 거짓말을 하기도 애매해서 이레나는 두루뭉술하게 둘러대는 방법을 선택했다.

그러자 쿤은 용케도 그게 자세히 밝히고 싶지 않다는 뜻이라는 걸 알아듣고, 어쩔 수 없다는 듯이 대답했다.

"……알겠습니다."

그리고 대답과 동시에 어둠 속에서 한 발자국 앞으로 걸어 나왔다.

창가에서 들어오는 희미한 불빛에 비쳐 쿤의 형체가 희미하게 드러났다.

쿤은 들고 있던 서류를 이레나에게 공손히 내밀며 재차 입을 열었다.

"부탁하셨던 크라우스가에 대한 정보입니다."

"고마워요."

이레나는 마음 같아선 지난번처럼 곧바로 정보를 확인하고 싶었지만 지금은 나가 봐야 했다.

책상 위에 두었던 보석상의 영수증을 챙기면서, 하는 수 없이 그 자리에 쿤이 건네준 서류를 내려놓았다.

"저는 잠깐 찾아올 물건이 있어서 나가 봐야 해요. 여기서 멀지 않은 곳이고 기사들과 함께 이동할 거라 따라올 필요는 없어요. 내가 돌아올 때까지 여기서 잠시 기다려 줄 수 있나요?"

"따로 분부하실 일이 있으신 겁니까?"

"지금은 아니지만, 서류를 확인하면 생길지도 모르니까요."

쿤은 잠시 고민하는 듯하더니, 곧 나지막하게 대답했다.

"알겠습니다."

쿤의 생각으로도 블레이즈가의 기사들을 대동하고 짧은 거리를 왕복하는데 자신의 호위까지 필요할 것 같진 않았다.

무엇보다 여기를 다시 나갔다가 들어오는 것보다 이 자리에서 기다리는 게 시간을 절약할 수 있었다.

어차피 이레나에게 너무 가까이 붙으면 다른 기사들이 수상하게 여길 수도 있었기 때문에 항상 어느 정도 거리를 둬야 했다. 그랬기에 더욱 이레나의 요구대로 잠시 이곳에서 기다리는 게 문제가 되진 않았다.

하지만…… 사람 일은 혹시 모르는 것.

쿤은 재킷 안쪽의 주머니에서 손바닥만 한 크기의 작은 폭죽 하나를 꺼내 들었다.

"이게 뭐죠?"

"장군께서 개발하신 물건입니다. 만에 하나라도 아가씨께 위험한 일이 생기면 이것을 터뜨리세요. 어차피 여기서부터 약속 장소까지 가는 모든 길목은 이미 파악해 둔 상태입니다. 폭죽이 터지면 제가 그곳으로 10분 안에 달려가겠습니다."

이레나는 얼떨떨한 표정으로 쿤이 건네는 폭죽을 받아 들고는 그를 한 번 쳐다봤다.

말하는 뉘앙스를 보니 그는 이미 자신의 일정을 전부 파악하고 있는 것 같았다.

새삼 치밀하고 완벽한 그의 일 처리 방식이 마음에 들었다.

사실 이레나는 정체를 숨기기 위해 호위가 필요한 것이지, 정말로 누군가의 보호를 받을 만큼 연약한 존재가 아니었다.

하지만 이런 자라면 이레나도 소중한 사람을 맡길 수 있겠단 생각이 들었다.

"알겠어요. 혹시라도 위험한 순간이 생기면 그렇게 할게요."

이레나는 그가 준 폭죽을 귀중히 챙기며 다시 말을 이

었다.

"그럼 조금 이따가 봐요."

"네. 다녀오십시오."

쿤의 짤막한 인사를 마지막으로 이레나는 서둘러 방을 나섰다.

보석상과 만나기로 약속한 시간이 점점 다가오고 있었다.

*　　*　　*

해가 완전히 사라진 밤거리는 어둠이 짙게 내려앉았고, 그만큼 쿤이 서 있는 이레나의 방 안도 어둡기 그지없었다.

쿤은 이레나가 머무르는 방 창문으로 그녀가 마차를 타고 기사들과 함께 이동하는 모습을 지켜보고 있었다.

그리고 이레나가 사라지고 한적해진 길거리를 여전히 미동도 없는 자세로 내려다보았다.

째깍째깍.

너무도 조용해서 시곗바늘 초침 소리가 크게 느껴질 정도였다.

이런 고요함은 쿤에게 일상이나 다름없는 정적이었다.

그런데 어느 순간.

그의 정적을 방해하는 소리가 울려 퍼졌다.

와장창창!

무언가 깨지는 소리에 처음으로 쿤의 눈동자가 소리가 들린 방향을 향해 움직였다.

그의 기억이 맞는다면 그곳은 이레나의 여동생이 머무르는 방이었다.

누군가 실수로 물건을 깨트렸다고 생각하기엔 예리한 감각에 묘하게 걸리는 부분이 있었다.

'……하지만 내가 직접 확인해야 할 이유는 없지.'

쿤이 지켜야 하는 대상은 이레나였다. 그녀의 여동생은 거기에 포함되어 있지 않았다.

무심한 잿빛 눈동자로 다시 바깥을 바라보고 있는데, 문득 귓가에 들려오는 소리가 있었다.

스윽, 스으윽.

바닥에 옷이 질질 끌리는 것 같은 소리.

그리고 그 소리는 점점 이레나의 방을 향해 가까워지고 있었다.

정체불명의 기척에 쿤은 방금 전 이레나가 방으로 들어왔을 때처럼 어둠 속에 몸을 감췄다.

끼이익, 천천히 열리는 문 사이로 가장 먼저 들려온 것은 가쁜 숨소리였다.

"하아, 하아…… 언니……."

금방이라도 꺼질 것처럼 작게 기어들어 가는 목소리를 들으니, 상태가 심상치 않다는 사실을 직감할 수 있었다.

방금 전 들렸던 소리도 바닥을 기다시피 걸어오면서 난 소리인 것 같았다.

간신히 이곳까지 건너온 것인지 곧이어 후들후들 떨리던 작은 몸체가 바닥에 콰당, 부딪치며 완전히 쓰러졌다.

“어, 언니…… 나 너무…… 아파.”

그 순간 쿤은 왜인지 쓰러져 있는 미라벨을 보고 작은 동물 같다는 생각이 들었다.

어둠 속에서도 선명히 보이는 가느다란 팔과 다리 때문일까?

조금만 힘을 주어도 바스러질 것 같았다. 이대로 방치한다면 금방이라도 숨을 거둘 것 같은, 그런 연약한 존재였다.

고민이 됐다.

‘……무시할까?’

사실 미라벨이 죽는다 해도 쿤은 아무런 상관이 없었다.

누군가가 죽는 모습을 한두 번 지켜본 것도 아니고, 그가 죽인 사람들의 수만 해도 헤아릴 수 없을 지경이었다.

죽음이라는 게 새로운 것이 아니었기에 쿤에게는 너무도 무감각하게 다가왔다.

하지만 이레나는 쿤이 이 방에서 기다리고 있다는 사실을 알고 있었다. 그런데 여기서 미라벨이 죽어 버리면 애꿎은 원망을 받을지도 몰랐다.

망설임은 길지 않았다.

뚜벅뚜벅.

쿤은 아픈 사람을 눈앞에 두고 있다고는 믿어지지 않을 정도로 여유로운 걸음걸이로 미라벨을 향해 걸어갔다.

모를 일이었다.

지금 자신을 움직이고 있는 것은 순전히 이레나의 원망이 무서워서만은 아니었다. 지금껏 받아 온 다른 사람들의 원망 어린 시선에 이레나의 감정이 얹어진다고 하더라도 사실 크게 상관은 없었으니까.

그저 언젠가 길거리에서 보았던 상처 입은 작은 새가 문득 떠올랐다.

그래서인지 도와주고 싶다는 생각이 들었을 뿐이다.

스스로도 변덕이라는 걸 알았지만, 굳이 자신의 마음을 억제할 필요는 없었다. 이런 상황을 무시한 채 계속이 방에 숨어 있는 게 옳은 판단이라곤 할 수 없었으니까.

그냥 쿤이 마음 가는 대로 행동하면 될 일이었다. 어차피 정답이란 게 없는 선택지였기에.

“어디가 아픈 겁니까?”

갑자기 어둠 속에서 나타난 남자를 보며 미라벨은 화들짝 놀랄 수밖에 없었다.

잠깐 잠이 들었다가 깨어 보니 너무도 배가 아팠다. 하녀를 부르려다 실수로 옆에 놓인 다른 물건을 깨트리고 말았다.

분명 종소리보다 더 큰 소음이 난 것 같은데, 그래도 방 안에는 아무도 나타나지 않았다.

어쩔 수 없이 극심한 고통을 참으며 이레나를 찾아왔는데 뜻밖에도 이곳에 정체불명의 남자가 있는 것이다.

"하아, 하아…… 누구…… 세요?"

쿤은 그 질문에 대답하지 않고, 그저 투박한 손을 뻗어서 미라벨의 이마에 오른 열을 잴 뿐이었다.

지금 자신의 몸이 뜨거운 상태라 그렇게 느껴지는 건지 모르겠지만 무척이나 서늘한 손이었다. 그리고 그 차가움이 시원해서 기분 좋았다.

"제가 어떻게 해 드리면 되겠습니까? 하녀를 불러올까요? 원하신다면 의사를 데리고 올 수도 있습니다만 대신에 시간이 좀 걸릴 겁니다."

사실 누구보다 미라벨은 자신의 몸 상태에 대해서 잘 알고 있었다.

어차피 선천적으로 약하게 태어난 몸뚱이는 특별한 질병이 있어서 그런 게 아니었다.

원인 불명의 병.

사람들은 그렇게 불렀다.

툭하면 아프고, 툭하면 쓰러졌으니까.

그저 시도 때도 없이 배가 찢어질 것 같은 고통이 찾아올 뿐이었다.

"이 방 어딘가에 진통제가, 있을 거예요. 일단 그것부터……."

말이 끝나기도 전에 쿤은 이 방을 샅샅이 뒤지기 시작했다.

몇 개의 서랍을 열어 보던 그가 진통제를 찾았는지 쟁반 위에 놓인 물과 함께 가져왔다.

쿤이 미라벨의 어깨를 잡고, 상체를 일으켜 세우며 약을 입안에 넣어 주었다. 그리곤 자연스럽게 컵을 그녀의 입가에 대고 천천히 물을 흘려주었다.

미라벨은 익숙한 맛의 약을 삼키면서 그제야 자신을 부축해 주고 있는 남자의 얼굴을 제대로 쳐다보았다.

짙은 블루블랙 머리에 창백한 피부. 무심한 눈동자와 딱딱하게 굳은 입매가 무척이나 차가운 인상을 풍겼다.

"……내…… 곰 인형?"

아직 약 기운이 돌기도 전이라 고통으로 시야가 뿌옜지만, 미라벨은 한눈에 알아볼 수 있었다.

언제나 자신의 침대 머리맡에 놓여 있는 곰 인형과 똑

같이 생긴 남자였으니까.

"그것까지 가져다줘야 합니까?"

언뜻 귀찮음이 느껴지는 것 같은 말투에 미라벨은 잠시 멍해지고 말았다.

곰 인형을 가져다 달란 뜻이 아니었다.

마치 진짜로 곰 인형이 살아서 자신의 앞에 나타난 것만 같았다.

"어차피 지금 바로 하녀와 의사를 부를 겁니다. 그러니 원하는 건 그때 가져다 달라고 하십시오. 치료에 직접적으로 필요한 물건은 아니니까요."

"아니, 그게 아니……."

쿤은 미라벨의 말이 채 끝나기도 전에, 어깨를 부축해 주고 있던 상태에서 다른 손을 무릎 아래로 넣어 그녀를 번쩍 들어 올렸다.

"아앗!"

갑자기 몸이 붕 뜨는 기분에 미라벨은 미약하게 비명을 질렀다.

하지만 쿤은 그녀의 반응을 무시한 채, 가까운 이레나의 침대에 눕혀 줄 뿐이었다.

고통으로 새파랗게 질린 미라벨을 내려다보며 쿤이 나직하게 말했다.

"여기서 잠시만 기……!"

하지만 하려던 말을 끝까지 내뱉지 못한 채 쿤은 중간에 딱딱하게 굳어 버리고 말았다.

미라벨이 작은 손을 뻗어서 쿤의 뺨을 어루만졌기 때문이다.

“정말, 내 곰 인형 아니에요?”

그가 생전에 단 한 번도 느껴본 적 없는 보드라운 감촉이 미라벨의 손을 타고 전해졌다.

쿤의 무감각했던 잿빛 눈동자에 한순간 당혹감이 깃들었다.

*　*　*

“물건은 마음에 드십니까?”

완성된 미라벨의 나비 모양 머리 장식을 배달해 주러 온 사람은 다름 아닌 보석상에서 이미 한 차례 만난 적이 있는 점원이었다.

아무리 일개 점원이라곤 해도 그가 직접 나올 줄은 몰랐기에 이레나는 내심 의아하게 느껴질 수밖에 없었다.

그런 감정을 눈치챈 것인지 점원은 슬쩍 웃음을 머금으며 말했다.

“저도 이 근처에 볼일이 있어서 겸사겸사 나오게 되었습니다.”

"그런가요?"

"수도에서 열리는 무도회에 참석하려고 가는 길이신가요? 그때 뵈었던 작은 아가씨께 이 머리 장식이 잘 어울렸으면 좋겠군요."

"네. 영수증은 여기 있습니다."

이레나는 쓸데없이 길게 대화를 이어 나갈 생각이 없었기에, 그의 말에 짤막하게 대꾸하고는 건네받은 머리 장식을 챙길 뿐이었다.

"벌써 일어나시려고요?"

"일정을 끝냈으니 이제 돌아가 봐야죠."

"그렇군요. 이곳은 이 지역에서 구경거리가 제일 많은 곳인데 아쉽네요."

보석상과 만나기로 약속된 장소는 귀족들이 자주 드나드는 대형 쇼핑 센터였다.

요즘에는 이렇게 커다란 건물 안에 갖가지 의상실이나 보석상, 잡화점을 열어서 한 곳에서 모든 소비를 해결할 수 있게 만들었다.

이번에 남부 지방에 생긴 보석상도, 벌써 이곳에 체인점을 하나 두고 있었다.

물론 몇몇 귀족은 아직 이런 문화에 적응하지 못하고 원래 있던 쇼핑 타운을 방문했지만, 젊은 층들 사이에서 유행처럼 번지고 있으니 곧 많이 들어서게 될 것이다.

이미 미래를 한 번 경험해 본 이레나는 더욱 잘 알고 있는 사실이었다.

"다음에 기회가 된다면 둘러보도록 하죠. 여기까지 배달하느라 수고했어요."

볼일을 마친 이레나가 곧바로 자리에서 일어나자, 점원이 하는 수 없다는 듯 웃으면서 말했다.

"제 이름은 바토리 코벤입니다. 모쪼록 앞으로도 저희 보석상을 많이 이용해 주십시오."

정중하게 인사를 건네는 바토리를 향해 이레나는 살짝 고개를 끄덕이며, 그를 지나쳐 상점 바깥으로 나왔다.

하지만 이 커다란 건물 안에 들어선 상점은 한두 개가 아니었기에, 길게 늘어진 복도는 한밤중임에도 환한 대낮처럼 밝았다.

쇼핑 센터는 귀족들만 이용할 수 있는 유흥 공간이라, 어쩔 수 없이 블레이즈가의 기사들은 바깥에서 기다리고 있는 상태였다.

그렇기에 이레나는 이 건물 밖으로 벗어나기 위해 서둘러 발길을 재촉하는 중이었다.

그런데 아까부터 묘하게 거슬리는 발자국 소리가 들려왔다.

이레나가 가는 방향을 따라서 쫓아오는 누군가의 발소리에 찜찜한 기분이 들었지만 일단은 무시했다.

지난번에 함부로 제압하려다가 정체가 들통 날 뻔한 적이 있었기 때문이다.

지금은 조금만 더 가면 가문의 기사들이 있었다. 설령 누군가 따라붙었다고 해도 금방 잡을 수 있었기에 이레나는 걷는 속도를 높였다.

하지만 건물을 완전히 나가기 전, 먼저 영업을 끝낸 상점들이 있는 건지 조명이 급격히 어두워지는 구간이 존재했다.

그리고 그 장소에 맞춰서 쫓아오던 발걸음 소리가 점차 빠르게 가까워졌다.

저벅저벅.

신경을 곤두세우며 발걸음을 빨리하고 있는데, 어느새 뒤편에 다가온 커다란 손 하나가 이레나의 어깨를 붙잡았다.

웬만하면 가문의 기사들이 있는 입구까지 무시하려 했지만, 이렇게 가깝게 접근한다면 말이 달라졌다.

휘익—

이레나는 몸을 돌림과 동시에, 뾰족한 장신구를 머리에서 빼내 휘둘렀다.

짧은 순간 발목에 차고 있던 단도를 뽑아 들기에는 너무 시간이 오래 걸리는 탓이다.

하지만 상대방은 이레나의 공격을 아슬아슬하게 막아

내고는, 곧이어 바람이 새는 것 같은 자그마한 웃음소리를 토해 냈다.

"이걸로 두 번째인가?"

귓가로 들려오는 익숙한 목소리.

이레나는 서둘러 고개를 들고 상대방의 얼굴을 정면으로 쳐다보았다.

그러자 푸른색 눈동자를 빛내며 칼라일이 재밌다는 표정으로 자신을 바라보는 것이 보였다.

넓은 어깨와 탄탄한 신체. 제 몸에 딱 맞는 슈트를 차려입고 있는 그는 마지막으로 보았을 때처럼 눈부시게 근사했다.

"저, 전하. 여긴 어떻게……?"

이레나의 놀란 시선을 정면으로 받으며 칼라일이 다시 나지막한 목소리로 말했다.

"그대가 보고 싶어서 왔어. 그러니까 빨리 오라고 했잖아."

순간 말문이 막힐 수밖에 없었다.

단순히 보고 싶다는 이유만으로 달려오기엔 수도에서부터 여기까지의 거리가 너무 멀었다.

도대체 며칠 밤낮을 말을 타고 달려온 것일까?

이레나가 아무 말도 못 한 채 석상처럼 굳어 있자, 칼라일이 마음에 들지 않다는 듯 재차 입을 열었다.

"그런데 못 본 지 얼마나 됐다고 벌써 호칭이 바뀐 거지?"

"아, 그게, 너무 놀라서……."

불현듯 계약 사항이 떠올라서 이레나는 말꼬리를 흐릴 수밖에 없었다.

분명 단둘이 있을 때는 그를 애칭으로 부르겠다고 약속했다. 그런데 특별한 이유 없이 계약을 어긴 건 자신의 잘못이었다.

이레나가 막 미안하다고 입을 열려는 찰나였다.

칼라일이 먼저 앞으로 가며 화제를 전환했다.

"어디로 가는 길이었어?"

"아, 숙소로 돌아가려고 했어요. 동생이 기다리고 있어서요."

"그럼 같이 걷지."

그가 앞서 걸어가 버리자 이레나는 얼떨결에 사과할 타이밍을 놓치고 말았다.

혹시 자신의 마음을 알고 배려해 준 게 아닐까, 하는 생각이 잠깐 들었지만 이레나는 이내 고개를 절레절레 젓고 말았다.

그가 자신을 이토록 배려해 줄 이유가 없었다.

이레나는 곧 앞서 걸어가는 칼라일의 뒤를 쫓으며, 문득 떠오른 생각에 입을 열었다.

"그런데 이대로 함께 나가는 건 좋지 않은 것 같아요."

"왜지?"

"공식적으로 저와 카릴은 지금 아무런 연관도 없는 사이이잖아요. 그런데 바깥에는 제 가문 기사들이 기다리고 있는 상태라……."

"누군가의 눈에 띌까 봐 걱정인 건가?"

"아무래도 그렇죠."

"난 그대와 소문이 날 만한 상황이라는 걸 좀 겪어 봤으면 좋겠는데."

생각지도 못한 칼라일의 답변에 이레나는 한순간 숨을 멈출 수밖에 없었다.

생각하기에 따라선 무척이나 달콤한 말이었다.

하지만 그가 농담으로 던진 것이든, 아니면 거기에 어떤 의미가 숨어 있든 간에 이레나는 이성적으로 판단해야 했다.

"우리는 무도회에서 처음 만나 서로에게 한눈에 반했다는 설정을 가지기로 했잖아요. 그런데 지금 같이 있는 모습을 남들에게 보이는 건 좋지 않아요."

"……약혼녀 얼굴 한 번 보기가 웬만한 전투를 치르는 것보다 힘들군."

은근한 불만이 느껴지는 칼라일의 말투에 이레나는 타이르듯이 재차 입을 열었다.

"근처에 계시면 제가 숙소에 들렀다가 다시 기사들 몰

래 빠져나올게요."

마치 투정 부리는 어린아이에게 사탕을 물려 주는 것 같은 이레나의 태도에, 칼라일은 픽 하고 작게 웃으며 나직하게 대꾸했다.

"그러면 좋겠지만, 나도 시간이 별로 없어서 곧 돌아가 봐야 해."

"방금 오신 거 아니에요? 벌써 가 보셔야 해요?"

"예상보다 영애의 이동속도가 너무 느려서 말이야. 이곳까지 오는데 시간을 많이 잡아먹었어."

그렇다면 여기까지 찾아온 칼라일을 그냥 돌려보낼 수는 없었다.

이레나의 머릿속에 '어떡하지?'라는 생각이 가득 찰 때였다.

고민하는 그녀의 오밀조밀한 옆모습을 칼라일이 힐끗 쳐다보면서 나직하게 말했다.

"통보도 없이 찾아온 건 나야. 그대가 싫어할 만한 행동을 할 생각은 없으니 무도회 전까지 우리의 모습을 남들 앞에 보이기 싫다면 그렇게 해. 지금은 그대 가문의 기사들이 나타나기 전까지만…… 함께 걷는 것으로도 충분해."

생각지도 못한 말에 이레나는 놀란 눈빛으로 그를 쳐다볼 수밖에 없었다.

하지만 그렇다면 이처럼 바쁜 일정 속에서 왜 굳이 자신을 만나러 여기까지 찾아온 것인지 이해가 되지 않았다.

어차피 수도에 도착하면 볼 사이였다.

그런데 그 며칠의 시간을 앞당기고자 이 멀리까지 달려올 필요가 있었을까?

고작 몇 분 동안 얼굴을 보기 위해서?

이레나의 머리로는 납득이 되지 않았지만, 어찌 됐든 시간을 쪼개서 달려온 칼라일을 그대로 돌려보내기엔 마음에 걸렸다.

하지만 그렇다고 가문의 기사들 앞에 당당히 칼라일을 데리고 갈 수도 없는 입장이다.

잠시 고민하던 이레나가 이내 발걸음을 딱 멈췄다.

덥석!

그리곤 갑자기 옆에서 걷고 있는 칼라일의 팔등을 붙잡았다.

그 미약한 손길에 칼라일은 걸음을 멈춘 채 그녀를 빤히 쳐다보았다. 그의 푸른색 홍채에서는 의아함과 동시에 의미를 알 수 없는 열기가 어렸다.

"이런 갑작스러운 스킨십은 곤란한데."

이레나는 대답보다 먼저 서둘러 그의 팔을 잡아당겼다.

슬슬 문을 연 상점가가 많아지는 구간이라 다시 불빛이 밝아지고 있었다.

"따라와요."

이레나가 제 할 말만 내뱉은 채로 칼라일을 끌고 어느 잡화점으로 들어갔다.

굳이 이곳을 선택한 이유는 단순했다. 가장 가까운 데에 있었으니까.

뭐라고 더 말을 할 줄 알았던 칼라일은 생각보다 순순히 이레나가 이끄는 대로 움직이고 있었다.

아니, 오히려 이레나의 일방적인 행동에 칼라일은 불쾌함을 느끼기보단 방금 전보다 더 기분이 좋아 보였다.

그의 기다란 눈가가 부드럽게 접혀 있는 것만 봐도 절로 알게 되는 부분이었다.

"어서 오십시오."

상점 안으로 들어온 이레나와 칼라일을 본 점원은 평상시와 달리 입구까지 걸어 나와서 그들을 깍듯하게 맞이했다.

그럴 수밖에 없었다. 둘은 눈이 환해질 정도로 아름다운 선남선녀였으니까.

화려한 금발 머리에 보석같이 선명한 붉은 눈동자, 그리고 투명한 피부를 지닌 이레나는 누가 보아도 넋을 잃고 쳐다볼 만큼 빼어난 아름다움이 느껴졌다.

칼라일도 역시 마찬가지였다. 뭇 여성들의 관심을 단번의 사로잡을 만큼 조각 같은 외모에 웬만한 남성보다 큰 키, 거기다 야성미가 물씬 풍기는 탄탄한 몸매가 무엇 하나 부족함 없이 완벽했으니까.

그리고 그런 두 사람의 차림새만 보아도 한눈에 꽤나 잘 사는 귀족이란 사실을 짐작할 수 있었다.

점원은 부유해 보이는 고객의 등장에 밝은 미소를 머금으며 말했다.

"무엇을 보러 오셨습니까?"

이레나는 옆에 서 있는 칼라일을 힐끔 쳐다보면서 조용한 목소리로 말했다.

"얼굴을 다 가릴 만큼 커다란 로브 있나요? 무늬가 하나도 들어가지 않은 검은색으로요."

"네? 거, 검은 로브요?"

뜻밖의 물건에 점원은 당황한 표정을 지어 보이고 말았다. 하지만 그건 옆에 서 있는 칼라일도 마찬가지였다.

귀족이라고 해서 로브를 걸치지 않는 건 아니었다.

하지만 귀족들이 사용하는 건 귀한 짐승의 털이 달리거나, 고급스러운 문양이 들어간 매우 값비싼 것들이었다.

이레나가 말하는 무늬 없는 검은색 로브는 떠돌이 용병들이나 입을 법한 보급형 물건이었다.

"이, 있긴 있습니다만……."

"그럼 그거 하나만 주세요."

값비싼 물건을 팔아치울 수도 있겠단 점원의 기대와 달리, 이레나와 칼라일은 서둘러 검은색의 로브 하나만 구입한 채 바깥으로 나왔다.

아쉽다는 듯 뒤에서 입맛을 다지는 점원의 얼굴을 힐끔 쳐다보며 칼라일이 나지막이 물었다.

“이거로 뭐 하려고?”

“카릴이 황태자만 아니라면, 우리가 함께하지 못할 이유가 없거든요.”

“……?”

의아한 표정을 짓는 칼라일을 향해 이레나는 커다란 로브를 양손으로 활짝 펼쳤다. 그리곤 펄럭이는 로브를 그대로 칼라일의 높은 어깨에 감싸 주며 고개를 들어 올렸다.

그러자 생각보다 두 사람의 얼굴이 가까워졌다.

뜻밖의 상황에 이레나는 순간 움찔했지만, 곧이어 아무렇지 않은 척 자신의 생각을 밝혔다.

“이대로 헤어지기엔 내 마음이 좋지 않아서 그래요. 잠깐만 이걸 걸치고 다른 사람인 척해 주면 숙소에 도착할 때까진 함께 할 수 있을 것 같은데…… 어때요?”

그제야 이레나의 말뜻을 알아들은 칼라일은 설핏 웃을 뿐이었다.

그리곤 그가 낮은 목소리로 대꾸했다.

“제국의 황태자에게 얼굴을 가린 채로 다른 사람 행세

를 하라는 건가? 난 적진 한복판에서도 내 정체를 숨긴 적이 없는데 말이지."

"아, 그런지 몰랐어요. 그렇다면……."

그리 어려운 일이 아니라고 생각했는데, 황태자인 칼라일에겐 실례가 되는 말인지도 모르겠다는 생각이 들었다.

이레나가 막 자신의 실수를 정정하려 할 때였다.

칼라일이 불쑥 고개를 조금 더 아래로 떨어트리자, 안 그래도 가까웠던 두 사람의 얼굴이 더욱 밀착되었다.

깜짝 놀라서 상체를 뒤로 빼려는 이레나의 팔목을 움켜쥐며, 칼라일이 방금 전보다 잠긴 목소리로 말했다.

"그러니 황태자인 나한테 이런 일을 시키려면, 최소한 그대의 손으로 직접 입혀 줘야지."

이레나는 조금 놀란 눈동자로 칼라일을 쳐다보다가 다시 조심스럽게 물었다.

"괜찮겠어요? 정체를 숨긴 적 없다면서요. 싫으면 하지 않아도……."

"그대 얼굴을 더 보여 주겠다는데 내가 마다할 리 없잖아."

혹시 칼라일에게 숨겨진 의중이 있나 파악하려 했지만 그가 빈말을 하는 것 같아 보이진 않았다.

조금 전에 꺼낸 말과 달리, 그는 정말로 로브를 둘러쓰고 정체를 감추기로 이미 결정한 것 같았다.

그리고 어쩌다 보니…….

두 사람은 조금만 숨을 크게 내쉬어도 숨결이 닿을 정도로 가까운 거리에 있었다.

하물며 거기에 결정을 내리지 못한 이레나 때문에 그 자세로 가만히 멈춰 있는 상황.

잠시 망설이던 이레나는 바로 코앞에서 느껴지는 칼라일의 뜨거운 시선을 벗어나기 위해서라도 일단 그가 원하는 대로 따라야겠다고 결심했다.

미약하게 떨리는 손끝으로 칼라일의 목 뒤에 있는 후드를 잡곤 곧이어 머리끝까지 올려서 씌워 주었다. 그러자 날카로운 턱 선만 간신히 드러날 정도로 그의 잘생긴 얼굴이 완전히 가려졌다.

처음 이레나가 계획한 스타일이었다.

이것을 제 손으로 직접 입혀 주게 될 줄은 몰랐지만 말이다.

"……이제 됐나요?"

칼라일의 강렬한 푸른 홍채가 보이지 않게 된 것만으로도 이레나는 멈췄던 숨을 내쉴 수 있을 것 같았다.

"그런 것 같군요. 레이디."

장난을 치려는 건지 갑자기 존댓말로 높이는 칼라일을 보고 있자니, 괜스레 귓가로 뜨거운 열기가 몰렸다.

"황송하니 그런 말씀 마세요."

"이왕 이렇게 된 거 백작 영애한테 빠진 노예 검투사를 흉내 내볼까 해서."

나지막이 말을 하는 칼라일의 입가에는 의뭉스러운 웃음이 걸렸다.

아마도 무도회에서 첫눈에 반했다는 설정을 만들어 낸 이레나를 따라 하는 것 같았다.

하지만 그런 장난스러운 말투와 달리 로브 아래로 슬쩍 드러난 그의 푸른 눈동자는 진지하게 느껴질 정도로 착 가라앉아 있었다.

이레나를 향한 그의 시선에는 언제나 묘한 열기가 어려 있었다.

"정말 그랬다면 그대를 위해 모든 검투 대회에서 우승했을 텐데."

"……말씀만이라도 감사하게 생각합니다."

검투 대회 우승이란 게 말처럼 쉽지 않았다. 하지만 이상하게도 그가 내뱉은 말은 왠지 농담처럼 느껴지지 않아서 혼란스러웠다.

그는 도통 알 수가 없는 남자였다.

이레나는 어떻게 만날 때마다 칼라일에 대한 궁금증이 점점 더 커지는 것 같았다.

그의 손이 왜 괴물처럼 변하는지조차 아직 알아내지

못했는데, 벌써 그만큼이나 궁금한 부분이 몇 개 생겨 버렸다.

"그럼 가 볼까?"

시커먼 로브를 둘러쓰고 있는 칼라일은 모든 게 다 가려진 상태인데도 여전히 전신에서 위압감을 풍기고 있었다.

"……네."

이레나는 자그맣게 대답하며 다시 건물의 바깥을 향해 걸었다.

둘 다 말이 많은 편도 아니었고, 나눠야 할 대화가 남아 있는 것도 아니었다.

그저 묵묵하게 앞을 향해 걷는 이 짧은 밤 나들이.

이 시간이 마냥 싫게만 느껴지지 않는 이레나의 마음이 조금 이상했다.

"이분은 누구십니까?"

가문의 기사들은 예상대로 커다란 로브를 둘러쓴 칼라일의 등장에 딱딱하게 표정을 굳히며 경계했다.

하지만 이레나는 간단한 말로 그들의 궁금증을 사전에 봉쇄해버렸다.

"제가 개인적으로 아는 분입니다. 숙소 앞까지 함께 이동하기로 했으니 그렇게 알아 두세요."

그리곤 기사들의 대답도 듣지 않은 채, 이레나가 먼저 마차의 문을 열고 칼라일을 안으로 태웠다.

어딘가 공손하게 느껴지는 이레나의 태도에 기사들은 더더욱 함부로 토를 달 수 없었다.

상대가 남자라는 건 눈치챌 수 있었지만, 얼굴이 가려져 있었기 때문에 어느 가문의 사람인지 확인하지 못했다.

자칫 신분이 높은 분이라면 무례를 범하게 될 수도 있는 상황이라서 가문의 기사들은 쉽사리 나설 수가 없었다.

잠시 망설이던 기사들은 곧 군말 없이 마차를 출발시켰다.

이레나의 명령을 거스를 수도 없었지만, 어차피 기사들이 호위하는 마차를 타고 짧은 거리를 이동하는 것뿐이다. 이로 인해 이레나의 안전을 위협받을 만한 일은 없다고 판단되었으니까.

블레이즈가의 마차는 창문을 열지 않는 한, 웬만하면 안에서 나누는 대화가 바깥에 새지 않도록 설계가 되어 있었다.

하지만 이레나는 저도 모르게 목소리를 낮춘 채로 입을 열었다.

"불편한 데는 없으세요?"

"……전혀."

분명 아까도 타고 온 마차였는데, 칼라일과 함께 있다는 이유만으로 꽉 찬 느낌이 들었다.

그의 긴 다리 때문일까?

이레나는 달그락달그락, 마차 바퀴가 굴러가는 것을 느끼다가 이내 칼라일을 똑바로 쳐다보았다.

분명 커다란 로브로 가려져서 얼굴이 보이지 않았는데, 이상하게 그가 자신을 뚫어지게 바라보고 있는 시선이 노골적으로 느껴졌다.

"……왜 그렇게 쳐다보세요?"

"내가 그대를 보고 있다는 걸 어떻게 알았지?"

"그 정도로 빤히 쳐다보면 아무리 로브를 쓰고 있어도 알 수 있어요."

"그런가?"

칼라일이 자조적인 웃음을 짓는 게 로브 아래로 살짝 드러났다.

그가 다시 말을 이어나갔다.

"곧 헤어져야 하니 조금이라도 더 그대 모습을 담아 두려고."

"누가 들으면 저를 굉장히 아끼시는 줄 알겠어요."

"내 방식대로, 그대를 아끼고 있는 건 사실이야."

"……왜요?"

이레나는 참다못한 궁금증을 결국 입 밖으로 꺼내고야 말았다.

칼라일의 태도는 의심스러운 게 한두 가지가 아니었다. 그저 단순한 계약 결혼이라고만 치부하기엔 뭔가 더 있는 느낌이다.

알고 싶었다.

그가 이러는 이유를.

"저번에는 알려 주지 않으셨지만, 지금은 솔직하게 대답해 주셨으면 좋겠어요. 우리가 과거에 만난 적이 있나요?"

단도직입적인 이레나의 질문에 로브 아래로 보이는 칼라일의 턱 선이 순간 딱딱하게 굳어지는 모습이 보였다.

그가 계속해서 감춘다면 알아낼 방법은 없었지만, 이레나는 시간이 갈수록 진심으로 궁금해졌다.

정말로 자신이 기억하지 못하는 어떤 인연이 있는 건지…….

칼라일이 방금 전보다 한층 낮아진 목소리로 입을 열었다.

"그렇게 궁금하다면 알려 주지. 그대는 기억하지 못하는 것 같지만 우리는 오래전에 만난 적이 있어."

"아……."

그의 대답을 듣자마자 '역시'라는 단어가 떠올랐다. 어쩐지 칼라일의 행동은 의문스러운 구석이 너무 많았다.

지금껏 궁금했던 부분에 조금 실마리를 찾은 느낌이었다.

“저희가 언제 만났었죠?”

“그건…… 다음에 만났을 때 알려 주지.”

“그, 그런 게 어디 있어요?”

순순히 대답을 해 줄 것처럼 굴다가, 갑자기 질문을 회피하니 애간장이 탈 수밖에 없었다.

조급한 이레나의 표정을 바라보던 칼라일이 픽 하고 낮게 웃었다.

“그때까지 지금처럼 내 생각만 해.”

“네……?”

“나와의 만남을 기대하면서 말이야.”

그제야 칼라일의 말뜻을 이해한 이레나는 허탈한 감정을 느낄 수밖에 없었다.

바람둥이인 줄 알았는데 완전히 잘못 짚었다.

이건 선수였다.

이렇게 떡밥만 던져 놓고 제대로 된 대답은 하나도 해 주지 않다니…….

이레나가 뭐라고 더 입을 열려고 하는 찰나였다.

어느새 힘껏 달리던 마차가 천천히 멈추더니 바깥에서 똑똑, 하고 노크를 하는 소리가 들려왔다.

창문을 슬쩍 열어 보니 기사 한 명이 정중하게 말했다.

"도착했습니다, 아가씨."

"그래요……."

이레나는 다시 창문을 닫고 눈앞에 있는 칼라일을 바라봤다.

짧은 거리라는 건 알았지만, 고작 몇 마디 대화를 나눴을 뿐인데 순식간에 도착하고야 말았다.

"벌써 헤어져야 할 시간이네요. 다음번에 만났을 땐 꼭 알려 주셔야 해요."

"……그러지."

칼라일의 대답을 마지막으로 두 사람은 마차에서 내렸다.

기사들의 찌를 듯한 시선이 전부 칼라일을 향해 꽂혔지만, 정작 그는 눈 하나 깜짝하지 않는 그런 느낌이었다.

이레나가 슬쩍 고개를 숙이며 칼라일을 향해 인사했다.

"전 이만 들어가 볼게요. 조심히 가세요."

남들의 시선을 의식한 이레나는 짧은 말만 남긴 채, 먼저 숙소 안으로 걸음을 옮겼다.

그러자 블레이즈 가문의 기사들 또한 그런 이레나의 뒤를 따라 일사불란하게 걸어갔다.

칼라일만 그 자리에 서서 멀어지는 이레나의 뒷모습을

가만히 쳐다보다가 이내 나지막이 중얼거렸다.

"……함부로 고개 숙이지 말라니까."

무도회 전까지 두 사람이 함께 있는 모습을 외부로 알리고 싶지 않아 하는 이레나의 의견을 존중했기에, 칼라일은 자신이 하고 싶은 모든 것을 참고 있는 중이었다.

지금껏 타인을 위해서 자신의 욕구를 절제해 본 적이 없었지만, 그게 이레나 때문이라면 그마저도 썩 나쁘지 않았다.

칼라일의 시야에서 이레나가 완전히 사라지고 난 다음에야 그는 몸을 돌렸다.

뚜벅뚜벅.

한밤중이라 인적이 드문 길거리에는 유독 그의 발자국 소리가 크게 울려 퍼졌다.

그러던 어느 순간.

이 어두운 골목에 어스름한 달빛만이 존재하는 것 같다고 느껴질 때, 아무도 없는 것 같았던 골목에서 몇 개의 그림자가 나타났다.

그와 동시에 그림자들은 칼라일을 향해 쏜살같이 다가왔다.

그들은 칼라일의 신변을 지키는 호위 부대였다.

"황후 측에서 전하의 빈자리를 눈치챘다고 합니다. 이제 어디로 향하시겠습니까?"

"돌아가야겠지, 수도로."

칼라일은 그제야 머리까지 쓰고 있던 검은색의 로브를 벗어 버렸다.

흐린 달빛에 시리도록 차가운 푸른색의 눈동자와 누군가 정성스럽게 조각한 것 같은 날카로운 콧날이 드러났다.

칼라일은 문득 이레나가 사라진 방향으로 다시 고개를 돌리며 중얼거렸다.

"……벌써부터 보고 싶어지는 것 같아 큰일이야."

8
무언가 놓치고 있는 걸까?

이레나는 숙소에 도착하자마자 미라벨이 정신을 잃고 쓰러졌다는 소식을 전해 들었다.

그녀에게 말을 전하는 하녀 메리도 예상하지 못한 상황이었는지 아직까지 당황한 기색이 역력하게 느껴졌다.

"뭐라고? 왜 곧바로 나한테 알리지 않은 거야?"

"그게…… 아가씨께 사람을 보냈는데 서로 엇갈렸나 봐요."

"의사는 불렀어?"

"네. 이미 진료를 보시고……."

"지금 미라벨이 있는 방이 어디야? 당장 안내해."

이레나의 말에 메리가 황급히 앞장을 섰다. 이레나는

그 뒤를 쫓아 서둘러 미라벨이 있는 방으로 뛰어갔다.

귀족들은 웬만해선 뛰지 않았지만, 지금 이레나에겐 그런 게 하나도 중요하지 않았다.

자신이 자리를 비운 사이 미라벨이 아팠다는 얘기만 전해 들어도 가슴이 쿵쾅쿵쾅 뛰었다.

불현듯 저번 생에서 미라벨이 다른 남자들에게 더럽혀지며 울부짖던 비명이 환청처럼 귓가에 들려오는 것 같았다.

콰앙!

거칠게 문을 열고 안으로 들어가니…….

뜻밖에도 침대에 누워서 고른 숨소리로 자고 있는 미라벨의 얼굴이 눈에 들어왔다.

그 모습을 확인하자마자 입가에서 절로 안도의 한숨이 새어 나왔다.

"……다행이다."

많이 아파 보이진 않아서 정말 다행이었다.

이레나는 자석에 이끌리듯 자고 있는 미라벨에게 다가가 그녀의 작은 얼굴을 쓸어 주었다.

손을 타고 전해지는 미라벨의 따스한 온기에 왜인지 눈물이 날 것만 같았다.

그렇게 한동안 자고 있는 미라벨의 얼굴을 들여다보며, 어디가 또 아프진 않나 걱정스레 살피고 있을 때였다.

이레나의 시선에 이질적인 무언가가 걸렸다.

그건 누군가의 외투였다.

처음엔 미라벨이 덮고 있는 이불에 가려져 있어서 몰랐는데, 자세히 들여다보니 사이즈도 큰 게 남자가 입는 것이었다.

자고 있는 와중에도 절대 놓치지 않겠다는 듯 힘껏 쥐고 있는 미라벨을 보고 있자니, 의문이 생길 수밖에 없었다.

"……이게 뭐지?"

하지만 곧 이레나의 예리한 기억력은 그 외투와 똑같은 걸 입고 있던 남자가 누구인지 기억해냈다.

쿤 카샤.

그의 외투를 왜 미라벨이 가지고 있는 거지?

의문이 생긴 이레나는 안정된 미라벨에게서 시선을 돌려 뒤쪽에 서 있는 메리를 쳐다봤다.

그러자 메리도 이레나가 궁금해하는 게 무엇인지 곧바로 알아차렸다.

메리가 막 입을 열어 대답하려는 찰나였다.

"그게……!"

"쉬ㅡ."

이레나가 손가락을 세워서 조용히 하란 의사를 전달했다. 그리곤 눈짓으로 방문을 가리키며 바깥으로 나가자는 신호를 보냈다.

아무리 목소리를 낮춰서 대화한다 해도 곤히 잠든 미라벨을 방해할 수 있었기 때문이다.

조용히 바깥으로 나온 두 사람은 미라벨이 자고 있는 방에서 일정한 거리를 벌린 후에야 목소리를 내기 시작했다.

이레나가 먼저 물었다.

"저건 무슨 옷이야?"

"저도 잘 모르겠어요. 사실…… 방의 온도를 조금 더 높여 달라고 요청하러 간 사이 미라벨 아가씨께서 쓰러지셨단 소식을 전해 들었거든요."

"전해 들어? 누구한테?"

"호텔 직원이라고 했는데 저도 너무 경황이 없어서 잘 기억이 나질 않아요."

그 당시의 자초지종을 듣자마자 이레나의 머릿속에 쿤을 기다리게 했던 장소가 어디인지 떠올랐다.

"혹시 미라벨이 쓰러져 있던 곳이 내 방이야?"

"네 맞아요! 이레나 아가씨 방이었어요. 아마 거기까지 찾아가신 모양이에요."

"그랬구나……."

아마도 쿤이 미라벨의 아픈 상태를 보고 도와준 모양이었다.

하지만 그렇다고 해도 왜 그가 입고 있던 옷을 미라벨

이 쥐고 있는 건지 의문이 풀린 것은 아니었다.

어찌 됐든 자세한 사정은 당사자한테 직접 물어보면 알게 될 일이다.

이레나는 쿤을 찾아가기 전에, 메리를 향해 단호한 목소리로 말했다.

"미라벨의 컨디션이 좋지 않다는 건 알고 있었을 텐데 아무도 남겨 두지 않고 함부로 자리를 비우면 어떻게 해. 나도 없는 사이 미라벨한테 무슨 일이라도 생겼으면 어쩔 뻔했어?"

"……죄송해요, 아가씨."

"이번에는 넘어가지만, 다음번에 또 이런 일이 생기면 그땐 각오해야 할 거야."

"네, 절대 미라벨 아가씨 곁에서 떨어지지 않을게요."

메리 스스로도 많이 자책했는지, 잠깐 못 본 사이 꽤나 수척해진 얼굴이었다.

분명 자리를 비운 건 명백히 메리의 잘못이었지만, 여행 중에 그녀 혼자서 모든 것을 다 챙기긴 어렵단 사실을 이레나도 잘 알고 있었다.

물론 메리 말고도 몇 명의 하녀가 더 있었지만, 현재 그들을 통솔하는 것은 메리의 몫이었다. 설령 다른 하녀들과의 의사소통에 문제가 있었다 해도 그 또한 메리가 책임을 져야 할 부분인 것이다.

하지만 냉정한 이성과 달리, 괜스레 축 처진 메리의 어깨가 눈에 밟혀서 이레나는 한마디를 덧붙였다.

"미라벨은 몸이 약한 아이야. 혼자서 아프지 않게 신경 써 줘, 부탁할게."

"네, 네! 꼭 그럴게요. 정말…… 죄송해요."

저번 생에서부터 메리는 눈치 빠르고 총명한 편은 아니었다. 하지만 순박하고 심성이 착했기에 곁에 두었던 것이다.

아무리 딱 부러지게 일을 잘한다 해도 상황에 따라 입장을 바꾸는 박쥐 같은 유형은 오랫동안 곁에 두기 좋지 않았다.

한 번 더 기회를 주고 싶었기에 이레나는 말없이 메리의 어깨를 몇 번 토닥여 주었다.

그리고 그 마음이 고스란히 메리에게 전달되었다.

메리는 자신의 실수를 따뜻하게 감싸주는 이레나의 태도에 괜스레 눈시울이 붉어져서 고개를 숙이고 말았다.

* * *

이레나는 쿤과 만나기로 약속했던 자신의 방으로 돌아왔다.

여전히 방은 나가기 전처럼 껌껌한 어둠으로 휩싸여

있었지만, 이레나는 이곳에 쿤이 숨어 있다는 사실을 단번에 알아차렸다.

"……미라벨 일은 어떻게 된 거죠?"

흡사 혼잣말처럼 중얼거린 이레나의 말에 어둠 속에서 천천히 쿤의 형상이 나타났다.

본인의 기척을 알아차린 이레나를 여전히 호기심 어린 시선으로 쳐다봤지만, 그뿐이었다.

쿤은 평상시처럼 높낮이 없는 사무적인 목소리로 대답했다.

"이 방에서 쓰러지셨기에 도와드렸을 뿐입니다."

"그렇다면 외투는 왜 남기고 간 거예요?"

동요라는 게 없는 쿤의 눈동자가 미세하게 흔들렸다. 하지만 이레나가 알아차리기 전에 그 감정은 순식간에 사라져 버렸다.

"제 옷을 안 놔 주셔서 어쩔 수 없었습니다."

"……미라벨이요?"

"네."

이레나는 믿기지 않는 표정으로 쿤을 쳐다볼 수밖에 없었다.

미라벨은 자칫 철부지 아가씨처럼 보일지 모르겠지만, 절대로 남에게 폐를 끼칠 만한 행동을 할 아이가 아니었다.

그런 미라벨이 쿤의 옷을 잡고 놔주지 않았다는 게 상상이 가질 않았다.

'……아파서 그랬던 건가?'

미라벨의 속마음까지 알 수는 없었기에 이레나는 그저 그렇게만 짐작할 뿐이었다.

문득 이레나의 눈에 외투 없이 셔츠만 입고 서 있는 쿤이 들어왔다.

그동안의 짧은 만남으로 어느 정도 그의 성격을 파악하고 있는 상태였다.

쿤은 아무런 이유 없이 움직일 만큼 배려심 깊은 남자가 아니었다.

"감사 인사가 늦었네요. 도와줘서 고마워요."

"……."

"호텔 직원으로 위장해서 하녀와 의사를 불러 준 게 카샤 경이죠? 빠른 처치 덕분에 다행히 별 탈 없이 넘길 수 있었어요."

"……어쩌다 보니 그렇게 된 것뿐입니다. 딱히 그런 인사는 하지 않으셔도 됩니다."

"아니에요. 정말로 고마워요. 저한텐 세상에서 제일 소중한 동생이거든요."

마음속으로 항상 생각했던 내용이라 누구에게라도 당당히 말할 수 있었다.

조금 전 미라벨이 쓰러졌다는 얘기를 전해 듣고, 심장이 바닥까지 떨어질 뻔했던 감정이 지금까지 생생했다.

과거로 돌아온 자신의 목표는 오로지 단 하나.

가족들의 평안.

아버지, 오라버니, 그리고 미라벨. 누구 하나 아프거나 다치지 않게 지켜 줄 것이다.

잠시 대화가 끊어지자, 이례적으로 쿤이 먼저 말을 걸었다.

"제가 건네 드린 크라우스가에 대한 정보는 언제 확인하실 겁니까?"

"오늘은 동생의 곁을 지켜야 해서 확인이 어려울 것 같아요. 이 말도 전하려고 왔어요. 기다리게 해 놓고 미안해요."

"아닙니다. 그럼 다음에 찾아뵙겠습니다."

쿤은 마치 이레나가 그럴 줄 알았다는 것처럼 미련 없이 몸을 돌렸다.

창문을 통해 나가려는 건지, 그쪽을 향해 뚜벅뚜벅 걸어가는 쿤의 뒷모습을 보다가 불현듯 이레나의 머릿속에 떠오른 생각이 있었다.

"혹시 오늘처럼 동생에게 위험한 일이 생기면 도와주세요."

"……이번이 마지막일 겁니다."

그 말만 남긴 채, 쿤은 순식간에 창문을 열고 이레나의 눈앞에서 사라져 버렸다.

쿤의 능력을 잘 알기에 마음 같아선 미라벨의 보호를 부탁하고 싶었지만, 안타깝게도 그는 이레나의 사람이 아니었다.

그 말인즉, 쿤이 이레나의 말을 들어줄 이유가 전혀 없다는 것이다.

이레나는 내심 아쉬운 마음이 들었지만, 한편으론 어쩔 수 없는 일이라 생각했다.

이번 일에 나서 준 것만으로 만족할 수밖에…….

그렇게 오늘 밤 일이 일단락되는가 싶었지만, 사람의 인연이란 게 예상과는 전혀 다른 방향으로 흘러가고 있었다.

다음 날, 잠에서 깨어난 미라벨은 가장 먼저 누군가를 찾기 시작했다.

"언니, 내 곰 인형이랑 똑같이 생긴 아저씨 어디 있어?"

"……뭐?"

"짙은 파란색 머리의 아저씨 말이야. 혹시 어제 못 봤어?"

이레나는 그게 누구를 말하는 건지 단번에 알아들었지만, 그렇다고 쿤을 아는 체할 수는 없는 입장이었다.

그에 대해 설명할 수 있는 아무런 말도 준비되어 있지 않았기 때문이다.

쿤은 아무도 모르게 이레나의 일을 처리해 주는 사람이었다.

그를 소개시켜 준 칼라일 황태자에 대해서 얘기를 할 수도 없었고, 하물며 외부인이 늦은 밤까지 자신의 방에 있었던 이유에 대해 설명하긴 더욱 어려웠다.

"글쎄, 누굴 말하는 건지 모르겠네."

이레나는 하는 수 없이 쿤에 대해 모르는 척했다.

그러자 미라벨은 한눈에 봐도 실망한 기색이 역력했다.

가뜩이나 컨디션이 좋지 않아 창백해진 미라벨이 시무룩한 표정을 짓자, 이레나의 마음도 아플 수밖에 없었다.

"갑자기 그런 사람은 왜 찾는 건데?"

"……."

"널 도와줘서 감사의 인사라도 전하고 싶은 거야?"

"……내가 가지 말라고 했는데도 가 버렸어."

미라벨은 자신의 손에 남아 있는 쿤의 외투를 씁쓸한 눈빛으로 쳐다봤다.

사실 이 외투가 어떻게 생겼는지 잠에서 깨어나고 난 다음에야 제대로 확인할 수 있었다.

어젯밤은 갑작스레 찾아온 고통 때문에 눈앞에 안개가

낀 것처럼 흐릿했으니까.

진통제를 복용해도 바로 효과가 나타나는 것은 아니었기에, 미라벨은 고통 속에서 계속 몸부림을 치고 있었다.

불현듯 머릿속에 정신을 잃기 전, 그와 마지막으로 나눴던 대화가 떠올랐다.

"전 곰 인형이 아닙니다."

누구라도 곰 인형이 아니냐는 질문을 갑자기 받는다면 당황할 법도 한데, 그는 되려 이상하리만치 침착하게 대답했다.

그게 오히려 더 우스워서 미라벨은 아픈 와중에도 실소를 머금었는지도 모르겠다.

짙은 블루블랙의 머리카락이 신기할 정도로 곰 인형과 똑같은 색상이었다.

흔한 색이 아니었다.

오히려 매우 특이해서 쉽게 찾을 수 없는 컬러였다.

어쩌면 아픈 와중에 곰 인형이 살아서 나타났으면 좋겠다고 생각해서 떼를 썼는지도 모른다.

"일단 이것 좀 놓아주시죠. 그래야 사람을 불러올 거 아닙니까?"

"괘, 괜찮아요…… 그냥, 여기 있어 주세요. 어차피 의사가 와도 아무 소용없을 거예요."

"그건 의사한테 직접 들으시죠."

쿤이 몇 차례 미라벨의 손아귀에서 벗어나기 위해 움직였지만, 그때마다 미라벨은 더욱 힘껏 그의 외투를 잡아끌었다.

혼자 있기 싫었다.

이렇게 아픈데 혼자 남겨지는 게 더 싫었다.

쿤이 세게 뿌리쳤다면 미라벨의 손아귀에서 벗어났겠지만, 그는 마치 무표정한 얼굴로 '이걸 어떻게 하나' 고민하는 것처럼 보였다.

그게 불쌍하고 동정 어린 시선이 아니라 너무나도 무감각해 보여서 오히려 위로가 됐다. 좋았다.

"혼자…… 두지 마세요."

"……."

"아플 때, 혼자인 게 더…… 싫어요."

"……."

"조금 있으면…… 괜찮아지니까, 여기에 그대로 있어 주세요……."

언제나 고통이 찾아오면 딱 죽을 것처럼 아팠다.

그리고 그 순간마다 생각했다. 죽을 때 혼자이긴 싫다고.

하지만 자신의 이 말에 이런 식으로 대답을 해 준 사람은 그가 처음이었다.

"……아가씨, 세상은 누구나 혼자입니다."

그게 미라벨의 기억하는 마지막 장면이었다.

다시 눈을 떴을 때, 혹시 자신이 꿈을 꾼 게 아닌가 싶었다. 곰 인형을 닮은 남자라니 스스로 생각해도 우스웠으니까.

하지만 손에 남아 있는 외투를 보아하니 꿈이 아니었다.

그렇게나 가지 말아 달라고 부탁했는데, 그에겐 전혀 소용이 없었던 모양이다.

조금 서글퍼졌다.

* * *

셀비 후작가의 저택 안.

엘렌은 사람을 시켜 데려온 여자를 보고 눈살을 찌푸렸다.

블레이즈가에서 쫓겨나고 한동안 고생을 좀 했다곤 들었지만, 그게 이 정도로 지저분한 상태인 줄은 몰랐다.

'이럴 줄 알았으면 좀 씻겨 놓으라고 시킬걸.'

엘렌은 얼른 향수를 뿌려 놓은 손수건을 꺼내 코를 막았다.

그리곤 나름 우아한 자세로 서서 자신의 앞에 넙죽 엎드려 있는 여자에게 말했다.

"네가 소피니?"

"네, 네! 아가씨. 제가 블레이즈가에서 일했던 소피입니다."

"블레이즈 가문에서 쫓겨났다고 들었는데?"

"아, 그것이……."

소피는 말꼬리를 흐릴 수밖에 없었다.

안 그래도 입방정을 떤 벌로 블레이즈 가문에서 쫓겨나게 되었다. 혹시라도 말을 잘못했다간 이레나가 이번엔 정말로 제 목을 칠지도 몰랐다.

두려움으로 선뜻 말문을 열지 못하는 소피를 향해 엘렌은 가지고 있던 돈주머니부터 던졌다.

짤랑, 하고 그 안에 담긴 금화끼리 부딪치는 소리가 크게 울렸다.

그 소리에 깜짝 놀란 소피가 고개를 들고 엘렌을 쳐다봤다. 구정물이 잔뜩 낀 얼굴에는 놀란 빛이 역력했다.

엘렌은 지저분한 소피의 얼굴을 직접 마주 본 후에 미간이 더욱 좁아졌다.

소피의 더러운 꼬락서니가 못마땅했기 때문이다.

"네가 어떻게 하느냐에 따라서 이것을 주마. 대신 내가 묻는 말엔 뭐든 상세히 대답해야 할 것이야. 갑자기 블레이즈가에서 쫓겨난 이유가 뭐야?"

"제, 제가, 쫓겨난 이유는 이레나 아가씨가 밤마다 남자들을 만나러 나간다는 사실을 알게 되었기 때문이에요. 그래서 제 입을 막으려고 저를, 흐윽, 저를 쫓아낸 거예요!"

그제야 억울하다는 듯이 소리치는 소피의 말을 들으며 엘렌은 입가에 잔인한 미소를 머금었다.

이미 어느 정도는 알고 있는 내용이었다. 그렇기에 사람을 시켜 그 이야기의 증인인 소피를 찾아 헤맨 것이다.

그런 이유가 아니었다면 고작 하녀 따위에게 이토록 큰 금액을 선뜻 건네줄 생각은 하지 않았다.

"나중에 내가 시키는 자리에서도 그 말을 제대로 증언할 수 있겠느냐?"

"아, 아무렴요. 아가씨는 다 죽어 가는 저를 구해 준 은인이십니다."

"호호호, 앞으로가 기대되는구나."

엘렌은 이미 머릿속에 이레나에게 어떻게 복수할지 모든 계획을 세운 상태였다.

감히 사람들 앞에서 소금물을 뿜게 하고 창피를 줬겠다?

자신이 할 수 있는 가장 혹독한 방법으로 지금까지 당한 수모를 모두 갚아 줄 것이다.

"일어나거라. 네가 알고 있는 블레이즈 영애에 대한 정보를 전부 다 넘겨주려면 시간이 모자랄 것 같구나."

*　　*　　*

이레나 일행은 지금까지보다 더욱 천천히 수도를 향하기 시작했다.

다행히 미라벨은 며칠 만에 기력을 회복했지만, 그래도 한 번 앓고 난 다음이라 혹시라도 몸에 무리가 될까 염려되었기 때문이다.

"언니, 나 이제 정말 괜찮아졌는데."

"알고 있어."

"그럼 속도를 좀 더 높여도……."

"다른 거 신경 쓰지 말고 담요나 제대로 덮어."

체온은 항상 따뜻하게 유지시켜 주는 게 좋았기에 이레나는 마차 안에서도 미라벨에게 항상 담요를 덮어 주었다.

그런 행동에 미라벨은 그저 못 말리겠다는 듯이 웃을 뿐이었다.

지금 미라벨의 머리에는 이레나가 사 준 나비 모양의 머리 장식이 달려 있었다.

상상했던 것보다 더 잘 어울려서 이레나도 볼 때마다 매우 흡족하게 느껴졌다.

그런데 이상한 것은…….

이번 여행을 하는 동안에 부쩍 미라벨이 성장한 느낌이 든다는 것이다.

어떤 부분이라고 딱 꼬집어 말할 순 없었지만, 또래보다도 작고 왜소했던 미라벨에게 조금씩 성숙미가 풍기기 시작했다.

미라벨한테 심경의 변화가 있는 것 같기는 했지만, 그게 뭔지는 정확히 알 수 없었다.

'……카샤 경과 그날 특별한 일이 있었던 건 아닌 것 같은데, 왜일까?'

한동안 미라벨은 쿤의 행방을 찾더니, 어느 순간 완전히 잊어버린 사람처럼 그날 일에 대해 한 마디도 꺼내지 않게 되었다.

하지만 정말 잊어버렸다고 치부하기엔 의아한 점이 있었다.

바로 어머니의 유품인 귀중한 곰 인형에게 쿤이 남겨두고 간 외투를 입혀 놓았다는 사실이다.

그게 이상하게 마음에 걸렸다.

둘은 이번처럼 특별한 경우가 아닌 이상에야 절대로 마주칠 리가 없는 부류였다.

신분, 나이, 성격, 뭐 어느 하나라도 맞는 게 전혀 없는 타입이었으니까.

꽃 한 송이 꺾지 못하는 미라벨과, 짙은 피 냄새가 밴 쿤은 아무리 생각해도 어울리지 않는 조합이었다.

그런 둘 사이에 우연히 접점이 생기고, 미라벨에게 어

떤 변화가 찾아왔다는 건 좋지 않았다.

'……내가 무언가 놓치고 있는 걸까?'

이레나는 자신이 쓸데없는 걱정을 하고 있다는 걸 잘 알았지만, 그렇다 해도 가벼이 넘기고 싶진 않았다.

그랬기에 끝끝내 미라벨에게 쿤에 대한 행방을 밝히지 않은 것도 있었다.

조용히 마차의 창밖을 바라보던 미라벨이 갑자기 이레나를 향해 말을 걸었다.

"언니, 저기 봐. 하얀 꽃이 너무 예쁘다."

그 말에 이레나는 미라벨이 가리키는 곳을 바라보았다.

"그러게, 정말 예쁘네."

문득 다시는 되돌릴 수 없다고 생각한 이 시간을 살고 있다는 것에 감사한 마음이 들었다.

이미 한 번 미라벨을 잃고 사무치게 그리워한 적이 있었다.

그래서 지금처럼 소소한 일상들마저 이레나에겐 무척이나 소중하게 느껴질 수밖에 없었다.

그렇게 이레나와 미라벨은 수도로 향하는 마차 안에서 두런두런 수다를 떨며 나름대로 행복한 시간을 보냈다.

그리고 그런 행복한 시간들 속에서 이레나는 가끔 칼라일이 남긴 말을 떠올렸다.

—그대가 보고 싶어서 왔어.

자신이 수도로 향하는 이 짧은 기간을 못 견디고 달려온 남자…….

혹시 그는 지금도 자신이 보고 싶을까?

문득 그런 궁금증이 들었다.

이레나는 숙소에서 틈이 날 때마다 쿤이 지난번에 주고 간 크라우스가에 대한 정보를 읽었다.

그뿐만이 아니었다. 처음에 전달받았던 수도권 귀족과 황실에 대한 정보도 몇 차례나 다시 정독했다.

그때 받았던 것과 달리 이번 크라우스가에 대한 정보는 그리 많지 않았다.

쿤은 애초부터 크라우스가에 대한 정보는 자세히 얻기가 어렵다고 말했는데, 직접 받아 보니 그 말 그대로였다.

서류 안에는 크라우스가의 실세인 에반스 백작에 대한 내용이 간략하게 적혀 있었다.

에반스 크라우스.

나이는 육십 세가 넘었지만, 아직까지 손익에 대한 계산이 빠르다는 것.

뼛속까지 장사꾼인 집안답게 정치적인 일에 얽히기 싫

어한다는 것과, 루퍼드 제국 내에서 그가 가지고 있는 상권의 위력 등등.

크게 도움이 될 만한 내용은 없었지만, 그래도 모르고 있는 것보단 나았다.

'……하긴 내가 생각한 걸 카릴이 모를 리 없지.'

이 모든 정보를 칼라일 또한 알고 있었다면, 가장 먼저 크라우스가에 대한 지지를 받고 싶어 했을 게 분명했다.

하지만 아직까지 그러지 못한 이유가 있을 터.

그리고 어쩌면 쿤이 자신에게 감추는 정보가 있을지 모른다는 가능성도 염두에 뒀다.

꼭 쿤을 의심하는 것은 아니었지만, 그렇다고 그가 전해 주는 정보만 믿을 순 없었다.

정말 궁금한 것은 직접 알아보고 확인해야 했다.

본인의 눈으로 본 것도 전부 믿을 수 없는 정치판에서 타인이 주는 내용만 무조건적으로 신뢰할 수는 없었으니까.

'앞으로 해야 할 일이 많겠어.'

당장은 무도회와 칼라일과의 공식적인 결혼이 시급했지만, 그를 황제로 만들기 위해선 넘어야 할 산이 많았다.

이레나가 머릿속으로 이런저런 계산을 하고 있을 때였다.

똑똑—

누군가 문을 두들기는 소리가 들려왔다.

문득 시계를 확인하니 마차에 탑승하기로 약속된 시간이었다.

"언니, 준비 다 됐어?"

바깥에서 들려오는 미라벨의 목소리에 이레나는 책상 위에 펼쳐 놓았던 서류들을 대충 정리하기 시작했다.

"응, 지금 나갈게."

천천히 마차를 타고 이동하긴 했지만, 그래도 제법 시간이 흐르다 보니 어느새 수도권에 진입을 한 상태였다.

아마 오늘 중으로는 아버지가 계신 수도의 저택에 도착할 수 있을 것이다.

이레나가 방에서 나오자, 미라벨이 기다렸다는 듯 입을 열었다.

"아, 언니. 무도회 때 입으려고 맞춰 놓았던 드레스 말이야. 가는 길에 의상실에 들러서 찾아갈까?"

"드레스? 어떻게 제작됐을지 궁금해?"

"응. 이럴 줄 알았으면 블레이즈 성에서 받을 걸 그랬나 싶어. 혹시라도 구겨질까 봐 수도에서 받겠다고 한 건데, 어떻게 만들어졌는지 눈으로 직접 확인할 수가 없잖아."

현재 모든 의상실은 이번 황실에서 열리는 무도회 때

문에 주문이 꽉 차 있는 상태였다.

이레나와 미라벨이 맡긴 드레스는 다행히도 빠르게 주문을 넣어서인지 이미 완성이 되었다고 연락을 받은 상황이다.

어차피 저택으로 가는 길에 들릴 수 있는 곳이기에 이레나도 흔쾌히 고개를 끄덕거렸다.

"그래, 그럼 의상실부터 들렀다가 가자."

"기대된다!"

활짝 웃는 미라벨과 함께 이레나는 마차 안으로 탑승했다.

아무리 최고급 여관이라 해도, 계속해서 잠자리를 옮기고 마차로 이동하던 일정이 드디어 끝나는 날이었다.

미라벨만큼 이레나의 기분도 꽤나 좋았다.

마차는 늦은 오후가 되어서야 의상실 앞에 도착할 수 있었다.

이레나와 미라벨은 익숙하게 마차에서 내려 미리 연락해 둔 의상실 안으로 들어갔다.

끼익—

문을 열자마자 가장 먼저 들려온 건 분주하게 움직이는 재봉틀 소리였다.

타타타타타탁.

원래는 2층에서만 제작을 했기 때문에 입구까지 들릴 리가 없는 소리였지만, 요즘에는 주문이 너무 밀려서 1층에서도 작업을 하느라 시끄러웠다.

이레나와 미라벨이 드레스를 맡긴 이곳, 앤코 의상실은 나름대로 수도권에서 열 손가락 안에 드는 유명한 곳이었다.

앤코 의상실의 주인인 마담 미첼은 손님이 들어온 것을 확인하고 서둘러서 마중 나왔다.

"어서 오세요, 레이디. 미리 사람을 보내서 연락 주셨던 블레이즈가의 영애들이신가요?"

그 질문에 가뜩이나 드레스에 대해 기대하고 있던 미라벨이 먼저 입을 열어 대답했다.

"네. 저희가 주문한 드레스를 찾으러 왔어요."

"이쪽으로 오세요."

마담 미첼은 정신이 하나도 없는 표정이었지만, 그래도 최대한 예의 바르게 두 사람을 안내하기 시작했다.

그렇게 고풍스럽게 꾸며진 의상실 복도를 지나 마네킹에 걸려있는 두 가지의 드레스를 확인하게 되는 순간이었다.

"와아—"

미라벨이 밝은 표정을 지으며 탄성을 내질렀다.

그녀가 주문했던 내용들과 딱 맞게 제작되어 나온 드

레스들이었기 때문이다.

미라벨이 입게 될 상대적으로 작은 사이즈의 드레스는 핑크색으로 이루어져 매우 여성스럽고 귀여웠다.

그리고 그 옆에 있는 이레나의 드레스는 짙은 남색으로 한눈에 봐도 무척이나 고급스럽고 우아한 디자인이었다.

신상 드레스라서 그런지 옷감부터 장식 하나까지 모든 게 번쩍거리는 것 같았다.

미라벨은 자신의 마음에 쏙 드는 드레스를 이리저리 둘러보며 만족스러운 표정으로 말했다.

"너무 마음에 들어요. 제가 주문한 내용들을 그대로 재현해 주었어요."

"아가씨께서 드레스를 보는 눈이 정말 남다르세요. 저도 만들어진 완성품을 보고 감탄하고 말았답니다. 이번에 저희 앤코 의상실에서 제작된 드레스들 중에 단연 다섯 손가락 안에 꼽힐 정도로 예쁘게 나왔어요."

"헤헤, 뭘요. 전 그냥 디자인해 주신 것에 몇 가지를 더 추가했을 뿐인걸요."

마담 미첼이 미라벨의 안목을 칭찬해 주는 걸 들으며, 이레나는 자신도 모르는 새에 옅은 미소를 짓고 있었다.

저번부터 미라벨에게 드레스를 만드는 소질이 있다고 생각했는데, 생각해 보면 자신만 그렇게 느꼈던 게 아닌 모양이다.

마담 미첼이 말했다.

"이번 황실 무도회에 참석하실 때 입으실 건가요?"

"네, 언니와 함께 참석할 예정이에요."

"드레스도 예쁘게 잘 나왔지만, 두 분의 미모가 다 눈이 부실 정도로 아름다우니 분명 주목을 받으실 거예요."

누구에게나 하는 입에 발린 말일지도 모른다는 걸 알면서도 이레나의 기분은 썩 나쁘지 않았다.

자신을 향한 말보다, 미라벨에게 예쁘다고 한 말이 듣기 좋았기 때문이다.

잠자코 있던 이레나가 마담 미첼을 향해 말했다.

"저희가 직접 가져갈 테니 포장해 주세요."

"네, 그럼 잠시만 소파에 앉아서 기다려 주세요."

마담 미첼이 안내해 주는 곳으로 자리를 옮기자, 곧 이곳의 여직원이 아기자기하게 꾸며진 과자와 향긋한 차를 가지고 왔다.

의상실에서 준비해 준 드레스를 마차에 싣는 일은 오래 걸리지 않았다.

여기서는 드레스가 구겨지지 않게 꼼꼼히 포장을 해 주었고, 마차에서 기다리고 있던 마부가 깔끔하게 포장된 드레스 두 벌을 짐칸에 실었다.

그렇게 잠시 기다리고 있자니, 마담 미첼이 다가와서 말을 건넸다.

"준비가 다 끝났답니다."

그 말에 이레나와 미라벨은 곧바로 자리에서 일어났다. 여행 도중에 들른 곳이라 피로가 쌓여 있었기 때문이다.

"네, 수고하셨어요."

이레나의 말에 마담 미첼은 사람 좋은 미소를 지으며 대꾸했다.

"그럼 다음에도 또 이용해 주세요."

그렇게 마담 미첼의 배웅을 받으며 앤코 의상실에서 나온 두 사람은 곧장 아버지가 계신 수도의 저택으로 향했다.

그동안에도 미라벨은 드레스가 아주 마음에 든 모양인지 오랜만에 싱글벙글 웃고 있었다.

해가 완전히 저물고 어두운 밤이 찾아왔을 때 즈음, 한참을 달리던 마차의 속도가 점점 느려지기 시작하더니 어느새 완전히 멈춰 섰다.

그리곤 곧 마차 밖에서 하녀 메리의 목소리가 들려왔다.

"아가씨, 저택에 도착했습니다."

"그래."

이레나는 옆에서 꾸벅꾸벅 졸던 미라벨을 살짝 흔들어 깨우고는 마차에서 내렸다.

그러자 아주 오래전에 보았던 저택의 외부가 눈에 들어왔다.

수도에서 머무를 일이 있을 때 편하게 지낼 수 있도록 구입한 이 저택은 크고 웅장하진 않았지만, 아주 단정하고 깔끔하게 장식된 게 딱 아버지의 취향이었다.

그리고 그것은 이레나가 좋아하는 취향이기도 했다.

"……정말 오랜만에 와 보네."

저번 생에서 지금처럼 황실 무도회에 참석하기 위해 들렀던 게 마지막 기억이었다.

그때 이후로 오랫동안이나 보지 못했던 수도의 저택이었기에, 사실 기억으로만 따지면 이십 년쯤 전에 들른 것이나 마찬가지였다.

잠시 추억에 잠긴 이레나의 옆으로 미라벨이 졸린 지 길게 하품을 하며 지나갔다.

"어서 들어가자, 언니."

"그래야지."

두 사람이 저택을 향해 천천히 걸음을 옮기자, 입구에서 그들을 기다리고 있는 것 같은 젊은 남자 한 명이 보였다.

연한 갈색 머리에 까만 양복을 멀끔하게 차려입은 그는 이레나와 눈이 마주치자 부드러운 미소를 지으며 입을 열었다.

"어서 오십시오. 처음 인사드립니다. 저는 이 저택의 집사를 맡고 있는 마이클이라고 합니다."

"아……."

이레나는 저도 모르게 입을 벌리고 말았다.

긴 인연이 있었던 건 아니지만, 저번 생에서 지금처럼 만나서 인사를 나눈 적이 있다.

미라벨이 처음 보는 마이클을 쳐다보다가, 이내 이레나를 올려다보며 물었다.

"언니, 아는 사람이야?"

"아, 아니. 그냥 누가 서 있어서 깜짝 놀랐어."

대충 말을 얼버무리려고 하자 마이클이 미안한 기색이 역력히 담긴 표정으로 대꾸했다.

"죄송합니다. 아가씨를 놀라게 할 생각은 없었는데……."

"아니에요. 제가 피곤해서 그래요."

이레나가 마이클의 사과를 자연스럽게 넘겼다.

그러자 미라벨은 살짝 의아한 표정으로 궁금한 부분에 대해 입을 열었다.

"못 본 새에 집사가 바뀌었나 봐요."

"네. 전에 일하시던 집사님은 연세가 너무 많으셔서 고향으로 내려가시고, 제가 집사를 맡은 지는 3개월밖에 되지 않았습니다."

"아, 정말 언니랑은 알 수가 없는 사이네요."

미라벨이 무심코 중얼거리는 말에 이레나는 어색한 웃음을 지을 뿐이었다.

이 상황을 두 번 겪다 보니 저도 모르게 아는 체를 하고 말았다.

미라벨이 주변을 둘러보다가 궁금하다는 듯 재차 입을 열었다.

"그런데 아버지는……?"

"아, 백작님은 급한 볼일이 생기셔서 저택을 비운 상태입니다. 저한테 아가씨들이 도착하면 정성껏 모시라고 명하셨습니다."

그 말을 들은 이레나는 쓴웃음을 지었다.

아버지는 그런 걸 명령할 정도로 다정한 성격이 아니었다.

하지만 이런 말을 꾸며서 전달해 줄 정도로 마이클은 그때도 꽤나 배려심 깊은 성격을 지녔던 것 같다.

어차피 길게 궁금한 것도 없었기에 이레나는 서둘러 화제를 돌렸다.

"일단 저희 방부터 안내해 주세요."

"아, 알겠습니다. 오랜 여행으로 많이 피곤하셨죠? 깨끗하게 치워 두었으니 바로 사용하시면 됩니다. 혹시라도 불편한 점이 있으시면 말씀해 주시고요. 이쪽으로 오시죠."

집사 마이클의 안내를 받으면서 이레나와 미라벨은 각자의 방으로 향했다.

블레이즈 성에서처럼 두 사람의 방 위치는 가까웠기 때문에 언제라도 서로에게 들르기가 편하게 되어 있었다.

그렇게 오랜만에 푸근한 침대에 누워서 잘 수 있겠다는 생각을 하고 있을 때였다.

막 잠잘 준비를 하려는 이레나의 방으로 다가오는 다급한 발소리가 들려왔다.

저벅저벅.

똑똑—

문을 두드리는 소리와 함께 경직된 마이클의 목소리가 들려왔다.

"아가씨 잠시 안으로 들어가도 되겠습니까?"

"네. 무슨 일이죠?"

이레나의 허락이 떨어지자마자 방 안으로 들어온 마이클의 얼굴은 난처한 기색으로 가득했다.

그 모습을 의아하게 쳐다보는 이레나에게 마이클이 조심스레 입을 열었다.

"오늘, 의상실에 들러서 무도회에 입으실 드레스를 가져오셨다는데 맞습니까?"

"네, 맞아요. 마차에 실어서 가져왔어요."

"그게……."

자꾸 뜸을 들이는 마이클을 쳐다보며 뭔가 불길한 기분이 들 때였다.

망설이던 마이클이 천천히 뒷말을 이었다.

"……드레스가 모두 난도질이 되어 있습니다."

이레나는 마이클가 하는 말을 단번에 이해하지 못하고 다시 한 번 되묻고 말았다.

"뭐라고요?"

전혀 생각지도 못한 일이었다.

모든 사건이 전생에서와 똑같이 흘러가지 않는다는 건 이미 알고 있었다.

하지만 그때는 겪지 않았던 사건이 발생하니 당황스러울 수밖에 없었다.

뭐가 잘못된 거지?

분명 저번 생과 달라진 부분이 있었기에 새로운 일이 벌어진 것이다.

문제는, 그게 뭔지 짐작조차 가지 않는다는 거다.

"마차의 짐칸을 열어 보니……."

"당장 마차가 있는 곳으로 가 보죠."

그 말만 내뱉고 이레나가 먼저 앞장서서 걷기 시작하자, 얼떨결에 마이클은 그녀의 뒤를 따라가는 모양새가 되었다.

이 저택의 지리를 알 리 없는 이레나가 거침없이 마차가 있는 곳을 향해 나아가는 걸 마이클은 의문스럽다는 표정으로 쳐다볼 수밖에 없었다.

그렇게 순식간에 마차의 바로 앞까지 도착한 이레나는

예리한 눈빛으로 주변을 살펴보았다.

이레나 일행이 여행하며 사용한 마차는 두 대였다.

하나는 이레나와 미라벨이 안락하게 탑승하고 온 마차였고, 다른 하나는 필요한 짐들을 싣고 있는 마차였다.

가문의 하녀들은 마차의 짐칸에 타서 이동을 했고, 나머지 기사들은 직접 말을 몰아서 움직였었다.

현재 이곳에는 마부와 하녀 메리, 그리고 기사들조차 당혹스러운 표정으로 모여 있었다.

그들을 보며 이레나가 침착한 목소리로 먼저 입을 열었다.

"이게 어떻게 된 일이죠?"

이레나의 질문에 가장 먼저 메리가 달려와서 대답했다.

"아가씨들이 저택으로 들어가시고 난 후에 마차에 있는 짐들을 옮기려고 열어 봤더니…… 이렇게 난도질이 되어 있었어요."

메리도 직접 눈으로 확인하고 당황한 모양인지 아직까지 얼굴이 붉게 달아올라 있었다.

그 표정을 빤히 쳐다보다가 이레나가 다시 근처에 있는 기사들을 향해 물었다.

"수상한 자는 못 봤나요?"

"네, 아가씨. 의상실에서 곧장 저택으로 왔기 때문에 수상한 자가 접근할 여지조차 없었습니다."

그건 이레나가 생각하기에도 맞았다.

이동하는 중간에 한 번이라도 멈췄으면 모르겠지만, 의상실에서 멀쩡히 드레스를 받고 곧장 저택으로 향했으니까.

이레나는 마지막으로 가장 안절부절못한 표정으로 서 있는 마부를 향해 말했다.

“마차를 몰면서 이상한 점은 없었어요?”

“어, 없었습니다. 아가씨. 정말 귀신이 곡할 노릇이에요.”

마부는 혹시라도 자신이 드레스에 대해 배상을 해줘야 할까 봐 겁을 잔뜩 집어먹은 상태인 것 같았다.

평범한 그가 귀족 영애가 입는 드레스 한 벌의 값을 감당해 내기란 쉽지 않을 터였다.

하지만 지금의 문제는 그런 게 아니었다.

금액이야 속은 쓰리겠지만 이레나가 다시 지불한다 해도…….

무도회에서 입을 의상을 다시 맞추기는 힘들었다.

현재 수도에 있는 모든 의상실의 일정이 꽉 차 있는 상태다. 지금 제작을 맡긴다 해도 기한 내에 완성되긴 힘들었다.

“……하아.”

절로 한숨이 새어 나왔다.

그때였다. 이레나의 고민하는 표정을 보고 있던 마부가 무언가 떠오른 듯 다급하게 입을 열었다.

"아, 아가씨. 그리고 보니 평상시와 달리 조금 이상한 게 있었어요."

"이상한 점?"

"네, 저희랑 이동하는 하녀가 총 네 명이잖아요. 메리는 바깥 공기를 쐬고 싶다고 해서 저랑 같이 마부석에 탔고……."

그 말에 메리가 옆에서 맞다는 듯 고개를 끄덕거렸다.

그리고 마부는 기억을 더듬거리며 계속해서 말을 이어 나갔다.

"원래 아가씨들이 타는 마차의 마부석에도 하녀 한 명이 타서, 짐칸에는 하녀 두 명이 같이 있어야 되는데 오늘은 희한하게 한 명만 있더라고요."

거기까지 가만히 듣고 있던 메리도 무언가 이상함을 느꼈는지 말을 보탰다.

"그러고 보니까, 오늘 틸다가 몸이 안 좋다고 혼자 짐칸에 있게 해 달라고 부탁했어요."

이레나는 미라벨과 마차의 안에 탑승하고 있었기 때문에 마부석에 누가 탔는지 바깥 사정을 알 도리가 없었다.

말대로라면 오늘은 평상시와 달리 이레나가 타고 있던 마차의 마부석에 하녀 두 명이 타고 있었다는 게 된다.

그럼 가장 정확한 이야기는 혼자 짐칸에 있었던 틸다의 말을 들어 봐야 했다.

"지금 틸다는 어디 있지?"

이레나의 질문에 갑자기 메리의 얼굴이 흙빛이 되었다.

이렇게 이야기를 연결해 보니 무언가 이상하다는 생각이 확 들었기 때문이다.

"그, 그게…… 안 그래도 틸다가 보이지 않아서 다른 하녀들이 지금 찾으러 갔어요."

그 말을 듣고 나니, 굳이 더 이상 파헤치지 않아도 드레스를 난도질한 범인이 누구인지 자연스레 알 수밖에 없었다.

블레이즈 백작가는 기사 가문이었다.

훈련받은 기사들이 호위하고 있는 블레이즈가의 마차를 누군가가 몰래 잠입하긴 힘들 거라 예상하고 있었다.

그래도 설마 했는데 범인은 역시나 내부의 인물이었다.

"……."

이레나가 말없이 생각에 잠겨 있자, 옆에 서 있던 기사들이 먼저 입을 열었다.

"아가씨, 저희가 주변을 수색해 보겠습니다."

누군가가 계획적으로 치밀하게 꾸민 일이었다. 벌써 도망가 버린 틸다를 주변에서 찾을 확률은 낮았다.

하지만 아무것도 안 하는 것보단 나았기에 이레나도 고개를 살짝 끄덕였다.

"그럼 수고 좀 해 주세요."

"네."

짤막한 인사와 함께 기사들은 서로 눈짓을 주고받더니 순식간에 주변으로 흩어졌다.

이레나는 마차 안에 있는 찢어진 드레스의 잔해들을 보면서 착잡한 심정을 감추지 못했다.

'……도대체 누굴까?'

하녀인 틸다 혼자서 이런 일을 꾸몄을 리 만무했다.

분명 뒤에서 누군가가 틸다를 움직였을 게 뻔한데, 그게 누구인지 쉽사리 잡히는 인물이 없었다.

전생이었다면 모를까. 이레나는 과거로 돌아온 후 지금까지 크게 다른 사람들에게 원한을 살만한 일을 한 적이 없었다.

묵묵히 고민하던 이레나는 혹시나 하는 생각에 메리를 향해 물었다.

"여행하는 동안에 틸다한테 이상한 점은 없었어?"

"그런 건 전혀……."

점점 말꼬리를 흐리던 메리가 무언가가 떠오른 듯 갑자기 소리를 높였다.

"아! 그러고 보니, 며칠 전에 소피한테서 편지가 왔어요."

"소피?"

그 말에 이레나의 머릿속에도 얼마 전에 자신이 쫓아냈던 소피에 대한 기억이 떠올랐다.

그동안 블레이즈가에서 일하면서 하녀들끼리 친해졌을 테니, 가문에서 쫓겨났다 해도 편지 정도야 얼마든지 주고받을 수 있었다.

하지만 묘하게 불길한 예감이 들었다.

"틸다한테만 편지가 온 거야? 다른 하녀들한테는?"

"아니요. 다른 하녀들한테는 안 왔어요. 원래부터 틸다랑 소피는 친한 사이였거든요."

"……그래?"

"네, 별거 아닐 수도 있어요. 아가씨."

안 그래도 소피한테 약간의 죄책감을 가지고 있던 메리는 조금 난처한 표정을 지어 보였다.

그것을 눈치챈 이레나는 가볍게 고개를 끄덕이며 말했다.

"알겠어. 혹시 무슨 연관이 있는 건지 확인만 해 볼 테니까 걱정하지 마."

"네, 네!"

다시금 밝아지는 표정의 메리를 보며 이레나는 애써 찢어진 드레스에서 눈을 돌렸다.

계속 쳐다본다고 해서 원래의 상태대로 돌아오는 것도 아니었다. 지금은 이 일을 어떻게 수습할지에 대해 고민해야 했다.

이레나는 여기에 모여 있는 사람들을 쳐다보면서 입을 열었다.

"일단 여기까지 오느라 다들 고생했어요. 들어가서 쉬세요."

귀족들에게 사치품이란 아주 큰 비중을 차지하는 물건이었다.

보통의 귀족 영애라면 울고불고 난리를 피웠어도 이상하지 않을 마당에 이레나는 매우 침착하게 상황을 정리하고 있었다.

그 모습에 여기에 모여 있는 집사 마이클이나, 메리, 마부는 새삼 감격스러운 표정을 지어 보일 수밖에 없었다.

"아, 아가씨……."

"메리, 너도 얼른 들어가서 쉬어."

이레나가 먼저 몸을 돌리자, 다들 뒤늦게야 고개를 숙이며 인사했다.

그렇게 저택 안으로 유유히 사라져 버리는 이레나의 뒤를 마이클 혼자서만 따라 걸었다.

이레나는 고개를 돌리지 않은 채로 마이클을 향해 나지막이 말했다.

"블레이즈 성에 연락해서 얼마 전에 쫓아낸 소피란 하녀에 대해 조사해 주세요. 지금 어디서 뭘 하고 있는지, 가능한 자세히요."

“네, 바로 기별을 보내겠습니다. 저한테 맡겨 주십시오. 아가씨.”

마이클이 자신만 믿으라는 듯 가볍게 가슴을 툭툭 쳤다.

그 모습에 이레나는 그저 알겠다는 듯이 고개만 살짝 끄덕일 뿐이었다.

그 간단한 동작이 무척이나 우아해 보였기에, 마이클은 저도 모르게 이레나의 옆모습을 빤히 쳐다볼 수밖에 없었다.

이레나는 또각또각, 자신의 방을 향해 걸어가면서 도대체 이번 일을 꾸민 범인이 누구일까에 대해 고민했다.

이런 조사는 쿤을 통해 알아볼 수도 있었지만, 경험상 집안일은 외부의 손을 빌리지 않는 것이 좋았다.

범인이 누구인지 알아낸다면 결코 가볍게 넘어가지 않으리라.

이레나는 무도회에 참석해야 했기 때문에 드레스가 필요했지만, 그것과 별개로 드레스를 받아 보고 환하게 웃던 미라벨의 얼굴이 떠올라서 더욱 화가 났다.

‘……누군지 잡히기만 해 봐.’

그렇게 이레나의 방 앞까지 도착하자, 마이클은 왠인지 처음보다 더욱 정중해진 동작으로 허리를 숙이며 인사했다.

“그럼 안녕히 주무십시오. 아가씨.”

"네, 집사도요."

이레나는 방문을 닫고, 혹시라도 방 안에 누가 있나 살펴보았다.

그리고 이곳에 혼자만 있다는 걸 확인하고 나서야 발목에 차고 있던 단검과 모래주머니를 조심스럽게 풀었다.

과거로 돌아온 후부터 계속해서 차고 있던 모래주머니였다.

틈이 날 때마다 운동을 하고 있긴 했지만, 계속해서 단련을 할 수는 없었기에 차선책으로 착용하고 있는 것이다.

덕분에 처음 칼라일을 구하러 갔을 때보다 체력이 많이 붙은 상태였다.

이레나는 뻐근한 발목을 잠시 주무르다가 단검과 모래주머니를 머리맡에 숨겨 놓았다.

혹시라도 잠을 잘 때 기습을 당할 수도 있었기 때문에 검을 머리맡에 두고 자는 건 전생에서부터 몸에 밴 습관이었다.

그런 다음 곧장 창문으로 걸어간 이레나는 품속에 지니고 있던 붉은색 손수건을 꺼내 바깥에서 잘 보이도록 묶어 두었다.

미라벨을 구해 준 일 이후로 쿤을 부르는 건 처음이었다.

그렇기에 그가 필요하면 어떤 행동을 취하겠다고 사전에 약속을 한 것도 아니었고, 이 저택에서도 붉은 손수건이 먹힐지 장담할 수 없었다.

하지만 이레나는 자연스럽게 알 수 있었다.

이것을 보고 쿤이 자신을 찾아올 거란 걸.

수도에 도착을 했으니 해야 할 일이 많았다. 그런데 첫날부터 대형 사건이 벌어졌으니 해결해야 할 일이 하나 더 는 셈이다.

이레나는 문득 별이 가득한 밤하늘을 올려다보며 혼잣말을 중얼거렸다.

"……내일부터 또 정신없이 바빠지겠네."

*　　*　　*

이레나의 예상은 틀리지 않았다.

기사들은 오랜 수색에도 한밤중에 사라진 틸다의 행방을 찾지 못했다.

그리고 간단한 아침 식사를 마치자마자, 짐작한 대로 쿤이 이레나의 방을 찾아왔다.

"무슨 일로 부르셨습니까?"

이젠 이런 갑작스러운 쿤의 등장이 더 이상 놀랍지 않았다.

이레나는 자연스럽게 자신의 책상에 앉으면서 쿤을 향해 말했다.

“어젯밤 일, 알고 있어요?”

그 어떤 설명도 없이 갑작스럽게 던진 말이었다.

그럼에도 쿤은 전혀 놀라는 기색 없이 무덤덤하게 대답했다.

“네.”

그 짧은 말이 담고 있는 의미는 컸다.

쿤의 능력이 좋은 것이야 이미 알고 있는 사실이었지만, 그만큼이나 이레나를 숨어서 지켜보는 눈들이 많다는 것이다.

그리고 그 눈들은 보나 마나 칼라일의 지시를 받고 있겠지.

불현듯 예전에 칼라일이 한 말이 떠올랐다.

—감시라기보단 영애가 나와 헤어지고 난 후부터 보호를 하고 있었다고 표현하지.

아무리 생각해도 보호보단 왠지 감시라는 표현이 더 어울릴 것 같았지만, 이레나는 별로 대수롭지 않게 넘겼다.

어차피 황태자비란 자리는 많은 이들의 이목을 집중시킨다.

그리고 나중에 황후가 된다면 더하겠지.

썩 유쾌한 일은 아니었지만, 그것을 감당해 낼 각오는 이미 되어 있는 상태였다.

더구나 이런 감시망쯤이야 이레나가 원치 않는다면 언제든지 벗어날 수 있었으니까.

아마 칼라일도 이레나의 검술 실력을 봤기 때문에 그 정도쯤은 이미 짐작하고 있을 것이다.

"그렇다면 황태자 전하도 어젯밤 일에 대해 알고 계신가요?"

"네. 아마 보고가 바로 들어갔을 겁니다."

"그 말은 꼭 이번 일이 아니더라도, 그동안 제 일거수일투족이 보고되고 있었다는 뜻 같군요."

"……노코멘트 하겠습니다."

쿤은 정확한 대답을 피했지만, 대화의 흐름을 보면 누가 봐도 그렇다고 생각할 수밖에 없었다.

이레나는 순간 기가 막혔다.

쿤에게 지시한 명령들이 그에게 보고가 될 거란 건 짐작하고 있었지만, 어젯밤 일처럼 자신에게 일어난 개인사까지 거기에 포함되어 있다는 건 의미가 조금 달랐다.

물론 백작 영애의 생활은 매우 단조로웠기 때문에 칼라일이 안다고 해서 안 될 건 없었지만, 그가 이만큼이나 자신에게 관심을 갖는 게 의아했다.

동시에 저번에 그가 내뱉은 말에 대한 호기심도 더 커졌다.

—그렇게 궁금하다면 알려 주지. 그대는 기억하지 못하는 것 같지만 우리는 오래전에 만난 적이 있어.

칼라일의 의도대로 그 말은 지금까지 이레나의 머릿속에서 단 한순간도 떠난 적이 없었다.

그의 뜻대로 이뤄진 것 같아서 못마땅했지만, 그 정도로 칼라일과 자신이 언제 만난 건지 궁금하지 않을 수가 없었다.

이번에 만나게 된다면 그에 대한 대답도 들을 수 있을 터.

이레나는 가능한 한 빨리 칼라일과의 만남을 가지고 싶었다.

"전하와 만날 약속을 잡고 싶은데……."

이레나의 말이 끝나기도 전에 쿤이 불쑥 무언가를 내밀었다.

의아한 마음에 이레나는 하려던 말을 멈추고 그가 준 종이를 받아 보았다.

그건 바로 유명한 오페라의 티켓이었다.

이것을 확인한 이레나가 의아한 눈빛으로 쿤을 쳐다보자, 그가 조금의 높낮이도 없는 사무적인 목소리로 설명했다.

"장군께서 전하라고 하셨습니다."

"이것을요……?"

이레나는 다시 한 번 오페라 티켓을 살펴보았다. 그러자 거기에는 공연 날짜와 시간이 적혀 있었다.

바로 오늘 저녁이었다.

안 그래도 만나고 싶다고 생각을 하긴 했지만, 이건 이레나의 생각보다 훨씬 빨랐다.

마치 이레나가 수도에 도착하기만을 기다리고 있던 사람처럼 말이다.

순간 당황해서 말문이 막히자, 쿤이 다시 한 번 말을 이었다.

"오늘 저녁 8시에 아가씨를 태울 마차를 보내겠다고 하십니다."

〈다음 권에서 계속〉